W0379683

Erik, hijo de Árkhelan

JUSTICIA Y HONOR

Miguel Ángel Jordán

Erik, hijo de Árkhelan

JUSTICIA Y HONOR

ediciones ÁMBAR

Primera edición en esta colección: octubre, 2012

© Miguel Ángel Jordán, 2011
© de la presente edición, 2012, Ediciones Ámbar, S.L.
Cristòfor Colom, 24, 08172 — Sant Cugat del Vallès (Barcelona)
http://www.ediambar.es

Ilustración de portada: Silent Sei — www.silentsei.com

Printed in Spain
ISBN: 978-84-92687-57-6
Depósito legal: B-25050-2012

Impreso y encuadernado en Liberdúplex

Queda rigurosamente prohibida, sin la autorización escrita de los titulares del «Copyright», bajo las sanciones establecidas en las leyes, la reproducción total o parcial de esta obra por cualquier medio o procedimiento, comprendidos la reprografía y el tratamiento informático y la distribución de ejemplares de ella mediante alquiler o préstamo públicos.

A Kevin, Álvaro, Paula, Carla, Sandra y Eloy;
con todo mi cariño,
y la ilusión de poder seguir dedicándoos muchas historias

ediciones
ÁMBAR
EJEMPLAR GRATUITO

Capítulo I

Volvieron a ponerse en marcha poco después del mediodía, y aunque cabalgaron sin apenas detenerse, esta vez el viaje resultó menos agotador para los muchachos; quizá porque habían podido dormir unas horas, o quizá porque tenían la certeza de que, de momento, nadie les perseguía.

¡Lo habían conseguido!, no paraba de repetirse Erik en su interior. Habían entrado en el castillo y liberado a Árkhelan y a los demás prisioneros. Todavía les quedaba mucho por hacer, pero habían salvado el primer escollo; ¡y vaya escollo!

Los acontecimientos de la noche anterior se le presentaban casi como un sueño. El asalto al calabozo, el encuentro con su padre, la fuga, mezclándose con la patrulla que iba a apagar el fuego provocado por sus ayudantes... Y, cómo olvidarlo, los minutos de angustia ante la ausencia de Markus y Kodran en el lugar de encuentro. Afortunadamente, todo había salido bien... Bueno, lo cierto era que la odisea no había hecho más que comenzar.

—No sabía que hubiera tantas montañas en nuestro país —comentó Gunnar cuando ya estaba atardeciendo—, la verdad es que no tengo ni idea de dónde estamos o hacia dónde vamos.

—Estamos avanzando hacia el norte —le informó Markus que marchaba justo delante del muchacho—. Al oeste, aunque desde aquí no se ve, tenemos el río Rösendort, o lo que es lo mismo, la frontera entre Ingerland y Altenbruk. Es un río muy ancho y caudaloso.

—Y frío —apuntó Erik.

—Sobre todo en invierno —añadió el cetrero sonriendo—. Durante casi todo su recorrido, el río Rösendort fluye entre montañas, por eso solo hay dos puestos fronterizos: uno cerca de la ciudad y otro unas veinte millas al norte, por donde cruzamos nosotros.

—¿Y no se puede atravesar por más sitios? —preguntó Kodran.

—Usando el sentido común, no —respondió Markus—; haciendo locuras, ya se ve que sí.

—¿Adónde nos dirigimos? —se interesó Kodran.

—Para serte sincero, te diré que, más que ir hacia un sitio, lo que estamos haciendo es alejarnos de la ciudad —contestó el cetrero—. Estas montañas están deshabitadas y no hay ninguna población cerca, así que no es mal sitio para escondernos, al menos de momento.

—¿Vamos a quedarnos en las montañas? —insistió Kodran, al que la idea no parecía hacerle mucha gracia.

—¿Se te ocurre algo mejor? —le retó Markus.

—Bueno, no sé —contestó el muchacho algo incómodo—, podríamos ir a algún poblado lejos de la ciudad donde nadie nos conozca...

—Y hacernos pasar por unos saltimbanquis que van de pueblo en pueblo representando historietas —concluyó el cetrero con sarcasmo—. ¿En qué estás pensando? No somos un grupo que pase inadvertido: once hombres adultos y tres chiquillos.

—¡Ehem! —protestó Erik con un fuerte carraspeo .

—Perdón —se excusó Markus sin mucha convicción—, quería decir jóvenes.

—Pero no vamos a pasar así el resto de nuestras vidas —intervino Gunnar sin poder disimular cierta inquietud.

—¿Por qué? ¿No te gusta el paisaje? —preguntó Markus mirando a su alrededor.

—Hombre, el lugar es bonito —intervino Erik sonriendo—, pero quizá no sea lo más idóneo para pasar el invierno.

—En eso no te falta razón, y eso que estas montañas no son muy altas y se podría transitar por ellas incluso si estuvieran nevadas. Si estuviéramos en los montes del norte...

—¿Son mucho más altos? —inquirió Gunnar.

—No solo son más altos, sino que también son más escarpados. Cruzarlos es siempre difícil, pero con nieve es imposible.

—Bueno, oiga, no cambie de tema —le recriminó Kodran—, y díganos qué es lo que vamos a hacer, ahora que ya hemos rescatado a los prisioneros.

—Continuar con nuestro plan —respondió entonces Markus.

—¿Y nuestro plan es...? —continuó indagando el muchacho.

—Lo sabréis a su debido tiempo —contestó el cetrero antes de espolear a su caballo y dirigirse a la cabeza del grupo.

—¡Lo sabía! —explotó Kodran.

—No sé ni para qué te molestas en preguntar —dijo Erik con una gran sonrisa.

—¿Crees que realmente hay un plan? —inquirió Gunnar.

—No lo sé —contestó Erik—, pero hasta ahora Markus no nos ha fallado, así que no veo motivo alguno para dudar de él.

—No, si yo no dudo de él —intervino Kodran visiblemente malhumorado—, pero es que me pone nervioso que siempre nos deje con la intriga.

—Me parece que precisamente lo hace por eso —razonó Gunnar.

—¡Pues no le veo la gracia! —gruñó Kodran.

Se detuvieron poco antes de que anocheciera. Aprovechando los últimos rayos de sol, recogieron leña seca para encender una hoguera con la que calentarse. Aunque ese invierno estaba siendo desacostumbradamente suave, las noches eran muy frías, sobre todo si había que pasarlas al raso.

—Nos queda poca comida —comentó Gunnar mientras sacaba de sus alforjas lo necesario para prepararse la cena.

Gustav, el simpático tabernero, no solo se había encargado de llevar los caballos y a Luna y Sombra a la Cabaña de Piedra; previendo que tendrían que pasar varios días en las montañas, había obsequiado a los fugitivos con una gran cantidad de víveres.

—Sí, ya me había dado cuenta —contestó Árkhelan—, pero no hay por qué preocuparse: en estas montañas podremos encontrar caza suficiente para abastecernos.

—Antes le hemos preguntado a Markus por el destino de nuestro viaje y no nos ha contestado —intervino Erik, aprovechando que estaban algo apartados del grupo—. No quiero que me digas más de lo que yo deba saber, pero ¿estamos yendo a algún sitio en concreto o seguimos alejándonos de la ciudad sin un rumbo fijo?

—Puede que un poco de las dos cosas —contestó el ex general.

Los tres muchachos se miraron entre sí sonriendo.

—¿Qué ocurre? —preguntó Árkhelan extrañado.

—Que parece que lo hagáis a propósito —replicó Erik con sencillez.

—¿El qué?

—Todo este aire de misterio: ya lo sabréis, ya lo veremos, un poco de las dos cosas...

Árkhelan rio divertido.

—No era esa mi intención —se excusó—. Lo que te he dicho es la verdad: estamos huyendo de la ciudad y avanzando hacia nuestro nuevo destino; lo que pasa es que aún no está del todo claro cuál va a ser el siguiente paso.

—¿No tenemos un plan? —inquirió Kodran.

—Bueno, hasta hace menos de veinticuatro horas, yo estaba en una mazmorra esperando a ser juzgado por el Duque de Nordland —repuso Árkhelan—, y, aunque he estado dándole vueltas al asunto, no he llegado a una conclusión definitiva.

—¿Cuáles son nuestras opciones? —quiso saber Erik.

El ex general miró fijamente a su hijo, mientras se dibujaba una sonrisa en sus labios.

—Odio tener que decir esto —contestó—, pero creo que tendréis que esperar para saberlo. Aunque solo un poco —añadió enseguida, adelantándose a las protestas de los chicos—, quiero que lo hablemos cuando estemos todos.

—Está bien —accedieron los muchachos.

Mientras inspeccionaban los alrededores en busca de leña, habían encontrado una cueva de gran tamaño en la que podrían pasar la noche resguardados del frío. En realidad se trataba más bien de una hendidura en la montaña de no más de diez metros de profundidad, pero lo suficientemente espaciosa y bien orientada como para cobijarles cómodamente y permitirles descansar.

Después de cenar, se quedaron un rato en silencio, sentados alrededor del fuego. Erik fue mirando a los hombres que habían rescatado, preguntándose en qué estarían pensando. Todos ellos habían arriesgado sus vidas por lealtad al rey, y ahora tenían que huir sin un rumbo muy claro y sin posibilidad de volver con sus familias hasta que todo se solucionara; si se solucionaba.

—Creo que ha llegado el momento de decidir lo que vamos a hacer —intervino Árkhelan rompiendo el silencio. Todos le miraron atentos—. Si nuestra misión ya era difícil desde un principio —continuó—, los hechos acontecidos durante las últimas semanas no han hecho sino complicarla aún más. Sabemos que hay mucha gente dispuesta a ayudarnos y a dar la cara por el heredero cuando llegue el momento, pero eso no basta. Necesitamos reclutar un auténtico ejército que garantice la seguridad del príncipe hasta que sea coronado.

—¿De cuántos soldados estamos hablando? —preguntó Rolf.

—Al menos tantos como los que componen la guardia personal de sir William y los nobles que le apoyan —repuso Árkhelan.

—Pero sir William cuenta con todo el ejército del país —añadió Hank.

—No se atreverá a ordenarles que vayan contra el príncipe. Para esa tarea utilizarán solo a sus mercenarios.

—¿Cuántos? —insistió Rolf.

—No menos de quinientos soldados —expuso Árkhelan.

—¿¡Quinientos!? —fue la exclamación unánime.

—Eso es una locura —declaró Hank—. Hasta que nos detuvieron solo habíamos conseguido reclutar a setenta u ochenta personas, ¿cómo esperas llegar a esa cifra teniendo en cuenta que ahora nuestros movimientos están mucho más limitados?

—Perdonad —intervino Erik—, seguramente sea una estupidez, pero lo que yo no comprendo es para qué se necesita tanta gente. Si lo único que va a hacer ese ejército es escoltar al príncipe hasta el palacio real, ¿no bastaría con una guardia mucho menos numerosa?

—Si, como tú dices, esa fuera la única misión de su ejército, sí que bastaría con menos gente —dijo Markus—. El problema es que, antes de que el príncipe Harald regrese a Altenbruk, debemos estar seguros de la lealtad del ejército y del pueblo.

—Ahora sí que ya no entiendo nada —comentó Gunnar en voz baja.

—Imagínate que llega la fecha de la coronación y su alteza regresa a nuestro país —explicó el cetrero que había escuchado el comentario—. Nosotros acudimos a la frontera con una guardia personal para escoltarle hasta el castillo; pero, entretanto, el Duque de Nordland, que tiene espías por todas partes, como ya hemos comprobado, se entera de lo que está ocurriendo y lanza a su ejército para evitar que el príncipe llegue al Palacio con vida.

—Más aún, estoy casi seguro de que el Duque de Nordland cerrará la frontera cuando se acerque la fecha del cumpleaños del príncipe —añadió Árkhelan.

—Pero no puede impedir que el príncipe vuelva a su país —intervino Kodran.

—A él, no —respondió Árkhelan—, pero sí a todos sus acompañantes. Así lo tendrá a su merced para provocar cualquier «trágico accidente».

—Eso no puede ocurrir —objetó Kodran—. Si el Duque de Nordland hiciera eso, el ejército y el pueblo se rebelarían contra él.

—Una vez que el príncipe estuviera muerto —intervino Markus—, sir William se encargaría de hacer correr una versión de los hechos acorde a sus intereses, como ya lo hizo tras el asesinato de su hermano.

—Pero es imposible que engañe a todo el mundo —repuso Gunnar.

—No hace falta tanto, basta con sembrar la duda y castigar a los que le lleven la contraria. Y eso puede hacerlo con su ejército personal.

—No me puedo creer que se pueda dominar a todo un país con solo una guardia personal —reflexionó Kodran.

—Se puede mientras el pueblo y especialmente, el ejército no se organicen —contestó Markus—. Nadie quiere tomar el mando por miedo a las represalias, a no ser que compruebe que no está solo y que, llegado el momento, contará con una fuerza al menos igual a la de su enemigo.

—Y por eso necesitamos quinientos soldados —concluyó Árkhelan—. Ese ejército escoltará al príncipe en su regreso, pero no sin antes haber visitado algunas poblaciones informando a civiles y soldados de quién asesinó al rey Sigurd.

—¿¡Quieres recorrer el país con un ejército!? —preguntó Jurgen, uno de los liberados que, como el resto, había permanecido en silencio.

—No todo el país, y tampoco con todo el ejército reunido —explicó el ex general—. Quiero que mucha gente escuche la verdad y que los soldados y, sobre todo, los oficiales sepan que el príncipe cuenta con un ejército al que ellos deben sumarse.

—Resumiendo —intervino Markus—, llegamos a un pueblo, les decimos unas cuantas verdades y desaparecemos.

—¿Y no crees que el Duque de Nordland enviará al ejército a por nosotros? —preguntó Hank.

—Ojalá lo haga —contestó Árkhelan—. Será el momento de comprobar si realmente el ejército le es leal.

—¿Lo dudas? —inquirió Erik.

—Más que eso —respondió Árkhelan con seguridad—. Tengo la certeza, igual que la tiene sir William, de que ahora mismo solo le obedecen porque no tienen otra opción. Pero eso puede cambiar si se alteran las circunstancias: la autoridad que nace del miedo es muy inestable.

—Bueno, si es eso es así —intervino Gunnar en un aparte—, tampoco lo tenemos tan mal.

—Sí, claro —le contestó Kodran también en voz baja—, ahora solo tenemos que conseguir quinientas personas dispuestas a arriesgarlo todo para enfrentarse al Duque de Nordland y a sus aliados.

—Nosotros somos catorce, y según acaba de decir Hank ya había setenta u ochenta personas dispuestas a unirse —comentó Erik.

—Vale, genial —dijo entonces Kodran con su habitual ironía—, solo nos faltan unos cuatrocientos.

—No te olvides de Peter, Jacob y Manfred —le recordó Gunnar—, Markus les prometió que iría a buscarlos cuando llegara el momento.

—Ah, bueno, perdona —repuso exagerando aún más el tono—, se me había olvidado. Peter, Jacob y Manfred. Ahora sí que estamos salvados.

—Es cierto que cuatrocientos sigue siendo una cifra enorme —intervino Árkhelan para sonrojo de los muchachos, que no se habían dado cuenta de que el resto del grupo había estado escuchando su conversación—, por eso creo que debemos cambiar de estrategia.

—¿Cambiar de estrategia? —preguntó Jurgen extrañado—. ¿Qué quieres decir?

—Ir de aldea en aldea intentando entrevistarnos con algún antiguo conocido para convencerle de que se una a nosotros es un proceso demasiado lento y arriesgado. Ya nos han capturado una vez, no les costará demasiado hacerlo de nuevo.

—¿Y qué propones? —inquirió Bret, un gigantón de pelo moreno y ensortijado.

—Que pidamos ayuda a un ejército ya existente —contestó Árkhelan.

Las preguntas parecieron multiplicarse en el interior de toda la audiencia, pero ninguno se decidió a formularlas.

—¿Qué quieres decir? —preguntó Rolf al fin.

—Si tenemos problemas para encontrar aliados dentro de nuestras fronteras, busquemos fuera de ellas —explicó el ex general.

—¿En Ingerland? —inquirió Erik tímidamente.

—Sería lo más sencillo, pero dudo mucho de que el rey Kirsten atendiera a nuestra petición —dijo Árkhelan—. Una cosa es acoger a la familia real, no olvidemos que la reina Alexandra es su hermana, y otra muy distinta ordenar a su ejército que entre en nuestro país.

—¿Entonces? —intervino de nuevo Bret.

—Alguien que deba lealtad a la corona y pueda salir beneficiado con su cooperación —expuso el ex general. Todos se miraron buscando la respuesta, pero ninguno parecía saber a quién se estaba refiriendo—. Podríamos pedir ayuda a los Dursmanni —dijo Árkhelan al fin.

—¿¡A los Dursmanni!? —exclamaron casi todos.

—¿¡A quién!? —preguntaron los muchachos, que escuchaban ese nombre por primera vez.

—A los Dursmanni —respondió Árkhelan con tranquilidad—. Viven al norte, junto al mar, más allá de las montañas.

—¿¡Vas a pedir ayuda a esos bárbaros!? —le reprochó Bret.

—¿Bárbaros? —inquirió Erik, cada vez más perdido.

—Los Dursmanni son una de las muchas tribus del norte —intervino Markus—, a las que nosotros conocemos con el nombre genérico de bárbaros. Sin embargo, no todas las tribus se dedican al saqueo y al pillaje —continuó dirigiendo una mirada reprobatoria a Bret, que bajó los ojos incómodo—, algunos pueblos del norte están formados por campesinos y ganaderos.

—Ya —repuso el muchacho—, pero todas esas tribus viven muy lejos, solo se puede llegar a sus tierras navegando y estos Dursmanni viven en nuestro país.

—Bueno, en realidad esas tierras les pertenecen aunque están dentro de nuestras fronteras —matizó el cetrero.

—¿Y por qué no viven con las otras tribus —intervino Kodran.

—Es una historia que viene de lejos —contestó Árkhelan—, de tiempos del rey Harald el Grande, abuelo del príncipe Harald. Durante su reinado hubo constantes enfrentamientos con los países vecinos, parecía que todo el mundo quería ampliar sus fronteras conquistando las tierras cercanas. El rey Harald comprendió que solo con su ejército no conseguiría derrotar a sus enemigos, por lo que pidió ayuda a algunas tribus del norte. Los Dursmanni fueron los únicos que respondieron a su llamada y, en pago por sus servicios, el rey les entregó las tierras que ahora habitan, además de ganados y una gran cantidad de oro.

—¿Y no volvieron a su país? —preguntó Gunnar.

—Algunos sí, pero la mayoría prefirió quedarse —contestó el cetrero—; aquí el clima es más suave y las tierras que les entregó el rey Harald eran muy buenas para el cultivo.

—Además —añadió Árkhelan—, las tribus del norte están en continuo enfrentamiento, y muchos preferían llevar una vida más tranquila.

—Y, desde entonces —concluyó Markus—, han vivido en paz en sus tierras, pagando impuestos a la corona y sin crear un solo problema.

—Y así es como deben seguir —añadió Bret.

—¿Qué te hace pensar que vayan a ayudarnos? —inquirió Rolf—. Como tú mismo has dicho, llevan una vida pacífica en sus tierras y nunca se han inmiscuido en los problemas del reino. ¿Por qué iban a hacerlo ahora?

—Aunque el rey Harald fue generoso en su momento —contestó Árkhelan sin perder la serenidad—, poco a poco el territorio que ocupan los Dursmanni se les ha ido quedando pequeño. Además, sus líderes siempre se han mostrado agradecidos y obedientes a la Corona: primero al rey Harald el grande y después a su hijo, el rey Sigurd. Son un pueblo que cree en el honor y respeta la autoridad. Si les hacemos ver que la familia real necesita su ayuda y que, una vez más, su colaboración será bien recompensada, es posible que se decidan a apoyarnos.

—¿Y cómo piensas recompensarles? —preguntó Bret sin ocultar su desacuerdo.

—Ofreciéndoles más tierras —le respondió Árkhelan.

—¿Dónde? Su territorio está delimitado por el mar y las montañas —objetó Rolf.

—Nuestro país es grande, hay muchos otros lugares. El Duque de Nordland y sus aliados poseen una infinitud de tierras, seguro que habrá algún territorio que sea del agrado de los Dursmanni.

—Pero tú no tienes potestad para prometerles eso —continuó oponiéndose Bret.

—En eso tienes razón —reconoció el ex general—. Tendremos que pedir permiso a la reina y al príncipe Harald antes de realizar nuestra propuesta.

—¿Cómo lo vas a hacer?

—Están en Ingerland, ¿no? Pues alguien tendrá que ir a Ingerland para hablar con ellos —sentenció Árkhelan dejando atónita a toda su audiencia.

—¿Quién? —preguntó al fin Hank ante el silencio de los demás.

—Yo iré —dijo Erik, sorprendiéndose a sí mismo.

—De eso nada —le contradijo su padre de inmediato.

—Vosotros no podéis ir porque es probable que alguien os reconociera —argumentó el muchacho con seguridad.

—Yo te acompañaré —se ofreció Kodran.

—Y yo —añadió Gunnar de inmediato.

Árkhelan miró a Markus como pidiéndole explicaciones por lo que estaba ocurriendo.

—Yo no tengo nada que ver —repuso el cetrero divertido—, es tu hijo, es normal que se parezca a ti.

El ex general se dio la vuelta alejándose unos pasos del grupo. Erik se acercó a él, indicando a sus amigos que esperasen donde estaban.

—Podemos hacerlo —dijo el muchacho al llegar junto a su padre.

—Es muy peligroso. Ahora que hemos escapado, aumentarán los controles en todos los pasos fronterizos.

—Si no vamos nosotros, ¿quién lo hará?

—Yo.

—Eso es imposible —repuso el muchacho tajante—. Te capturarían en cuanto aparecieras por un lugar poblado. ¿Recuerdas cuando Galvián y su escudero vinieron a nuestra casa a decirnos que el rey había sido asesinado? —Árkhelan asintió en silencio sin saber adónde quería llegar su hijo—. Entonces yo me ofrecí a ser el que reclutara el ejército, y tuve que desechar la idea porque era obvio que tu reputación hacía que tú fueras el idóneo —explicó el muchacho—. Ahora es al revés; no puedes dejarte ver porque hay mucha gente que te conoce. Nosotros, sin embargo, no somos más que tres amigos que viajan juntos.

—¿Y si ocurre algo?

—Asumiré las consecuencias de mis actos —contestó Erik con determinación repitiendo las palabras pronunciadas por su padre semanas atrás.

—¡Erik!

—Papá, no soy un niño —le espetó—. Siempre me has enseñado que debía hacer lo correcto sin detenerme ante los obstáculos; no me lo impidas ahora.

Árkhelan se quedó sin palabras.

—Tendremos cuidado —dijo el muchacho suavizando el tono—, te lo prometo.

—Eso espero —accedió al fin el ex general.

Capítulo II

Finalmente, el plan fue aceptado por todos, también por Bret, aunque este no cesó de mostrar su poca confianza en los Dursmanni.

—Los bárbaros siempre serán bárbaros —había repetido una y otra vez.

—Y tú siempre serás un cabezota gruñón —había añadido Markus, cansado de sus protestas.

Aun así, decidieron que continuarían todos juntos al menos otras dos semanas; era preferible dejar pasar unos días para ver cómo se desarrollaban los acontecimientos, y con la esperanza de que el paso del tiempo llevara consigo una relajación en la seguridad de los puestos fronterizos.

Entretanto, el grupo de fugitivos no paró de moverse por las montañas. Solo de vez en cuando, se aventuraban a acercarse a alguna población para hacer algunas compras y, de paso, ponerse al día de las noticias del reino. En estas ocasiones, solían ser los muchachos los que visitaban las aldeas y poblados.

—¿Veis cómo todo vuestro trabajo en la ciudad no fue inútil? —comentó Markus una tarde después de que los chicos trajeran víveres e información.

—Ahora nos va a decir que usted ya tenía todo esto en mente cuando nos tuvo dando vueltas por la ciudad sin ningún sentido, ¿no? —repuso Kodran escéptico.

—Por supuesto —contestó el cetrero con gran aplomo.

Los muchachos se miraron divertidos, pero evitaron hacer ningún comentario al respecto.

—Así que el Duque de Nordland ha puesto precio a nuestras cabezas —intervino Árkhelan, haciendo referencia a lo que habían contado los chicos al regresar de la aldea cercana.

—Sí —contestó Erik—, cien monedas de oro por cada uno de los fugados de la prisión excepto tú, que vales trescientas monedas. Y también cien monedas por Rolf y por Markus.

—Así que me reconocieron —dijo el cetrero—. Creía que ya se habían olvidado de mí después de tantos años.

—No es tan fácil olvidarse de usted —apuntó Kodran con su sonrisa irónica.

—De nosotros no decía nada —informó Gunnar.

—¿Ves? —inquirió Erik, dirigiéndose a su padre—. Nosotros todavía no existimos.

—Yo no estaría tan seguro —objetó Markus.

—¿Qué quiere decir? —preguntó Kodran extrañado.

—Seguramente sir William ya habrá mandado un destacamento a nuestra aldea para hacer unas cuantas preguntas. Supongo que nuestros vecinos dirán lo menos posible, pero, aun así, descubrirán que Erik hace tiempo que se marchó, y es probable que también se enteren de que sus mejores amigos tampoco están en la aldea.

—Vaya —dijo el muchacho pensativo—, puede que tenga razón. No había pensado en eso.

—Y, en ese caso, ¿qué haremos? —preguntó Gunnar claramente preocupado.

—No podemos volver a la aldea, eso está claro —respondió Erik con decisión—. Pero, por lo demás, no creo que debamos preocuparnos; nadie nos conoce.

—Por si acaso —intervino Árkhelan—, de ahora en adelante, será más prudente que evitéis ir los tres juntos cuando entréis en un lugar poblado.

—¿Y cuándo vayamos a Ingerland? —inquirió Gunnar.

—Tampoco hay que exagerar —terció Erik al ver el gesto pensativo de su padre—, ni que fuéramos los tres únicos chicos que van juntos en todo el país.

—Y que deciden cruzar la frontera —apostilló Markus.

—Si tan peligroso es, iré yo solo, así no llamaré la atención —se ofreció el muchacho.

—No, solo, no —le corrigió Árkhelan—. Pero quizá sería mejor que solo le acompañarais uno de los dos —añadió mirando a Gunnar y a Kodran.

—Yo iré —repusieron los dos a la vez.

Markus miró a Árkhelan sonriente.

—Ánimo —le dijo—. Si quieres que solo vaya uno de ellos, adelante, pero creo que tendrás que ser tú el que elija... Y el que luego soporte al otro —concluyó, con una carcajada.

—¡Papá! —insistió Erik.

—Haced lo que os parezca mejor —se rindió Árkhelan—, y que sea lo que Dios quiera —añadió dándose la vuelta y alejándose del grupo.

Cuando ya casi habían transcurrido las dos semanas que se habían marcado como plazo de espera, los muchachos comenzaron a inquietarse ante la perspectiva de abandonar el grupo. Desde que habían salido de la aldea, siempre había habido alguien que tomara las decisiones: Markus en un principio y, durante los últimos días, Árkhelan. Ellos se habían limitado a obedecer. Sin embargo, ahora, ya no habría nadie a quien acudir si no sabían qué hacer, ni nadie que les corrigiera antes de tomar una decisión equivocada. Y, aunque delante de los demás procuraban aparentar seguridad y confianza, lo cierto era que el nerviosismo les quitaba el apetito e incluso les impedía conciliar el sueño con prontitud.

Por fin llegó el día de la separación. Mientras que el grupo tenía previsto dirigirse hacia el este, siempre alejándose de la ciudad y de los campamentos militares, los muchachos debían encaminarse hacia el oeste, donde fluía el río Rösendort y se encontraba el paso fronterizo.

—Cuide de Luna y Sombra —le pidió Erik a Markus al despedirse de él.

—No te preocupes.

—A lo mejor podría llevármelos.

—Sí, y también podrías escribirte en la frente que eres Erik, el hijo de Árkhelan —apuntilló el cetrero con su habitual sarcasmo.

—Vale, tiene razón —reconoció el muchacho.

—Como siempre.

Erik se limitó a sonreír.

—¿Tenéis claro cuál es el punto de encuentro? —se interesó Markus.

—Sí, dentro de tres semanas en el lugar donde fuimos a soltar a los lobos hace...

—Casi un año —le recordó el cetrero.

—Casi un año —repitió el muchacho—. Por un lado parece que fue ayer, pero han pasado tantas cosas en este tiempo —añadió pensativo.

—Tened mucho cuidado.

—Descuide —respondió el muchacho sonriendo.

Cuando se despidió de Árkhelan, este, además de insistirle en la necesidad de ser muy cuidadoso y prudente, le recordó los temas que debía tratar con la reina.

—No te preocupes, papá —le tranquilizó—, ya lo hemos hablado muchas veces y sé lo que tengo que decirle.

—Espero que acepte —dijo el ex general—. Es la única solución viable.

—Aun así, habrá que convencer a los Dursmanni.

—Es cierto, pero de eso ya nos preocuparemos a la vuelta. Dale un beso muy fuerte a Nela, a Robert y a Bera. Diles que estoy deseando volver a verles —añadió Árkhelan al borde de las lágrimas.

—Lo haré —contestó Erik y se alejó para disimular su turbación.

—¿Cuánto tardaremos en llegar a la frontera? —preguntó Gunnar una vez que se pusieron en camino.

—Dos días —respondió Kodran—, o, al menos, eso es lo que me ha dicho Markus.

—Dos días hasta la frontera, un día más para llegar al palacio —fue recontando el muchacho—, ¿y para la vuelta?

—Desde la frontera hasta el punto de encuentro, unos tres días, si va todo bien —contestó Erik.

—En total suman siete días de viaje —calculó Gunnar—. ¿Cuánto tiempo vamos a estar en el palacio? ¿Dos semanas?

—No estaría mal —repuso Erik recordando las comodidades de las que había podido disfrutar—, pero no creo que podamos estar tanto tiempo. Como mucho nos quedaremos cuatro o cinco días.

—Y, entonces, ¿por qué no hemos quedado en reunirnos dentro de dos semanas en vez de tres? —insistió el muchacho.

—¡Porque hay que contar con posibles contratiempos que nos retrasen, memo! —Le espetó Kodran.

—Es cierto —contestó Gunnar molesto—, se me olvidaba que esta vez no está Markus para rescatarte.

—¡No empecéis tan pronto, por favor! —interrumpió Erik suplicante.

Salvo las inevitables discusiones entre Gunnar y Kodran, que tanto exasperaban a Erik, no hubo ningún incidente durante los dos días de camino hasta la frontera. De no ser por la delicada misión que tenían que llevar a cabo y que tenían presente en todo momento, el viaje no hubiera sido muy distinto de las excursiones que solían hacer por los alrededores de la aldea cuando eran pequeños.

—Al final ya no hacía falta que lleváramos comida —le dijo Kodran a Erik, recordando esas salidas—, porque con lo que preparaba la madre de Gunnar había suficiente para los tres.

—Y bien que te lo comías todo —repuso el aludido.

—Porque tu madre es una excelente cocinera —reconoció Kodran—. Así has salido tú de bien criado.

—Espero que no nos pongan inconvenientes para cruzar la frontera —terció Erik deseoso de cambiar de tema.

—¿Qué vamos a decir para que nos den el salvoconducto? —preguntó Gunnar.

—Iremos por separado —respondió Erik—. Kodran y tú diréis que vais a trabajar allí hasta que acabe el invierno; hay mucha gente que lo hace aprovechando los diferentes tipos de cultivo; y yo diré que voy a visitar a unos familiares.

—¿Y nos pedirán mucha información? —inquirió Gunnar sin disimular su inquietud.

—Pues no tengo ni idea —contestó Erik con sinceridad—, la otra vez se encargó Markus de todo y, además, él conocía a varios oficiales.

—Bueno, ya veremos qué pasa —intervino Kodran.

Al llegar a las inmediaciones del paso fronterizo, Erik observó aliviado que había aún más actividad que en su anterior visita. El tráfico de carretas y animales de carga era casi incesante, e incluso llegaban a formarse largas colas de gente esperando para poder cruzar el paso que unía los dos reinos.

—Bien —aprobó el muchacho con optimismo—, con todo este jaleo, no creo que tengamos ningún problema. Primero iréis vosotros dos, y dentro de un rato pasaré yo.

—Pues vamos allá —dijo Kodran animando a Gunnar y a sí mismo.

Erik los vio acercarse al puesto de guardia en el que estaban los oficiales que extendían los salvoconductos. Cuando les llegó el turno a sus amigos, sintió cómo un cosquilleo recorría todo su cuerpo y la boca se le secaba por la tensión. Al parecer, el oficial que atendía a Gunnar y Kodran les estaba haciendo algunas preguntas, porque su mirada iba de uno a otro, y después tomaba algunas anotaciones en la hoja que tenía delante.

—¡Venga, hombre! —exclamó Erik entre dientes—. ¡No seas tan quisquilloso!

Aún tuvieron que pasar un par de minutos más hasta que Erik pudo respirar tranquilo, al ver cómo sus amigos se alejaban del puesto de guardia con el preciado documento en sus manos. Los tres muchachos se reunieron en una taberna algo alejada del paso fronterizo, que habían visto al llegar al poblado.

—Pues si estaba así de nervioso de veros a vosotros, qué va a ocurrir cuando me toque a mí —confesó Erik mientras bebían unas espumosas jarras de cerveza.

—Bueno, tampoco es para tanto —repuso Kodran sonriendo—. Como mucho te negarán el permiso y tendrás que volver a cruzar el río a nado.

—No estabas tan gracioso hace un rato cuando ese militar te estaba interrogando —intervino Gunnar—. Parecía que hubieras visto un fantasma: pálido y casi incapaz de hablar con normalidad. No sé cómo no se han dando cuenta.

—Porque estabas tú ahí para salvarme, gordito mío —contestó Kodran dando una palmada en la espalda a su amigo.

Pese a su nerviosismo inicial, Erik fue capaz de presentarse con gran aplomo ante el oficial de guardia. Explicó que sus hermanos estaban en casa de unos amigos mientras él y su padre tenían que hacer algunos viajes por razones de su trabajo; y que iba a pasar unos días con ellos para ver si todo marchaba correctamente. Ya fuera por la convicción con la que se expresó el muchacho, o bien por el cansancio de llevar horas escuchando a gentes de todo tipo, lo cierto fue que el oficial le extendió el salvoconducto sin formular ni una sola pregunta.

—Muchas gracias, señor —dijo Erik con una gran sonrisa.

«Esto es lo bueno de decir la verdad», pensó el muchacho mientras se alejaba, «que estás mucho más tranquilo».

Una vez conseguido el permiso, no tenía por qué surgir ninguna complicación a la hora de atravesar el puente; aun así, los muchachos decidieron cruzar el paso fronterizo de uno en uno, por lo que pudiera pasar. Erik fue el último en entrar en el reino de Ingerland y, al hacerlo, se sintió aliviado de una pesada carga y le resultó mucho más sencillo avanzar.

—Y, ahora, al palacio —dijo Gunnar.

—Así es —afirmó Erik, tan feliz ante la perspectiva de volver a ver a sus hermanos, que casi ni le preocupaba la importancia de la misión que tenían encomendada.

Deseosos como estaban de llegar al Palacio lo antes posible, en ningún momento se plantearon la posibilidad de pasar la noche en alguna posada, y, de hecho, solo se detuvieron lo imprescindible para comer algo y permitir que sus caballos descansaran.

—¿Qué crees que dirá la reina? —preguntó Gunnar en una de estas paradas.

—No lo sé —reconoció Erik.

—Tiene que aceptar, ¿no? —intervino Kodran—. Como dijo tu padre, esta es la única manera de conseguir que el príncipe pueda acceder al trono.

—Supongo que sí —opinó Erik—, pero no creo que sea tan sencillo.

—¿Por qué? —inquirió Gunnar.

—Nosotros lo vemos muy claro porque desconocemos todas la complicaciones que eso puede suponer para la corona.

—¿Complicaciones?

—Sí —se explicó Erik—. No voy a ser yo el que le ponga pegas al plan, pero estoy seguro de que esto va a llevar su tiempo y bastantes quebraderos de cabeza.

—Si tú lo dices —cedió Gunnar.

Afortunadamente para los muchachos, al ponerse el sol, el firmamento se cubrió de estrellas, presididas por una gran luna llena, que, con su resplandor, les permitieron finalizar su viaje a buen ritmo.

Al entrar en la ciudad, las calles estaban prácticamente desiertas. Aunque no era demasiado tarde, ya habían pasado varias horas desde que habían cerrado los comercios, y los lugareños se resguardaban del frío en sus casas o en alguna taberna. Erik recordaba bien el camino hasta el palacio y guió a sus amigos sin necesidad de pararse a preguntar.

El portalón de acceso al castillo estaba cerrado, pero se distinguía a varios guardias vigilando desde lo alto de la muralla. Erik desmontó de Darko y avanzó unos pasos para que le pudieran ver sin problemas.

—¿Quién va? —preguntó uno de los centinelas.

—Buenas noches —respondió el muchacho algo cohibido—, necesitamos entrar para hablar con la reina. —Inmediatamente se escucharon algunas risas en lo alto de la muralla. Erik, comprendiendo la torpeza de su proposición, sonrió y volvió a tomar la palabra—. Mi nombre es Erik Winterberg, soy hijo de Árkhelan, ex general de la guardia del rey Sigurd de Altenbruk, y traigo un mensaje para la familia real. Pueden preguntarle al general Galvián para que les confirme lo que les acabo de decir.

En esta ocasión, el oficial de guardia pareció tomarle más en serio.

—Esperad ahí —les indicó.

Erik volvió junto a sus amigos.

—«Venimos a hablar con la reina» —dijo Kodran en tono burlón—. Claro, muchacho, cómo no lo has dicho antes, pasa y le decimos que venga —continuó representando con voz grave—. ¿Quieres tomar algo mientras tanto? ¿Una cerveza o mejor un buen vaso de vino?

—Sí, la verdad es que no ha sido una frase muy brillante —repuso el muchacho riendo de buena gana.

—No te preocupes —le tranquilizó Gunnar—, Kodran no lo hubiera hecho mejor.

—Eso es cierto —reconoció el aludido.

No tuvieron que esperar demasiado. A los pocos minutos, escucharon un fuerte crujido al que le siguió el chirriar de las cadenas, mientras bajaba el puente levadizo que les permitiría cruzar el foso y entrar en el castillo.

Los muchachos observaron esta operación con curiosidad, mientras se preguntaban si deberían cruzar directamente o esperar a que alguien saliera a su encuentro. La respuesta a esta cuestión apareció al otro lado del puente: Galvián en persona había acudido a recibirles y miraba a los muchachos con una mezcla de curiosidad y preocupación.

—Erik —dijo sin más ceremonias—, no esperaba volver a verte tan pronto. ¿Ha ocurrido algo malo?

El muchacho sonrió al comprender que las noticias de la fuga aún no habían llegado a Ingerland. Sin entrar en detalles, le explicó lo acontecido en las semanas transcurridas desde su anterior estancia en el palacio.

—¡Lo conseguisteis! —exclamó Galvián sin ocultar su alegría—. No me lo puedo creer. Cuando me dijisteis lo que ibais a hacer pensé que era una locura, pero ya veo que estaba equivocado.

—No se crea —comentó Erik sonriendo—, la verdad es que sí que ha sido una locura, pero nos ha salido bien.

—Tenemos que informar a la reina enseguida —repuso Galvián—, no te imaginas lo preocupada que está por vosotros.

El muchacho asintió y, acto seguido, formuló la pregunta que estaba deseando hacer desde que había llegado.

—¿Cómo están mis hermanos?

Galvián sonrió abiertamente.

—Muy bien. Os echan de menos a ti y a tu padre, pero, por lo demás, me parece que están disfrutando de su estancia aquí. Ahora lo comprobarás tú mismo —añadió en tono jovial—; puedes ir a saludarlos mientras aviso a la reina y tus amigos se instalan en sus habitaciones.

—De acuerdo, muchas gracias —accedió encantado.

Mientras caminaban por los suntuosos pasillos, Erik se percató de que parecía haber aún más guardias que en su visita anterior.

—El rey Kirsten y su familia se encuentran en palacio —explicó Galvián adivinando los pensamientos del muchacho—. Seguramente él también querrá hablar con vosotros.

—Será un placer —repuso Erik divertido por la actitud de sus amigos, que caminaban mirando hacia todas partes, intimidados por la majestuosidad de todo lo que les rodeaba.

—¿Has visto? —le dijo Gunnar cuando se quedaron solos en una salita—. ¡Todo esto es increíble!

—Sí —comentó Kodran—, no había visto nada igual.

—Ya os acostumbraréis —dijo Erik sonriendo.

Casi de inmediato, apareció Galvián escoltado por dos sirvientes que debían acompañar a Gunnar y a Kodran hasta sus habitaciones.

—Puedes ocupar la misma habitación de la vez pasada —le informó el militar—. Tus hermanos siguen ocupando las suyas y, si no me han engañado, se encuentran allí ahora mismo. ¿Sabrás llegar o quieres que llame a alguien para que te enseñe el camino?

—No se moleste —agradeció el muchacho—, me acuerdo perfectamente.

—No creo que la reina pueda recibiros hasta dentro de un rato, ya os avisaré.

—Muchas gracias —dijo Erik, esforzándose por no correr.

Pese a su intención de guardar las apariencias, el muchacho terminó subiendo los escalones de dos en dos. Solo había pasado un mes desde que se había despedido de ellos, pero, aparte de que nunca había estado tanto tiempo lejos de su familia, la noticia de la liberación de su padre le bullía en el pecho, ansiosa de ser transmitida cuanto antes.

Al llegar al pasillo en el que se encontraban las habitaciones de sus hermanos, se detuvo unos instantes para recuperar el aliento. Después, llamó a la puerta del dormitorio de Nela y agudizó el oído. De inmediato, se escucharon unos pasos ágiles avanzando por el cuarto. El muchacho retrocedió de forma instintiva, aguardando a que se abriera la puerta.

—¿Sí...? —comenzó a decir Nela distraída—. ¿¡Erik!? —gritó después, al reconocerle. Sin ocultar sus emociones, la muchacha se arrojó sobre su hermano abrazándolo con fuerza. Erik correspondió al abrazo mientras sentía la felicidad recorrer su cuerpo—. Pero ¿estás aquí? —dijo Nela aturdida sin acabar de comprender—. Pensaba que no volverías hasta...

—Sí, yo también —reconoció el muchacho—, pero ha habido un cambio de planes. Papá nos ha encomendado una misión; tenemos que hablar con la reina.

—¿¡Papá!?

—Lo conseguimos, Nela. Lo rescatamos, y no solo a él, también a otros ocho prisioneros.

La sonrisa de Erik se ensanchó al ver la expresión de sorpresa y felicidad de su hermana.

—¡Erik! ¿¡De verdad!?

—De verdad.

—¡Oh, Dios mío! ¡Es...!

—¿Erik? —preguntó una voz en el pasillo. Aunque habían entrado en la habitación de Nela, la puerta había permanecido abierta todo el tiempo. El muchacho se asomó, encontrándose frente a frente con su hermano Robert, descalzo y en pijama.

—Hola, hermanito —le saludó cariñoso—. Has crecido.

—Os he oído y enseguida he reconocido tu voz, pero como la reina dijo que tardarías mucho más en volver...

Acto seguido, Nela se apresuró a explicarle a Robert la buena noticia de la liberación de su padre.

—¿Y él también va a venir? —preguntó el pequeño con la ilusión reflejada en el rostro.

—Sí, dentro de un tiempo —contestó Erik—. Ahora mismo es demasiado peligroso. Lo importante es que papá está bien. Me pidió que os transmitiera todo su cariño y os dijese que os echa de menos. Pero ¿dónde se ha metido la renacuaja? —exclamó de repente.

—¿Bera? —preguntó Nela divertida—. Debe de estar durmiendo. Como no para en todo el día, en cuanto se mete en la cama pierde el sentido.

—Pues, sintiéndolo mucho, voy a despertarla —anunció el muchacho levantándose—. Esperadme aquí, ahora la traeré.

Sigilosamente, Erik entró en la habitación de la pequeña. Dejó la puerta entreabierta para que se filtrara algo de claridad del exterior. En la penumbra, conseguía adivinarse la elegante cama adornada con sábanas de gran colorido. Bera solo ocupaba una pequeña porción del lecho, y su figura se confundía con los pliegues de las mantas. En el silencio absoluto del dormitorio, podía escucharse la tranquila respiración de la pequeña. Erik se acercó sin hacer ruido y la observó unos instantes poniéndose de cuclillas: unos mechones de pelo rubio ocultaban parte del rostro inocente de la chiquilla. Su piel, tan clara y tersa como siempre, estaba tintada por un tenue rubor que le daba un aspecto angelical.

—Despierta, bichejo —susurró Erik besándola con cuidado. La pequeña apenas movió los párpados—. Bera —volvió a intentarlo el muchacho elevando ligeramente el tono de voz.

En esta ocasión, Erik consiguió ver los ojos verdes de su hermana mirándole con extrañeza.

—¿Eres tú? —preguntó como saliendo de un sueño.

—Creo que sí —respondió el muchacho. Sin embargo, la pequeña, que aún no se había despertado del todo, volvió a cerrar los ojos, pensando, seguramente, que se trataba de un simple sueño—. ¡No me lo puedo creer! —exclamó Erik divertido, alzando un poco la voz—. Me recorro medio país para venir a verte y no me haces ni caso.

Estas palabras surtieron efecto; Bera abrió completamente los ojos y miró a su hermano con la alegría dibujada en el rostro.

—¡Erik! —dijo, estirando los brazos.

—¡Ven aquí, preciosa! —Se rindió el muchacho alzándola por los aires.

Bera abrazó a su hermano con fuerza, bañando el rostro del muchacho con sus largos cabellos.

—Te he echado mucho de menos —reconoció la pequeña en tono lastimero.

—Y yo a ti, pero ¿sabes qué? Ha valido la pena porque, ahora, papá ya está libre y, aunque no ha podido venir —se apresuró a aclarar al ver la expresión de alegría de su hermana—, pronto volveremos a estar todos juntos.

—¿Y volveremos a casa?

—Claro, pero ¿no estás bien aquí?

—Sí, estamos muy bien —reconoció la niña—, pero echo de menos mi cuarto y a mis amigas...

—Vale, vale. —Rió Erik—, pero eso tendrá que esperar un poquito más, ¿de acuerdo?

—Sí —aceptó Bera de buen grado.

Erik llevó a la pequeña en brazos al dormitorio de Nela. Una vez allí, los cuatro hermanos intercambiaron noticias alegremente hasta que vinieron a avisar a Erik de que la reina le estaba esperando.

—Mañana seguiremos —dijo el muchacho al despedirse—, que descanséis.

—Buenas noches —respondieron los tres a la vez.

Al llegar a la planta baja, Erik se encontró con Gunnar y Kodran que le estaban esperando.

—¿Qué tal? —preguntó este último.

—Muy bien. Aunque no me ha dicho nada, porque estaban Robert y Bera delante, me parece que Nela está deseando verte.

Kodran enrojeció sin poder evitarlo, para regocijo de Gunnar, que soltó una sonora carcajada.

—Su majestad les espera —anunció un sirviente vestido con una exquisitez deslumbrante.

—Gracias —contestó Erik disponiéndose a entrar al gran salón.

—Hablas tú —le indicó Gunnar en un susurro mientras le agarraba el brazo con fuerza.

—No te preocupes —le tranquilizó el muchacho.

Al entrar en la estancia, Erik no pudo menos que recordar su primera audiencia con la reina, y el cariño con el que esta los había tratado.

—A ver qué dice cuando escuche lo que tengo que proponerle —se dijo para sus adentros.

La reina se levantó al verlos llegar, y avanzó unos pasos hacia los tres muchachos. Kodran y Gunnar se sobresaltaron ligeramente ante esta deferencia, sin saber muy bien cómo debían obrar.

—Erik, me alegro tanto de que hayas regresado —exclamó la reina abrazándolo sin ceremonias.

—Majestad —comenzó a decir el muchacho, apabullado por la amabilidad de la monarca—, le agradecemos que nos reciba tan pronto y yo, especialmente, le agradezco los cuidados que ha tenido con mis hermanos.

—Tus hermanos son encantadores y es un placer tenerlos con nosotros. Soy yo la que tiene que daros las gracias por todo lo que estáis haciendo por la corona a riesgo de vuestras vidas. Galván me ha informado de que habéis conseguido rescatar a tu padre. No puedes imaginar la alegría que me ha dado esta noticia.

Lo que habéis logrado es una hazaña inigualable, jamás hubiera pensado que unos muchachos fueran capaces de hacer lo que habéis hecho.

—Bueno, la verdad es que hemos tenido bastante ayuda —repuso Erik—. Ha sido todo gracias a Markus y...

—No dudo del gran papel que habrá desempeñado Markus —le interrumpió la reina—, pero eso no os quita merito alguno. Disculpadme —añadió de repente fijándose en los dos muchachos que se escondían tras Erik—, aún no os he preguntado vuestros nombres.

—Yo soy Kodran, majestad.

—Mi nombre es Gunnar, majestad.

Los muchachos acompañaron sus palabras con una reverencia, logrando así disimular su turbación.

—Kodran, Gunnar y Erik, es un honor para mí poder acogeros en este palacio. Ojalá pudiera hacerlo en el nuestro —añadió bajando el tono—, pero las circunstancias no son las que nos gustarían. Afortunadamente, mi hermano, el rey Kirsten, nos ha brindado su ayuda en todo momento. Ha sido informado de vuestra llegada y sé que mañana os recibirá. Conoció a Árkhelan cuando era general de la guardia del rey, y se ha alegrado mucho de su liberación.

—Majestad —se atrevió a decir Erik—, nuestra visita aquí no tiene solo el propósito de informaros del rescate de mi padre y del resto de prisioneros, hay algo que debemos transmitiros.

—¿Puede esperar a mañana?

—Sí.

—Pues así será, habéis hecho un viaje muy largo y debéis estar agotados. Ya os he entretenido demasiado tiempo. Mañana os haré llamar, que descanséis —añadió en tono cordial.

—Gracias, majestad —se despidieron los muchachos con una nueva reverencia.

Capítulo III

Tras dos semanas durmiendo al raso, los muchachos agradecieron sus mullidas camas como si fueran un regalo del cielo. Aunque les hubiera gustado poder dormir unas cuantas horas más, descansaron lo suficiente como para afrontar el día con la mente despejada. Nela, Robert y Bera desayunaron junto a los chicos y, durante ese tiempo, todos volvieron a sentirse como en la aldea. La pequeña no paró de hablar, contando a los recién llegados todo lo que habían hecho durante su estancia en palacio, y los muchos ratos que habían pasado jugando con las princesas.

—Son muy simpáticas, y muy buenas —opinó Bera.

—¿Y el príncipe? —se interesó Erik.

—Es un poco tímido, pero también es muy bueno —respondió la chiquilla y, acercando su boca al oído de su hermano, añadió susurrando—. Creo que le gusta Nela.

—¡Bera! —la reprendió la aludida que, como todos los presentes, había escuchado el comentario.

—Es verdad —se defendió la pequeña—, cada vez que te mira se pone rojo.

—¡Bera, ya es suficiente! —le increpó la muchacha, ruborizada.

Erik, divertido, estuvo tentado de seguir profundizando en el asunto, pero, al encontrarse Gunnar y Kodran presentes, comprendió que sería mejor cambiar de tema para no molestar a su hermana.

—¿Has practicado con la espada y con el arco, Robert?

—Sí, todos los días —respondió el chico orgulloso—. Tengo

un instructor para mí solo y dice que he mejorado mucho.

—Pues luego tendrás que hacernos una demostración —replicó Erik.

—¿Habéis descansado bien? —Se interesó Galvián mientras los acompañaba al salón donde les esperaba la reina.

—Sí —contestaron los muchachos.

—Ahora me costará más volver a acostumbrarme a dormir en el suelo —reconoció Gunnar.

—Bueno, ya veremos cómo están las cosas cuando volvamos —intervino Kodran—. Igual se les ha ocurrido alguna idea para no tener que ir por ahí vagando como si fuéramos un rebaño de cabras.

—Sí, no estaría mal —estuvo de acuerdo Erik.

—Creo que tenéis que transmitir un mensaje a su majestad —dijo Galvián divertido por los comentarios de los muchachos.

—La verdad es que, más que un mensaje, se trata de un plan que puede facilitar que el príncipe Harald sea coronado —respondió Erik—. Aunque no sé qué opinará la reina.

—No tardarás en saberlo —repuso Galvián mientras abría la puerta del gran salón.

—Buenos días —les saludó la soberana cuando se encontraron frente a ella—. Espero que hayáis podido descansar.

—Sí, majestad. Mis amigos y yo le estamos muy agradecidos por su cálido recibimiento —contestó Erik con una reverencia, mientras Gunnar y Kodran le miraban sorprendidos.

Mientras esperaban a Erik, los dos muchachos habían comentado su asombro ante la capacidad de su amigo para desenvolverse con tanta soltura ante la reina y, en general, dentro de la grandiosidad que impregnaba todo lo referente al palacio y a la familia real. Ellos, sin embargo, se sentían completamente cohibidos y temían hacer algo inconveniente en cualquier momento.

—Es lo menos que podemos hacer. Mi familia y yo —contestó la reina, mirando al príncipe, que estaba sentado junto a ella— estamos conmovidos por la lealtad de todos aquellos que, como vosotros, os habéis enfrentado a los usurpadores del trono, poniendo en peligro vuestra seguridad. Creo que había algo que deseabais contarnos —agregó, invitando al muchacho a hablar.

Erik llevaba días preparándose para la escena que iba a tener lugar en ese momento. Árkhelan no había cedido el más mínimo terreno a la improvisación, y había insistido una y otra vez al muchacho en lo que tendría que decir para que su plan tuviera más posibilidades de ser aceptado. Al principio, el chico habló despacio, sopesando cada una de sus palabras por miedo a decir algo inapropiado, pero, transcurridos los primeros momentos de nerviosismo, fue capaz de expresarse con gran energía y convicción, envuelta en respeto y sentido del decoro.

—Sabemos que es una decisión audaz, pero estamos convencidos de que es la mejor manera de proteger la vida del príncipe y su derecho a la corona —concluyó el muchacho, clavando su mirada en el futuro monarca.

Un largo silencio siguió a este discurso. La reina mantenía la vista fija en algún punto indeterminado de la estancia; era patente que estaba analizando con todo detalle lo que acababa de escuchar, y también estaba claro que nadie osaría a tomar la palabra mientras no lo hiciera ella.

—¿Eres consciente de lo que me estás pidiendo? —preguntó la gran señora con un tono de preocupación que alarmó a todos los presentes.

—Majestad —comenzó a decir Erik titubeante—, comprendo que es una cuestión delicada, pero...

—Quieres que autorice a un ejército extranjero a invadir nuestro país, y que les prometa una recompensa a cambio de este «servicio».

—Con todos mis respetos, majestad, pero en ningún momento hemos planeado una invasión. La tarea de este ejército sería proteger al príncipe y, a la vez, disuadir al Duque de Nordland de tomar medidas contrarias a que su alteza sea coronada.

—Entiendo el propósito de la misión —aclaró la soberana—, pero, aun así, no me agrada que una fuerza extranjera se inmiscuya en nuestros asuntos. Sir William podría servirse de este factor y utilizarlo en nuestra contra, acusándonos de traición y de atentar contra nuestro propio pueblo.

—Con el debido respeto, majestad —insistió Erik—, sir William utilizará cualquier medio con tal de no abandonar el poder. No creo que debamos detenernos por miedo a lo que él pueda decir.

—No es el miedo lo que me detiene —le corrigió la reina—, sino la prudencia. En asuntos de tanta importancia como el que nos ocupa ahora mismo, no basta con obrar según lo que pensamos que es correcto, también hay que procurar hacerlo de modo que esta decisión no pueda ser malentendida por otros. De lo contrario, esa decisión que, en un principio, era acertada puede tener consecuencias aún más negativas que el mal que se intentaba erradicar, créeme. Es el peso de la responsabilidad, una dura tarea y un arte nada fácil.

—Majestad, yo no soy rey, ni príncipe, ni noble —contestó el muchacho con sencillez—; soy un simple aldeano acostumbrado a trabajar la tierra y criar animales. No tengo más cultura que la que he podido adquirir con los pocos medios a mi alcance y el entendimiento que Dios me ha dado. Mis decisiones no suelen afectar a demasiadas personas y no tengo que preocuparme de las consecuencias de cada una de mis palabras. Por eso, sé que este asunto escapa a mi inteligencia y que hay muchos factores decisivos que desconozco.

—Pero también sé —continuó Erik con firmeza—, que a situaciones desesperadas corresponden medidas desesperadas. Hay cosas que preferiríamos no hacer que, en algunas circunstancias, no tenemos más remedio que hacer y, en mi opinión, mientras esas medidas no sean incorrectas en sí mismas, no hay por qué avergonzarse de ello. Creo, que en momentos como el actual, la prudencia de ser entendidos o malentendidos debe pasar a un segundo plano. Somos conscientes de que pedir ayuda a un pueblo extranjero, y más tratándose de antiguos habitantes del norte, no es algo deseable, pero, a día de hoy y siendo las circunstancias las que son, no vemos otro medio posible para conseguir que el príncipe Harald pueda ser coronado.

La reina estuvo largo rato observando al muchacho en silencio. Mientras tanto, Erik permaneció con la cabeza ligeramente inclinada sin atreverse a levantar la vista. Aunque sabía que sus argumentos no habían sido irrespetuosos, temía haberlos expuesto con demasiada vehemencia y prefería no tener que enfrentarse a la mirada de la soberana.

—¿Qué opinas, Galvián? —inquirió finalmente la reina.

El general se sobresaltó ante esta interpelación, pero fue capaz de sobreponerse y responder con claridad.

—Desearía que no nos encontráramos en una situación tan difícil como para tener que autorizar a unos bárbaros a vagar por nuestro país. Los Dursmanni son una tribu de guerreros fuertes y experimentados, por mucho que lleven años sin entrar en combate, y, aunque hace mucho que viven lejos de su país de origen y, en todo este tiempo, no ha habido el más mínimo incidente con ellos, no es fácil olvidar que, en el pasado, nuestros ascendientes tuvieron que sufrir sus saqueos e invasiones. Pero, desgraciadamente, las circunstancias son las que son, y yo tampoco veo otro modo de reunir un ejército que pueda asegurar la vuelta del príncipe y de la familia real.

—Ya se lo dije a Markus —recordó la soberana—, no quiero que se derrame sangre por nuestra causa. Quizá lo mejor sea que renunciemos a volver...

—Eso no puede ser —intervino Erik con más firmeza de la que tenía intención—. Disculpe, majestad, pero permitir que sir William gobierne el país no es una opción. Si queremos que el príncipe Harald ocupe el trono, no es solo porque se trata del legítimo heredero, sino porque él podrá regir a su pueblo como debe hacerlo. El Duque de Nordland solo busca su provecho y no tiene reparos en emplear cualquier medio para conseguirlo. No queréis que se derrame sangre por vuestra causa, pero se derramará más si no hacemos algo para cambiar esta situación.

—Me gustaría saber qué opina su alteza al respecto —intervino la reina para sorpresa de todos, volviéndose hacia su hijo.

El príncipe, que había permanecido todo el tiempo en silencio, aunque prestando atención a cada palabra, no pareció inmutarse porque se requiriera su opinión. Aunque tardó unos instantes en responder, esta espera fue fruto de la reflexión, más que del estupor.

—Mi tío, el Duque de Nordland, intentará poner al pueblo en nuestra contra; es el único modo de poder continuar gobernando y de que yo no acceda al trono. Aprovechará cualquier pequeño descuido por nuestra parte con este fin, no me cabe la menor duda. Pero, si no hacemos nada, aunque no podrá acusarnos, tampoco lograremos arrebatarle lo que nos pertenece.

»Árkhelan sirvió a mi padre durante muchos años, y sé que el rey lo estimaba, porque siempre me habló muy bien de él —continuó el príncipe—. Se ha mantenido leal a la corona, arriesgando su vida aun cuando ya no tenía obligación alguna de prestarle semejante servicio. De no ser por la intervención de Erik y de los que le han ayudado, posiblemente a día de hoy ya estaría muerto. Y, ahora, una vez que vuelve a ser libre, en vez de huir y limitarse a vivir en paz con su familia, alejándose de un problema que no le atañe directamente, ha decidido continuar con la misión que le fue encomendada.

»Por eso —concluyó—, confiando en la lealtad y experiencia de Árkhelan, y de todos aquellos que le apoyan, creo que debemos acceder a lo que nos pide.

Erik tuvo que hacer grandes esfuerzos para no reflejar su asombro. Miró de reojo a sus amigos, y comprobó que a ellos también les había sorprendido el discurso del futuro monarca.

—Pues, entonces —intervino la reina con decisión—, que así sea. ¿Cuándo tenéis previsto reuniros con tu padre y los demás soldados?

—Dentro de dos semanas y media, pero pensábamos marcharnos dentro de tres o cuatro días —contestó Erik.

—¿Tan pronto? —se extrañó la soberana.

—Sí, majestad. Nos encantaría poder quedarnos más tiempo, pero es un camino muy largo y no podemos arriesgarnos a llegar tarde.

—Bien, vosotros veréis. Antes de marcharos, te haré entrega de un documento autorizando a Árkhelan a pedir ayuda a los Dursmanni en nombre de la familia real, y dándole potestad para ofrecerles a cambio la recompensa que crea conveniente.

—A mi padre le honrará contar con vuestra confianza —respondió Erik solemne.

—La confianza es un honor, pero sobre todo una carga —sentenció la reina—. Árkhelan va a tener en sus manos el futuro de nuestra nación, sé que hará en todo momento lo que juzgue más conveniente para el bien de nuestro país; rezaré para que sus decisiones sean acertadas y por el éxito de vuestra misión. Ahora, ya no podemos hacer otra cosa —concluyó con los ojos llorosos.

—No os fallaremos, majestad —repuso el muchacho con toda

la convicción que fue capaz de mostrar—. Alteza —añadió mirando al príncipe—, sé que, cuando llegue el momento, sabréis gobernar a nuestro pueblo con sabiduría y justicia, por eso, no os quepa duda de que entregaremos nuestras vidas, si es necesario, para recuperar el trono que quieren arrebataros.

—Gracias, Erik —contestó el príncipe con sencillez—, siempre estaré en deuda con vosotros.

—No me esperaba esa intervención del príncipe —comentó Kodran mientras paseaban solos por los jardines del palacio.

—Ni yo —reconoció Gunnar.

—Yo tampoco —apostilló Erik—. La otra vez que estuve aquí, no le escuché hablar ni a él ni a las princesas, supongo que será por el protocolo: los príncipes no hablan salvo si la reina les invita a hacerlo.

—Pues deberían hablar con más frecuencia, porque no lo hacen nada mal —bromeó Kodran.

—Y más teniendo en cuenta que el asunto era bastante serio —añadió Gunnar.

—Sí, me ha sorprendido que la reina le haya pedido su parecer delante de todos nosotros —comentó pensativo Erik—. Supongo que quiere que empiece a ejercer como futuro rey; al fin y al cabo, si todo va bien, será coronado en menos de medio año.

—¡Dieciséis añitos y todo un país bajo su responsabilidad! —exclamó Kodran—. No me gustaría estar en su pellejo, créeme, por mucho que luego viva rodeado de lujo y esplendor.

—No, a mí tampoco —reconoció Erik—, pero a él lo han educado con esa finalidad desde que nació y, por lo visto, parece que las enseñanzas han dado su fruto.

—Bueno, ¿y qué vamos a hacer hasta el lunes? —inquirió Gunnar.

—El rey Kirsten nos recibirá esta tarde —informó Erik—, aunque me parece que va a ser una simple reunión de cortesía; a él todo este asunto no le atañe directamente.

—Hombre, algo sí —le corrigió Kodran—, la reina es su hermana y los príncipes sus sobrinos. No creo que le dé igual lo que les pase.

—Quería decir que él no tiene que tomar ninguna decisión

sobre lo que hay que hacer o dejar de hacer.

—Pues nada, nos reuniremos con el rey —dijo Gunnar—. Si ya hasta me estoy acostumbrando.

—Vale, pues entonces esta vez hablas tú —le invitó Erik.

—No te pases —rechazó el muchacho de inmediato—, he dicho que me estoy acostumbrando, no que me haya acostumbrado ya.

Tal y como había predicho Erik, la reunión con el rey Kirsten y la familia real de Ingerland tuvo como única finalidad expresarles su bienvenida y el deseo de que todo saliera bien. El rey era más joven que su hermana; y su esposa, la reina de Ingerland, hermosa y elegante, tendría solo tres o cuatro años más que los muchachos. Durante toda la recepción, mantuvo en su regazo a su primer, y de momento, único hijo: el futuro heredero al trono. El pequeño, nacido tan solo ocho meses atrás, dormía complacido en los brazos de su madre, que lo acunaba con infinito cariño. La joven soberana asintió a los buenos deseos expresados por su marido y no tuvo reparos en expresarlos ella misma.

—Confío en que tengáis la suerte que merecen unos jóvenes tan valerosos como vosotros —dijo cuando se despedían, provocando el sonrojo de los tres muchachos.

Concluida su misión y las formalidades, los tres amigos se dispusieron a aprovechar los días que les quedaban en el palacio para recuperar fuerzas y, en el caso de Erik, para pasar todo el tiempo posible con sus hermanos antes de volver a despedirse.

—¿Hasta cuándo? —preguntó Nela mientras ayudaba a su hermano a ensillar a Darko el día que iba a marcharse.

—No lo sé —respondió Erik—. En principio, hasta que vengamos a buscar al príncipe Harald, pero quién sabe, igual me toca volver antes para transmitir algún otro mensaje —añadió sonriente.

—Tened mucho cuidado —le pidió la muchacha.

—Claro —dijo Erik quitándole importancia y, mirando hacia los lados para comprobar que no había nadie cerca añadió—. Por cierto, el príncipe es un chico muy sensato y bastante bien parecido, así que si de verdad le gustas...

—¡No seas idiota! —le espetó Nela sonriendo.

Capítulo IV

Emprendieron la marcha temprano con la intención de llegar al paso fronterizo al atardecer. Pese a dejar atrás las comodidades del palacio, el humor de los muchachos era inmejorable: habían conseguido el objetivo de su misión y ahora volvían para reunirse con el naciente ejército rebelde. Aunque era cierto que sentían el peso de la responsabilidad, también era algo que les llenaba de orgullo y valor. Había momentos en los que les habría gustado mantenerse al margen de todo ese asunto, pero, pasados esos instantes de flaqueza, reconocían que era preferible estar influyendo en el curso de los acontecimientos que ser unos simples sujetos pasivos, movidos por fuerzas desconocidas como hojas que arrastra el viento.

Igual que semanas atrás, cuando Erik volvía del palacio con Markus, los soldados no les pusieron ningún inconveniente para cruzar la frontera y entrar de nuevo en el reino de Altenbruk. Sin embargo, observaron una mayor presencia militar en las inmediaciones del paso fronterizo. Para evitar imprevistos, los muchachos decidieron continuar la marcha de inmediato y alejarse del puente que unía los dos países.

Comenzaba a anochecer y aún no se hacía necesario dormir al raso, así que se detuvieron al llegar a una posada de aspecto confortable. Además del dinero que llevaban consigo, la reina les había hecho aceptar a cada uno un pequeño saquito lleno de monedas de oro, para afrontar los gastos del viaje. En un principio, los chicos se habían resistido, pero fue tal la insistencia de la soberana que se vieron obligados a ceder, por miedo a parecer desagradecidos u orgullosos.

—Lo guardaremos por si surge algún imprevisto —había sugerido Erik cuando partían.

La posada no era muy grande, pero sí acogedora. La dueña del local acomodó a los muchachos en la única mesa que quedaba libre y no tardó en traerles una apetitosa cena acompañada de cerveza de tonos oscuros.

—La hace mi marido —les informó mientras depositaba una jarra frente a cada chico—. Tened cuidado, porque se sube rápido a la cabeza.

—Gracias por la advertencia —intervino Kodran.

Los muchachos observaron al resto de comensales; la gran mayoría debían ser vecinos del lugar, que aprovechaban las últimas horas del día para refrescarse la garganta en compañía de sus amigos.

—¿Creéis que alguien sospechará de nosotros? —preguntó Gunnar mientras cenaban.

—No sé por qué iban a hacerlo —respondió Erik despreocupado—. No creo que a estos hombres les importe lo más mínimo los asuntos de sir William.

—Es más —añadió Kodran—, la mayoría no sabrán ni leer, así que no creo que se hayan fijado en los carteles que han colgado los alguaciles; eso contando con que Markus tuviera razón y también nos hayan incluido en el grupo de fugitivos.

—Entonces —inquirió Gunnar—, ¿vamos a ir los tres juntos a todas partes sin preocuparnos de si estamos en un lugar poblado o no?

—Si prefieres ir tú solo... —sugirió Kodran.

—Claro que no, pero Markus y Árkhelan insistieron en que fuéramos prudentes.

—Y yo creo que lo hemos sido hasta ahora —opinó Erik—. No te preocupes Gunnar, no tenemos nada que temer, al menos de momento.

—Si tú lo dices —cedió el muchacho no muy convencido.

Transcurrieron dos nuevos días de camino sin el menor incidente, por lo que Gunnar acabó aceptando que Erik tenía razón y que sus temores eran infundados. Nadie los conocía; no eran más que tres muchachos que viajaban juntos, así que ¿por qué preocuparse? Pese a la lógica de este razonamiento, el muchacho no conseguía calmar del todo cierto sentimiento de intranquilidad, que le incomodaba la mayor parte del tiempo.

—Pareces una vieja supersticiosa —le reprochaba Kodran sonriendo cuando Gunnar expresaba alguno de sus presentimientos.

Fundados o infundados, estos temores no eran algo que el muchacho pudiera controlar, por lo que optó por intentar ignorarlos y dejar de buscarles un sentido, con la esperanza de que, de esa manera, desaparecerían igual que habían venido.

No conocían el camino que estaban recorriendo, y no les hacía ninguna ilusión pasar la noche en medio de una senda desconocida. Por eso, mientras cabalgaban, habían acordado que detendrían su marcha en la primera población que encontraran en cuanto empezara a atardecer. No tuvieron que esperar mucho; minutos después de que el paisaje comenzara a adoptar tonos anaranjados, divisaron las primeras construcciones de una pequeña aldea rodeada de campos de cultivo. Una anciana, que aprovechaba los últimos rayos de sol para coser en la puerta de su casa, les informó de que había una taberna un poco más adelante y que allí podrían pasar la noche.

—Solo tienen dos o tres habitaciones, y creo que no son demasiado cómodas —les informó la buena mujer—. No estamos acostumbrados a recibir visitas de forasteros.

—No se preocupe, seguro que será suficiente para nosotros —le tranquilizó Gunnar cuando se despedían.

En efecto, al bordear uno de los recodos del camino, vieron una gran cabaña de madera, con aspecto de ser la taberna de la que les había informado la anciana. En cuanto desmontaron, se les acercó un muchacho con aire despierto que se ofreció a llevar los caballos al establo.

—Muchas gracias —repuso Erik dándole una moneda—. ¿Sabes si hay habitaciones libres?

—No estoy seguro, tendréis que preguntarles a mis padres porque hace un rato han llegado otros dos viajeros.

—Pensaba que casi no pasaba gente por aquí —comentó Kodran extrañado.

—Y así es —le confirmó el chico—, llevábamos semanas sin recibir a ningún forastero.

—Pues sí que tenemos suerte —se lamentó Gunnar.

En cuanto entraron en la taberna, fueron saludados amistosamente por los dueños del local. Cuando los muchachos manifestaron su intención de pasar la noche allí, el tabernero expresó su sorpresa.

—¡Vaya! Parece que os hayáis puesto de acuerdo.

—¿Tendrán sitio para nosotros? —inquirió Kodran con cierto temor.

—Si no os importa apretujaros un poco —repuso la dueña—. También podemos hablar con los otros dos viajeros y preguntarles si no les importa compartir habitación. Si no me equivoco, van juntos. En cada dormitorio hay dos camas, pero como no suele venir mucha gente a pasar la noche les dimos habitaciones distintas.

—No, no hace falta que les moleste —intervino Erik enseguida—, nos apañaremos como podamos.

—Bien, como queráis —accedió gustoso el tabernero—. Cuando bajen a cenar llevaré uno de los colchones sobrantes a vuestra habitación. Mientras tanto, si queréis podéis dejar vuestras cosas arriba, la cena estará en media hora, y la gente del pueblo no tardará en llegar.

—¿Tienen mucha clientela? —preguntó Gunnar.

—Sí, no nos podemos quejar —contestó la dueña sonriente—. Nuestra aldea es pequeña, pero somos gente sociable y nos gusta juntarnos alrededor de un buen fuego para charlar mientras bebemos algo. Si me seguís, os acompañaré hasta vuestra habitación —añadió, dirigiéndose hacia la escalera.

Los muchachos pudieron asearse un poco y cambiarse de ropa antes de bajar al comedor, que consistía en tres mesas y una gran cantidad de sillas y taburetes dispuestas en torno a la gran chimenea. Como había anunciado Patrick, el dueño de la taberna, los aldeanos no tardaron en llegar. Se notaba que no estaban muy acostumbrados a recibir forasteros porque, cada vez que entraba alguno en el local, se quedaba mirando a los muchachos con extrañeza.

—Empiezo a tener complejo de bicho raro —comentó Kodran por lo bajo.

—Mientras solo nos miren porque no somos de la aldea... —agregó Gunnar.

—No empieces con tus miedos —le reprochó Kodran—. Hemos pasado por sitios mucho más civilizados que este rincón perdido en medio del bosque, y nadie ha sospechado lo más mínimo. Es posible que aquí ni siquiera sepan que el rey fue asesinado, o igual se creen que sigue gobernando Harald el grande...

—No te pases —le recriminó Erik sonriendo—, tampoco estamos en un sitio tan aislado.

—Bueno, quizás he exagerado un poco, pero lo que sí que es cierto es que aquí es imposible que haya alguien que nos reconozca.

Mientras cenaban, se fueron fijando en el resto de clientes; se notaba que les gustaba beber y hablar, y lo cierto era que, cuanta más cerveza consumían, más elevado era el tono de sus conversaciones, hasta el punto en el que a los muchachos empezó a resultarles costoso conversar entre ellos.

—¿Dónde estarán los otros dos forasteros? —se interesó Gunnar.

—¿Quién? —preguntó Erik sin acabar de entender.

—Los otros dos que se han alojado en la taberna —insistió el muchacho alzando la voz.

—No lo sé —contestó Erik sin darle mayor importancia al asunto.

—Seguramente habrán preferido quedarse en su habitación antes que presenciar este lamentable espectáculo —intervino Kodran sin ocultar su desagrado ante el ambiente cada vez más ruidoso—.

De hecho, yo estoy a punto de largarme; aquí no se puede hablar con tranquilidad, rodeado de borrachos que huelen a cabra.

—¡Vaya con el príncipe! —repuso Erik divertido—. Pasa unos cuantos días en un palacio y se nos vuelve un finolis.

—¿Huelen a cabra o no? —inquirió Kodran tenaz.

—Sí, puede ser —concedió Erik—, pero eso, hace unas semanas, no te hubiera importado tanto.

—La gente cambia —sentenció el muchacho.

—Creo que se están fijando en nosotros —les interrumpió Gunnar con preocupación.

—¿Cómo?

—Hay algunos hombres que no paran de mirarnos.

—Llevan así toda la noche —dijo Kodran en tono cansino—. Empiezo a pensar que se te está yendo la cabeza.

—¿¡Kodran, Gunnar, Erik!? —interrogó una voz detrás de ellos.

El rostro de los tres muchachos perdió completamente su color. Alguien acababa de llamarlos por sus nombres y eso no tendría que haber ocurrido; nadie los conocía y ellos no habían dado ninguna información sobre sus personas. Pasaron unos instantes hasta que se decidieron a girarse para ver de quién se trataba, mientras se maldecían interiormente por haber dejado todas sus armas en la habitación. Disimuladamente, Erik movió la mano que tenía sobre la mesa hasta alcanzar el cuchillo.

—Yo que tú no haría eso, muchacho —le indicó el extraño.

Los ojos de Gunnar se abrieron como platos al escuchar la voz con más claridad. El muchacho se giró bruscamente mientras se levantaba. Erik y Kodran también se dieron la vuelta y se encontraron frente a frente con dos hombres de gran envergadura.

—¿¡Señor Godrik!? ¿¡Señor Ralf!? —dijo Erik incrédulo.

—¿¡Papá!? —exclamaron Gunnar y Kodran a la vez.

—Hola, chicos —saludaron los dos forasteros.

Los muchachos todavía no podían creérselo. Pasados los primeros momentos de estupor y confusión, habían subido al dormitorio que ocupaba Ralf, el padre de Gunnar, y allí era donde se encontraban en ese momento. Las habitaciones no eran demasiado espaciosas, ni había más mobiliario que las dos camas y un par de sencillos percheros; así que se acomodaron como buenamente pudieron, dispuestos a aclarar las distintas circunstancias que habían provocado ese encuentro tan inesperado como bienvenido.

Al principio, Gunnar y Kodran se mostraron tímidos y reacios a hablar. Erik contemplaba a sus amigos extrañado por su actitud, hasta que recordó que Markus le había contado que ninguno de los dos muchachos sabía que su padre formaba parte del ejército en la sombra.

Cuando, ante las respuestas evasivas de los dos chicos sobre el paradero de Markus, sus padres les confirmaron que estaban al tanto del asesinato del rey y de todo el plan para devolver el trono al príncipe Harald, Gunnar y Kodran pusieron tal cara de asombro que Erik tardó varios minutos en parar de reírse. Superados estos momentos de sorpresa y confusión, los dos muchachos se relajaron y comenzaron a actuar con normalidad.

Aunque los chicos tenían cientos de preguntas sobre la aldea y todos los que allí seguían, Ralf y Godrik les instaron a que fueran ellos los primeros en contar lo ocurrido desde su marcha. Entre los tres, fueron desgranando los acontecimientos que habían tenido lugar en esas semanas. Cuando terminaron, los dos adultos no pudieron evitar mostrar su asombro ante la magnitud de la empresa realizada.

—¡Quién iba a decirnos que los tres mocosos que no paraban de corretear por las calles de la aldea acabarían asaltando castillos y reuniéndose con reyes! —exclamó Godrik sonriente, palmeando la espalda de su hijo.

—Y vosotros, ¿qué hacéis aquí? —preguntó Kodran.

—Hemos estado haciendo negocios por algunos pueblos un poco más al sur, y ahora volvemos a casa —contestó Godrik—. Y la verdad es que erais las últimas personas a las que esperábamos encontrar en nuestro camino.

—¿Qué podéis contarnos de la aldea? —inquirió Gunnar.

Ralf y Godrik se miraron algo incómodos como dudando de quién debería responder. Al final fue este último el que tomó la palabra.

—Lo cierto es que ya sabíamos de la liberación de los prisioneros. Se ha armado bastante revuelo con vuestra hazaña —añadió mirando a los chicos que sonrieron tímidamente—. Seguramente sabréis que han puesto precio a la cabeza de todos los fugados y también a la de Markus —los muchachos asintieron—. Bueno, pues, el hecho es que hubo un destacamento que vino a la aldea.

—¿Y...? —inquirió Kodran al ver que su padre tardaba en continuar.

—Hicieron muchas preguntas —intervino Ralf—. Que si Árkhelan o Markus habían vuelto a la aldea, si teníamos alguna noticia de dónde podrían estar...

—¿Y qué dijo la gente? —preguntó Erik.

—La verdad: que no sabían nada sobre ninguno de los dos —informó Godrik.

—¿Y ya está? —se interesó Gunnar.

—No —contestó Ralf—, también preguntaron por la familia de Árkhelan, especialmente por ti, Erik.

Aunque la esperaba, el muchacho sintió un escalofrío ante esta noticia.

—¿Qué averiguaron? —fue capaz de preguntar.

—Lo que vosotros os habíais encargado de transmitir —dijo Godrik—: que os habíais marchado a casa de unos familiares y que no sabían cuándo volveríais.

—¿Preguntaron por nosotros? —quiso saber Gunnar.

—Bueno, sí en cierto modo —contestó Ralf—. Los soldados estuvieron varios días hablando con casi todos los de la aldea, y a muchos les preguntaron sobre quiénes llevaban tiempo fuera del pueblo. Aunque nuestros vecinos se mostraban poco dispuestos a contestar a estos interrogatorios, al final los soldados supieron que, aparte de Markus y de la familia de Árkhelan, vosotros dos erais los únicos que llevaban tiempo sin aparecer.

—¿Y qué dijeron? —siguió indagando Gunnar.

—Vinieron a hablar con nosotros —contestó Godrik—, para saber dónde estabais. Les explicamos que nos dedicábamos a la cría de caballos y que os habíamos enviado a visitar varios poblados para intentar conseguir compradores.

—¿Se lo creyeron? —preguntó Kodran.

—Bueno, tampoco tenían otras muchas opciones —intervino Ralf—. Sabían que era cierto que nos dedicamos a los caballos, y, aunque también sabían que somos socios de Árkhelan, eso no es un delito. Nos dijeron que volverían más adelante para hablar con vosotros. Preguntaron cuándo estaríais de vuelta y les dimos largas diciendo que no era fácil de saber y que, además, cuando regresarais solo os quedaríais un par de días en casa como mucho. En fin, yo creo que estaban tan cansados de interrogar a todo el mundo sin conseguir nada de provecho, que decidieron no darle más vueltas al asunto.

—Bueno, pues entonces tampoco ha ido tan mal, ¿no? —opinó Kodran ante el tono decaído con el que les habían informado de todo.

—Hay algo más —repuso Godrik a media voz.

Los muchachos les miraron expectantes. No tenían ni idea de qué se podía tratar, pero era evidente que no les iban a dar una buena noticia.

—¿De qué se trata? —preguntó Erik intuyendo que él era el sujeto de la desgracia.

—Antes de irse, los soldados pasaron por la granja de Markus y por vuestra cabaña —continuó Godrik con la vista fija en el suelo—. Al parecer tenían ordenes de dar un escarmiento público a los que hubieran colaborado en la liberación de los presos, pero como no pudieron acusar a nadie...

—¿Qué hicieron? —inquirió el muchacho temiendo la respuesta.

—Lo destruyeron todo —contestó Ralf—. Quemaron las cabañas, mataron a los animales y se llevaron todo lo que pudiera haber de valor. No ha quedado nada de vuestra casa ni de la de Markus.

Erik sintió como si algo se desgarrara en su interior. Su casa, el hogar en el que habían crecido él y sus hermanos, el escenario de prácticamente todos y cada uno de sus recuerdos familiares... ¡Ya no existía! Peor que eso, había sido reducido a cenizas. Y lo mismo había ocurrido con todas sus pertenencias, y con la granja de Markus.

—Erik, lo siento muchísimo —dijo Gunnar poniéndole la mano en el hombro.

—Yo también —susurró Kodran—. No es justo.

—No, no lo es —confirmó el muchacho intentando reponerse—, pero sabíamos que podía pasar. Afortunadamente mis hermanos están a salvo y mi padre, ahora, también.

—No te preocupes —intentó animarle Godrik—, cuando todo esto acabe, os ayudaremos a reconstruirlo todo. Sé que no es demasiado consuelo, pero tienes que saber que el pueblo entero está de vuestra parte. Cuando descubrieron lo que habían hecho los soldados, hubo una revuelta popular. Muchos, especialmente Jacob, Peter y Manfred, querían ir en su busca para lincharlos —informó provocando una ligera sonrisa de Erik—. Si durante los días en los que tuvieron lugar los interrogatorios la gente procuró ser lo más discreta posible, tras marcharse los soldados, ya nadie dudó en decir lo que pensaba; y te sorprendería saber que todos están de acuerdo en que es imposible que Árkhelan haya hecho algo malo y que, si lo arrestaron, es porque sir William tiene algo que esconder.

—¿Hubo algún incidente más? —preguntó Erik sin poder disimular su tristeza—. ¿Le hicieron daño a alguien?

—No, todos están bien —respondió Ralf.

—¿Y Karen? —inquirió Gunnar adivinando los pensamientos de su amigo.

—La señora Hanna y sus hijas están perfectamente. Karen está cada día más guapa.

Erik tuvo que hacer serios esfuerzos para que no se le escaparan las lágrimas. Los sentimientos se agolpaban creándole un nudo en la garganta, que amenazaba con dejarle sin respiración. No, no era justo. Él solo quería llevar una existencia sencilla con su familia y sus amigos... y con Karen. Y, ahora, se veía obligado a vivir como un fugitivo, separado de sus hermanos, temiendo continuamente por los suyos, y pagando las consecuencias del exceso de avaricia de un tirano. Y lo mismo les ocurría a otras personas... y cada vez serían más las víctimas.

—Tenemos que acabar con esto —dijo con rabia y determinación—. Tenemos que conseguir que el príncipe Harald llegue al trono y castigue a ese cerdo como se merece. —Nadie se atrevió a intervenir—. Os juro por la memoria de mi madre —añadió con el rostro arrasado en lágrimas— que no pararé hasta conseguirlo, aunque tenga que pasar años combatiendo, aunque tenga que renunciar a una vida normal, aunque eso suponga una muerte cruel y dolorosa. No me detendré hasta que el Duque de Nordland pague por lo que ha hecho.

—Erik, no estás solo en esto, sabes que puedes contar con nosotros —le dijo Gunnar.

El muchacho miró a sus amigos y la tensión de su rostro pareció relajarse.

—Ya tenemos el documento de la reina —intervino Kodran—. Ahora hay que seguir con el plan previsto. Lo conseguiremos.

Erik se secó las lágrimas con las manos y carraspeó varias veces, intentando aclararse la voz. Tras varios segundos respirando profundamente, sintió cómo, poco a poco, volvía a ser dueño de sí.

Hacía unos instantes su alma dolorida gritaba pidiendo venganza, pero él sabía bien que no sería eso lo que le devolvería la paz a su corazón. Podía ser que hubieran quemado su casa y destruido sus posesiones, pero, a pesar de los peligros y las incomodidades, seguía teniendo todo lo que realmente importaba: su familia, sus amigos, Karen... Quizás ahora no pudiera estar con ellos como le gustaría, pero sabía que seguían estando ahí. Sin embargo, si se dejaba dominar por el odio y el rencor, acabaría perdiéndose y a ellos también.

Sí, el príncipe Harald llegaría al trono y Nordland iba a pagar por sus crímenes, pero no por venganza, sino por justicia. Erik alzó la mirada y vio a sus amigos contemplándole. Consiguió esbozar una sonrisa y volvió a hablar con voz firme.

—Tenéis razón, lo conseguiremos.

Capítulo V

Aunque al principio le costó conciliar el sueño, Erik acabó durmiéndose poco después de la medianoche y no se despertó hasta que Kodran le tocó en el costado.

—Vamos, dormilón, arriba.

—¿Ya ha amanecido?

—¿¡Amanecido!? Como tardes un poquito más en levantarte se va a hacer mediodía.

—No exageres, Kodran —le recriminó Gunnar, que ya estaba vestido y lo observaba todo sentado en su cama.

—Bueno, ¿te vas a levantar o no?

—Con tal de que te calles estoy dispuesto a cazar un oso con un palo y unas piedras —respondió Erik incorporándose—. ¡Qué pesado!

—Voy a ver qué tenemos para desayunar —informó Kodran mientras salía de la habitación—, no tardéis.

—Descuida —dijo Erik sin moverse.

—¿Cómo te encuentras? —inquirió Gunnar tímidamente cuando se cerró la puerta.

—Mejor. No sé, supongo que me iré haciendo a la idea. Ayer estaba un poco confuso y creo que me superó la situación.

—Es normal, Erik. Todos nos hubiéramos sentido igual.

—A ver qué dicen mi padre y Markus cuando se lo digamos...

—¿No tienes hambre? —preguntó Gunnar cambiando de tema.

—Sí —reconoció Erik, esforzándose por sonreír.

Cuando terminaron de desayunar, recogieron sus cosas y se despidieron de los dueños de la taberna y de su hijo, que les acercó los caballos.

—¿Les has dado de comer? —se interesó Erik.

—Sí, claro —contestó el muchacho—. ¿Este es el tuyo?

—Sí, ¿te gusta?

El chico asintió repetidas veces.

—Se llama Darko y es todo un señor caballo —le informó Erik palmeando el lomo del hermoso animal.

—Cuando sea mayor, me gustaría tener uno así.

—Pues, quién sabe, si sigues trabajando igual de bien y haces caso a tus padres, a lo mejor lo consigues —le animó Erik—. Aquí tienes, para que empieces a ahorrar —añadió, dándole una moneda de oro.

El pequeño abrió los ojos al máximo, asombrado ante el tesoro que acababa de recibir. Balbució unas palabras de agradecimiento y corrió a la taberna para contárselo a sus padres.

—¡Erik, el magnánimo! —bromeó Kodran—. ¿Nos vamos ya, majestad? Creo que nos están esperando.

Para no llamar la atención, Godrik y Ralf habían salido antes que los chicos y les esperaban a las afueras del pueblo. Cabalgarían juntos un par de horas aproximadamente, hasta llegar al punto en el que los caminos se bifurcaban. El padre de Gunnar y el de Kodran se dirigirían hacia el este para llegar a la aldea esa noche; mientras que los muchachos continuarían hacia el norte. A ellos todavía les quedaban dos o tres días de camino al ritmo que se habían marcado. No tenían prisa por llegar, aún faltaba semana y media para la fecha señalada.

—Dale recuerdos a mamá —le dijo Gunnar a su padre cuando se acercaba el momento de separarse.

—Creo que será mejor que no comentemos que os hemos visto —repuso Ralf—. Aunque, como os hemos dicho, la gente del pueblo está de nuestro lado, toda prudencia es poca y no queremos que llegue información a alguien no deseado.

—Bueno, vosotros veréis —cedió el muchacho.

Al llegar al cruce de caminos, Gunnar y Kodran se despidieron de sus padres con un abrazo apretado. Erik comprendía sus sentimientos y prefirió mantenerse a una distancia prudencial, para no estorbar en sus conversaciones.

—Tened mucho cuidado —les recomendó Godrik antes de montar en su caballo—. Es preferible que os paséis de desconfiados.

—Volveremos a vernos cuando llegue el momento de acompañar al príncipe Harald al castillo —anunció Ralf.

—¿¡Vosotros también vendréis!? —preguntó Gunnar sorprendido.

—Pues, claro —respondió su padre con una gran sonrisa—. Y creo que no seremos los únicos; Markus nos encargó que, si todo iba según el plan y conseguíais rescatar a Árkhelan, recluláramos a Peter, Jacob y Manfred para la marcha final.

—¡La marcha final! —repitió Kodran en tono solemne—. Vaya, empiezo a sentirme importante.

—No seas bocazas, Kodran —le espetó Godrik.

—Solo era una broma —se excusó el muchacho, intimidado por la corrección de su padre.

—Bueno, tenemos que irnos o se nos hará de noche antes de que lleguemos a la aldea —continuó Godrik en un tono más suave—. ¡Suerte!

—Gracias —respondieron los muchachos.

Los tres chicos aguardaron en el cruce hasta que perdieron de vista a Ralf y Godrik.

—¿Qué haremos cuando lleguemos al punto de encuentro? —se interesó Gunnar nada más reanudar la marcha—. Porque a este paso vamos a llegar una semana antes de lo previsto.

—Pues, si todo sigue así de bien —contestó Erik—, y llegamos con tanto tiempo de antelación, podremos dedicar algunos ratos a practicar con la espada y, además, tendremos que cazar si queremos comer.

—No creo que tengamos que estar una semana esperando —opinó Kodran—. Markus dijo que, seguramente, llegarían uno o dos días antes al punto de encuentro.

—Bueno, ya nos preocuparemos de eso más adelante —sentenció Erik.

No habrían avanzado más de una milla y media o dos desde la bifurcación cuando escucharon el galopar de unos caballos a su espalda.

—Parece que alguien viene con mucha prisa —comentó Kodran tirando levemente de las riendas para que su caballo se echase a un lado del camino.

Erik y Gunnar imitaron el gesto de su amigo, y miraron hacia atrás con cierta curiosidad.

Segundos después, un grupo compuesto por cuatro caballos y sus respectivos jinetes giró la última curva que les separaba de los muchachos. Para sorpresa de los chicos, la comitiva se detuvo al llegar a su altura. Sin tiempo de reacción, uno de los jinetes empuñó una ballesta con la que fue apuntando a los muchachos con rápidos movimientos.

—No os mováis si queréis seguir con vida —advirtió en tono amenazante sin bajar el arma.

Erik miró a los recién llegados sin acabar de entender lo que estaba ocurriendo. No tenían pinta de soldados, más bien parecían simples campesinos. De hecho, aunque no estaba seguro, le parecía recordar alguna de sus caras de la noche anterior en la taberna.

«¡Agentes secretos de Nordland!» —pensó el muchacho y, mirando a sus compañeros, comprendió que ellos habían llegado a la misma conclusión.

El hombre que llevaba la ballesta permaneció en su caballo, mientras los otros tres desmontaban y se acercaban a cada uno de los muchachos. Erik observó sorprendido que estos últimos iban armados con lo que parecían ser herramientas de labranza.

—Y, ahora, dadnos todo el dinero que llevéis —ordenó el líder del grupo sin dejar de apuntar a los muchachos.

—¿¡Dinero!? —exclamó Erik estupefacto.

—Sí —repitió el jinete malentendiendo la confusión del muchacho—, y no intentéis engañarnos —les advirtió—, sabemos que lleváis monedas de oro.

Los muchachos se dirigieron una rápida mirada de extrañeza.

—¡Sois ladrones! —dijo entonces Gunnar en un tono de alivio que desconcertó a los asaltantes.

Erik y Kodran también parecieron relajarse con este descubrimiento, provocando sin querer la ira del jefe de los salteadores.

—¿¡Creéis que estoy de broma!? —gritó enfurecido—. ¡Sacad ahora mismo todo lo que tengáis de valor o lo buscaremos nosotros después de mataros! —Consciente ya de su error, Erik comprendió que, aunque la situación era menos desesperada que en caso de haber sido sorprendidos por agentes secretos del Duque de Nordland, el peligro al que se enfrentaban tampoco era nada desdeñable. Estaban rodeados por unos bandidos, que no parecían demasiado expertos, pero que les aventajaban en número, y les estaban apuntando con una ballesta—. ¡Desmontad ahora mismo! —ordenó el líder del grupo—. Nos llevaremos vuestros caballos y así podremos registrar lo que tenéis con tranquilidad —añadió esbozando una sonrisa.

Esta noticia sobresaltó a los muchachos; podían continuar el viaje sin dinero: eran buenos cazadores y no les importaba dormir al raso. Pero ¿darles los caballos? El problema no solo radicaba en que tendrían que continuar a pie hasta el punto de encuentro... ¡Eran sus caballos!

Ninguno de los tres hizo el menor ademán de desmontar, lo que provocó que el jefe de los salteadores perdiera los nervios.

—Una de dos —dijo acercándose a Erik con el arma en alto—, o estáis sordos o sois tontos de remate. Voy a decirlo una última vez antes de acabar con vosotros, y tú serás el primero en morir —añadió colocando la ballesta a escasos centímetros del pecho del muchacho—. ¡Desmontad ahora mismo!

Erik miró a sus amigos y asintió levemente. Después, soltó las riendas y se agarró a la silla mientras sacaba el pie izquierdo del estribo; Kodran y Gunnar le imitaron con lentos movimientos.

De un modo instintivo, los salteadores agarraron las riendas casi a la altura del bocado, para evitar que los caballos se escaparan. Aprovechando la distracción, mientras desmontaba de Darko, Erik agarró la empuñadura de su espada, que pendía del flanco izquierdo del gran caballo, y con un rápido movimiento saltó a tierra a la vez que golpeaba con fuerza la ballesta que le había estado apuntando.

El arma cayó destrozada, mientras el dardo se escapaba clavándose en el suelo, a escasos centímetros del pie del muchacho. Ante el brusco movimiento de ataque, el caballo sobre el que se erguía el salteador se encabritó haciendo caer al jinete.

Gunnar y Kodran también desenfundaron sus armas y las blandieron amenazantes. Los bandidos, que no esperaban ninguna reacción por parte de los chicos, parecieron no saber cómo reaccionar al ver que su jefe permanecía inconsciente. Antes de que se dieran cuenta, Erik había armado su arco y les iba apuntando uno a uno.

—Yo de vosotros soltaría las armas —dijo el muchacho con tranquilidad. Viendo que sus palabras no producían reacción alguna, se giró hacia el oponente más cercano y, con un gesto rápido, disparó una flecha que se clavó entre los pies del bandido. En menos de un segundo, Erik cargó el arco de nuevo y volvió a apuntar a los salteadores que, esta vez sí, dejaron caer sus armas—. Despierta a vuestro amigo, si es que está vivo —ordenó a uno de sus atacantes.

El hombretón se acercó tembloroso a su compañero y palpó su cuerpo buscando señales de vida. Al comprobar que el corazón del accidentado seguía latiendo, le dio varias palmadas en la cara hasta que el caído emitió una queja.

En su interior, Erik se sintió aliviado al confirmar que el asaltante seguía con vida. Estos hombres no tenían pinta de ser unos auténticos ladrones; por su aspecto, sus armas y su torpeza, parecía más bien que eran unos pobres diablos que, al enterarse de que el hijo de los taberneros había recibido una moneda de oro de propina, habían decidido dar un susto a los forasteros y conseguir fondos para unas cuantas borracheras.

—Y ahora, ¿qué hacemos con vosotros? —cuestionó Erik sin dejar de apuntar a los forajidos—. No podemos marcharnos sin más, porque corremos el riesgo de que volváis a atacarnos. —Los asaltantes, negaron repetidas veces con la cabeza manifestando su propósito de no perseguir a los muchachos—. Lo mejor sería mataros, que es lo que pretendíais hacer con nosotros —añadió el muchacho con fingida maldad—. Pero no somos asesinos —continuó para alivio de los bandidos que miraban asustados los movimientos del arco—. ¿Qué hacemos?

—Podemos dejarlos aquí atados y llevarnos sus caballos —sugirió Kodran.

—No es mala idea —opinó Gunnar.

—No, por favor —se atrevió a pedir uno de los salteadores—. No hagáis eso. Viaja muy poca gente por este camino y podrían pasar días sin que nadie nos liberara.

—Necesitamos los caballos —añadió otro en tono de súplica.

—¿Y por qué deberíamos tener piedad de vosotros? —inquirió Erik—. Nos habéis perseguido para robarnos, queríais llevaros nuestros caballos, nos habéis amenazado de muerte... —Los salteadores se quedaron sin respuesta—. ¿Os queda algo de honor? —interrogó el muchacho. En un principio, los bandidos se mostraron ofendidos por la pregunta, pero, conscientes de la situación en la que se encontraban, bajaron los ojos y respondieron con un murmullo—. Confío en que sea así —continuó hablando—. Os diré lo que vamos a hacer; volveréis a vuestra aldea a pie, mientras nosotros continuamos nuestro camino y nos llevamos vuestros caballos. Al atardecer, los soltaremos. Si tenéis suerte y saben volver a sus establos... —Los asaltantes asintieron satisfechos.

—A cambio, quiero vuestra palabra de que no volveréis a asaltar a nadie nunca más —exigió Erik.

—Puede contar con ello —concedió gustoso uno de los hombres—. Ha sido la primera y última vez que hacemos algo parecido. Somos pobres y...

—La pobreza no es una excusa para comportarse como un criminal —le reprendió el muchacho con dureza.

—Tiene razón, señor —reconoció el campesino bajando la mirada humillado.

—Y no me llames señor, solo tengo diecisiete años y soy un trabajador como vosotros. Podéis marcharos, y ayudad a vuestro amigo a caminar, parece que todavía está un poco confuso —añadió Erik señalando al asaltante que le había estado apuntando con la ballesta.

—Sí, señor, muchas gracias.

Observaron a los bandidos mientras se alejaban.

—Ha sido usted muy generoso, señor —comentó Kodran con una sonrisa.

—¿Qué podíamos hacer si no?

—No sé, me pregunto qué hubiera hecho Markus en nuestro lugar.

—Pegarles una paliza —opinó Gunnar.

—Puede ser —dijo Erik—. ¿Seguimos?

Continuaron la marcha a buen ritmo. No temían que los asaltantes volvieran a atacarles, pero habían perdido más tiempo del deseado y, además, preferían alejarse lo antes posible del lugar del incidente; cuanto menos llamaran la atención, mejor.

Capítulo VI

Poco después del mediodía, cuando llegaron a una nueva bifurcación, soltaron a los caballos que habían requisado a sus asaltantes y los espantaron para que retomaran la senda de vuelta a su poblado.

El camino que habían elegido discurría casi continuamente junto a un riachuelo de poca profundidad y no más de tres o cuatro metros de anchura. Sus aguas bajaban limpias y frías, como pudieron comprobar cuando se detuvieron para refrescarse y beber un poco.

—¡Está congelada! —exclamó Gunnar, moviendo con dificultad los dedos tras haber rellenado su cantimplora.

—Este arroyo debe de venir directamente de las montañas del norte —supuso Erik.

—Sí, es posible —opinó Kodran—. ¿Crees que encontraremos algún lugar para pasar la noche?

—No lo sé —reconoció Erik—. Markus me explicó el camino que teníamos que seguir a la vuelta de Ingerland, y yo creo que lo estamos haciendo bien, pero tampoco tengo demasiada idea de dónde estamos.

—¿Y cómo vamos a llegar hasta el punto de encuentro? —inquirió Gunnar.

—Tenemos que ir hacia el noreste —informó Erik.

—¿Y ya está?

—Gunnar, tranquilo, no podemos perdernos —explicó el muchacho con seguridad—. Recuerdo el camino que hice con Markus cuando fuimos a llevar a los lobos. Si vamos hacia el este, antes o después llegaremos hasta ese camino y, si nos pasáramos de largo, solo tendríamos que avanzar hacia el norte y luego un poco más hacia el oeste. Son los primeros montes que se alzan desde la costa.

—Bueno, tú sabrás —cedió Gunnar.

—Pero, entonces —insistió Kodran—, ¿quedan más aldeas o nos toca dormir bajo las estrellas?

—Ya te he dicho que no lo sé —contestó Erik—. Seguiremos cabalgando mientras haya luz y veremos qué pasa.

—Pues, si es así, vamos a darnos prisa —repuso el muchacho.

Avanzaron a buen ritmo liderados por Kodran, al que era evidente que no le hacía demasiada gracia la posibilidad de tener que dormir al raso mientras hubiera alguna opción de hacerlo bajo techo.

Cuando la luz empezaba a escasear, y parecía claro que iban a tener que parar a dormir en el camino, los chicos escucharon el sonido procedente de alguna población cercana. Estimulado por este descubrimiento, Kodran espoleó a su caballo, que emprendió el galope seguido de inmediato por Gunnar y Erik.

Ya casi habían recorrido la distancia que les separaba del poblado, cuando, para sorpresa de los otros dos muchachos, Kodran detuvo a su caballo de golpe. Erik y Gunnar imitaron el gesto de su amigo, tirando de las riendas al llegar a su altura.

—¿Qué...? —empezó a preguntar Erik.

—¡Silencio! —le ordenó Kodran en un susurro.

Erik y Gunnar se miraron extrañados sin comprender la actitud de su amigo.

—Creo que hay soldados —informó este al fin, sin levantar la voz.

—¿¡Soldados!? —exclamó Gunnar—. ¿Cómo lo sabes?

Desde su posición, todavía no se veía con claridad la aldea, que permanecía semioculta tras una pequeña arboleda algunos metros más adelante.

—Creo que he visto a alguien con uniforme —comentó Kodran sin moverse.

—Pero si no se ve nada —repuso Erik—. ¿Estás seguro?

—No —confesó el muchacho.

—Además, tampoco tendría que haber ningún problema aunque hubiera un grupo de soldados en esa aldea —insistió Erik—. ¿Vamos o no?

Gunnar le dirigió una mirada aterrada.

—¿Quieres ir a un lugar que puede que esté lleno de soldados? —preguntó incrédulo.

—Este camino pasa por la aldea. O seguimos el camino o nos damos la vuelta, pero no vamos a quedarnos aquí.

—Podemos internarnos un poco en el bosque y pasar de largo —sugirió Gunnar.

—No tenemos nada que temer —le tranquilizó Erik—. Es más, si realmente hay soldados allí, quizá podamos conseguir alguna información.

Kodran y Gunnar intercambiaron una mirada indecisa.

—Pero si lo preferís, podemos pasar de largo y ya está —añadió el muchacho ante la resistencia de sus amigos.

—¿Qué diremos si nos preguntan por el motivo de nuestro viaje? —inquirió Gunnar.

Erik permaneció en silencio unos instantes. En cuestión de segundos le vinieron a la cabeza multitud de posibilidades, pero ninguna que le pareciera convincente.

—Creo que será mejor que pasemos de largo —contestó al fin con una ligera sonrisa—. Pero iremos por el camino, no por el bosque. Quiero ver si realmente hay soldados —añadió con decisión, espoleando a Darko.

Los dos muchachos le siguieron algo más tranquilos, aunque todavía temerosos de que pudiera surgir algún contratiempo en el caso de que hubiera un grupo de militares en la aldea que se disponían a cruzar.

Al girar la última curva, los chicos comprobaron que Kodran estaba en lo cierto. No solo es que hubiera soldados, sino que parecía que estaban llevando a cabo un registro en toda regla. Un oficial montado a caballo iba de un lado para otro gritando órdenes, que eran obedecidas de inmediato por sus subordinados.

Los muchachos, que ya estaban a la vista de los soldados, se esforzaron por continuar con normalidad. Mientras se acercaban a las primeras casas, la confianza de Erik empezó a resquebrajarse. Quizá no había sido tan buena idea continuar por el camino y arriesgarse a una situación comprometida. Gunnar y Kodran habían manifestado su desacuerdo, pero él había insistido y ahora...

—¡Vamos, gandules! —gritó el oficial al mando sin prestar demasiada atención a los muchachos—. ¡Quiero a todos los hombres de esta aldea reunidos delante de mí!

Erik miró a sus amigos sin decir palabra. No querían llamar la atención de los soldados y si no hacían ademán de detenerse, era posible que los dejasen pasar sin más; pero sentían una enorme curiosidad por saber qué estaba ocurriendo e, inconscientemente, aminoraron la marcha con la intención de enterarse de todo lo posible.

—¿Falta alguien? —bramó el militar desde su caballo.

—No, señor, este era el último —le informó uno de los soldados, mientras acompañaba a un aldeano hasta el lugar donde ya aguardaban otros veinte hombres.

En ese momento, el oficial reparó en los tres jinetes que se acercaban por el camino.

—¡Alto ahí! —les ordenó—. Vosotros, acompañadme —indicó a los soldados que tenía más cerca.

Los muchachos esperaron inmóviles mientras el oficial y su séquito, compuesto por cuatro militares, se acercaban a ellos. Erik no quiso mirar a sus amigos, pero intuía que debían estar al menos tan nerviosos como él.

—Soy idiota —se recriminó interiormente.

—Buenas tardes —dijo el muchacho intentando aparentar tranquilidad.

El oficial al mando emitió un gruñido, que Erik interpretó como respuesta a su saludo.

—¿A dónde os dirigís? —le espetó el militar sin más ceremonias.

—Vamos hacia el norte.

—¿Al norte? ¿Y puedes explicarme qué hay en el norte que pueda interesaros?

El cerebro del muchacho bullía en busca de las respuestas que antes no había conseguido fabricar.

—Somos cazadores —contestó Erik sorprendiéndose a sí mismo.

El oficial espoleó levemente a su caballo y paseó despacio alrededor de los muchachos, observándolos con atención.

—¿Viajáis vosotros solos? —inquirió al terminar su examen.

—Sí.

—¿Os habéis encontrado con algún grupo de jinetes en vuestro camino?

Erik comenzó a sentirse algo más cómodo. Por el rumbo que estaba tomando la conversación, parecía que el oficial había dado por válida su respuesta y ahora intentaba conseguir su ayuda.

—Llevamos varios días de marcha y hemos visto mucha gente...

—Me refiero a un grupo de entre diez y quince hombres armados —aclaró el oficial con cierta brusquedad.

—No —contestó Erik mirando a sus amigos para confirmar su respuesta. Estos negaron inmediatamente con la cabeza—. Aunque, bueno, esta mañana hemos tenido un incidente con un grupo de bandidos que han intentado robarnos los caballos —añadió para sorpresa de Gunnar y Kodran—. Pero solo eran cuatro y no iban muy bien armados.

—¿Bandidos? —preguntó el militar con interés.

—Sí —respondió el muchacho; y brevemente le narró el episodio del asalto frustrado.

—No sé si serán algunos de los hombres que están buscando —concluyó en tono inocente.

—No, muchacho, créeme —repuso el oficial con socarronería—. Si hubiesen sido los hombres que estamos buscando, ahora mismo iríais a pie.

—¿Tan peligrosos son?

—Son fugitivos que han escapado de las mazmorras del castillo. Están acusados de traición a la Corona. No son unos vulgares rateros como los que os habéis encontrado.

Dicho esto, el oficial pareció perder el interés por los muchachos y se dispuso a reanudar la tarea que estaba desempeñando antes de que estos aparecieran.

—¿De qué aldea me habéis dicho que venís? —preguntó mientras se alejaba.

—Creo que no se lo hemos dicho, pero venimos de Innsterd —contestó Erik con agilidad, recordando el nombre de uno de los pueblos en los que se habían detenido—. Está algo más al sur, cerca de...

—Sí, sí, sí —le interrumpió el oficial—. Ya sé dónde está Innsterd. Llevamos semanas recorriendo todo el maldito país en busca de esos fugitivos. Empezamos en Hartland hace más de dos semanas y no hemos descansado ni un solo día —añadió con disgusto.

Al escuchar el nombre de su aldea, Erik sintió un fuerte escalofrío. ¡Habían estado en Hartland! Por lo tanto, ese era el destacamento que había visitado la aldea e interrogado a todos los vecinos. ¡Esos hombres habían destruido su granja y la de Markus!

La indignación y la furia que se habían desatado en su pecho la noche anterior, cuando Ralf y Godrik le contaron lo ocurrido en la aldea, amenazaban con apoderarse de sus sentidos. El muchacho vio alejarse a los soldados, mientras sus músculos se tensaban y respiraba aceleradamente.

A su lado, Kodran y Gunnar, conscientes de lo que estaba ocurriendo, intentaron calmar a su amigo hablando a media voz, por miedo a que pudieran escucharlos.

—Erik, vámonos de aquí cuanto antes —le animó Kodran—, no sea que cambien de idea y tengamos un serio problema.

—Hay más de cincuenta soldados —le informó Gunnar—. No tenemos nada que hacer aquí. Tenemos que alejarnos lo antes posible.

—No tentemos más a la suerte —insistió Kodran.

Erik comprendió que sus amigos tenían razón. Los había puesto en peligro, y volvería a hacerlo si no conseguía dominarse.

—¿Esperáis algo? —les preguntó el oficial, extrañado de que no continuaran su marcha.

—No, disculpe —repuso Erik para alivio de sus amigos—. No sabíamos si quería algo más de nosotros.

—No, podéis marcharos. Suerte con la caza.

—Gracias —contestaron los tres muchachos alejándose al trote.

—¡Malditos cerdos! —explotó Erik cuando se hubieron alejado varias millas del último poblado. —Kodran y Gunnar no dijeron nada—. Al menos sabemos que no los han capturado —añadió el muchacho haciendo esfuerzos para serenarse.

—Mientras busquen en las aldeas no hay mucho que temer —comentó Kodran al ver que su amigo se tranquilizaba.

—«Están acusados de traición a la Corona» —repitió Erik, recordando las palabras del oficial—. ¿¡Traición a la Corona!?

—Erik, olvídalo —le aconsejó Gunnar—. No vas a conseguir nada dándole vueltas al asunto.

—Lo sé —reconoció el muchacho—, pero es que es todo tan injusto.

—Para eso estamos nosotros, ¿no? —repuso Kodran—. Para intentar que se haga justicia.

—Justicia —comentó Erik pensativo—. Ese es el lema del escudo de armas que el rey concedió a mi padre cuando llegó a ser general: «Justicia y Honor».

—«Justicia y Honor» —repitió Gunnar en voz alta.

—Sí —afirmó Erik ensimismado.

—El de Gunnar sería «Comer y dormir» —intervino Kodran con una sonrisa pícara, provocando la risa de sus amigos.

—Y el tuyo sería... —empezó a decir el aludido.

—Ya casi echaba de menos vuestras discusiones —le interrumpió Erik.

Tal y como temían, no encontraron ninguna aldea más adelante, por lo que se adentraron unos metros en el bosque en busca de algún lugar idóneo para pasar la noche.

—¿Para qué queremos una posada cuando podemos dormir arropados por las estrellas y el ulular de las lechuzas? —comentó Gunnar mientras se instalaban en un pequeño claro.

—Tú espera a que se ponga a llover y entonces me cuentas historias sobre las estrellas y las lechuzas —le espetó Kodran abrigándose con una manta.

—Menos mal que este invierno no está siendo demasiado frío —intervino Erik, mientras encendía una pequeña hoguera—, porque si no, lo hubiéramos pasado bastante mal.

Llevaban abundantes provisiones en las alforjas, así que se prepararon una buena cena, que disfrutaron sentados junto al fuego.

—¡Vaya día! —exclamó Kodran recordando los sucesos de la jornada—. Primero intentan robarnos y luego nos encontramos con un destacamento... Como sea siempre así a mí me va a dar algo.

—Sí —estuvo de acuerdo Erik—, la verdad es que nos hemos pegado un par de buenos sustos. Menos mal que ha ido todo bien. Pero no te preocupes —añadió—, me parece que, durante los próximos días, nos va a sobrar tranquilidad.

—¿Qué haréis cuando todo esto acabe? —preguntó Gunnar con la mirada fija en las llamas.

—Yo no sé bien lo que haré —contestó Kodran—, pero sí que sé lo que no haré: no volveré a pasar tantas noches a la intemperie.

Los chicos rieron divertidos.

—No, en serio —insistió Gunnar—, ¿lo habéis pensado?

—No mucho —reconoció Kodran—. Aún no tengo planes, ¿tú sí, Erik?

—Bueno, puede ser —contestó el muchacho—. Supongo que los mismos que cualquiera... Aunque con algunas variantes gracias a los soldados —añadió endureciendo el tono—. Reconstruir nuestra cabaña y la de Markus, comprar algunos animales, trabajar nuestras tierras, construir otra cabaña...

—¿Otra cabaña? —preguntó Gunnar extrañado.

—Sí, para cuando decida formar una familia. No cabríamos todos en nuestra casa, y, aunque así fuera, tampoco creo que fuera buena idea vivir todos juntos.

—Lo dices como si fuera a ocurrir mañana —repuso Kodran.

—Mañana va a estar complicado —contestó Erik sonriendo—, pero, si nuestros planes tienen éxito, no esperaré más que lo necesario.

—¿Lo has hablado ya con Karen? —inquirió Gunnar tímidamente.

—No, aún no. Lo haré cuando vuelva a verla, pero estoy seguro de que le gustará la idea.

—Eres un hombre afortunado, Erik Winterberg —sentenció Kodran.

—¿Lo dices porque mi padre es el proscrito número uno del reino o porque han arrasado mi granja? —preguntó en tono irónico.

Gunnar y Kodran sonrieron. Les tranquilizaba comprobar que su amigo se iba sobreponiendo a los duros golpes que había recibido.

—Sabes a lo que me refiero —insistió Kodran.

—Sí, lo sé —reconoció Erik—. Y estoy de acuerdo contigo. No es la primera vez que me lo planteo. Pero a vosotros tampoco os va mal, ¿no? Bueno, lo de que el príncipe se haya enamorado de mi hermana puede ser un pequeño contratiempo, pero...

—No me lo recuerdes...

—Tranquilo, Kodran —intervino Gunnar—, ¿qué puede tener un príncipe que no tengas tú?

El muchacho rió divertido.

—Pero, entonces, ¿hay algo entre Nela y tú, o no? —inquirió Erik, intuyendo que su amigo estaba dispuesto a hablar del tema. Aunque parecía evidente que era así, había cosas que desconcertaban a Erik, como el hecho de que Kodran y Nela casi no hubieran hablado entre ellos durante los días que habían pasado en el palacio de Ingerland. Alguna vez había intentado preguntarle a su hermana, pero esta siempre le contestaba con evasivas o zanjaba la cuestión con una respuesta más o menos brusca—. Te lo digo porque, si vas a ser mi cuñado, tendré que empezar a tratarte con más respeto —añadió el muchacho, intentando tirar de la lengua a su amigo.

Kodran permaneció callado unos momentos. Parecía estar valorando la conveniencia de continuar o no con esa conversación. Eran temas personales y no le gustaba airearlos, pero también era cierto que Gunnar y Erik eran sus mejores amigos y debía confiar en ellos.

—Nela es una chica encantadora —comenzó a decir con timidez—: es atractiva...

—Es más que atractiva —le corrigió Erik.

—Es muy guapa —rectificó Kodran sonriendo—, amable, atenta...

—Como sus hermanos —volvió a intervenir el muchacho.

—¿¡Me vas a dejar hablar o no!?

—Perdona —se disculpó Erik.

—Y yo —continuó Kodran—, bueno, creo que me gusta bastante y, de hecho, he hablado con ella alguna vez sobre, bueno, ya sabéis.

Erik y Gunnar asintieron, comprensivos ante la evidente dificultad de su amigo para explicarse con claridad.

—¿Y qué opina ella? —preguntó Gunnar con delicadeza al ver que Kodran tardaba en continuar.

—Ella... pues me dijo que siempre me había tenido mucho aprecio y que agradecía mi interés, pero que, de momento, no podía plantearse adquirir ningún tipo de compromiso...

—¿¡Compromiso!? ¿¡Qué le pediste!? ¿Que se casara contigo? —inquirió Erik sorprendido.

—¡Que va! Y eso es lo que intenté explicarle, que no era un compromiso formal, solo saber que correspondía a mi afecto y quedar de vez en cuando...

—¿Y no quiso?

—Me dijo que mientras Robert y Bera sean pequeños ella debe dedicarse por completo a su familia —concluyó el muchacho.

—¿¡Qué!? —exclamó Erik—. ¿Te dijo eso?

Kodran asintió.

—No me lo puedo creer. ¡Mira que es cabezota! Lo he hablado con ella cientos de veces, pero no me hace ni caso. ¡Mujeres! —exclamó—. ¡No hay quién las entienda ni quién consiga hacerlas cambiar de idea! Parece como si cuidar de nuestros hermanos fuera una responsabilidad únicamente suya —continuó—, y que tuviera que renunciar a todo para sacar la casa adelante. Hasta mi padre se enfadó con ella por lo mismo, pero ¡nada! No te preocupes Kodran, ya hablaré con ella.

—Bueno... —comenzó a decir el muchacho, intimidado por la reacción de su amigo.

—No sobre si tiene que comprometerse contigo o no —aclaró Erik—, eso es problema vuestro, sino sobre su exceso de responsabilidad.

—Hombre —intervino Gunnar—, no es por meterme donde no me llaman, pero algo de razón tiene Nela, ¿no? Tus hermanos todavía son pequeños y alguien tendrá que cuidar de ellos.

—Una cosa es cuidar de ellos, y otra muy distinta renunciar a tener una vida propia cuando no hay por qué hacerlo. Nela y yo hemos cuidado de Robert y Bera todos estos años, y no solo lo hemos hecho encantados, sino que ha sido un privilegio para nosotros poder desempeñar esa responsabilidad. Pero mi padre siempre nos ha dejado claro que debemos continuar con nuestra vida porque el que tiene la obligación de velar por mis hermanos es él, no nosotros. Lo que pasa es que Nela piensa que mi padre va muy liado con las cosas de la granja y que no puede atenderlos bien —continuó explicando Erik en lo que parecía ser un desahogo—, y por eso se empeña es hacer el papel de madre; y lo hace muy bien, pero no es necesario que se pase todo el día en casa ni que renuncie a sus amistades ni a... —dudó unos instantes— algo más serio. En fin, volveré a hablarlo con ella cuando llegue el momento —zanjó el muchacho.

—¿Y tú, Gunnar? —intervino Kodran deseoso de cambiar de tema—. No nos has contado tus planes.

—¿¡Yo!? —preguntó el muchacho enrojeciendo ligeramente—. No sé, de momento no tengo nada pensado. Ya veremos.

—¡Uyuyuy! ¡Algo me dice que no nos lo estás contando todo! —exclamó Erik—. Kodran y yo hemos desvelado nuestros secretitos, ahora te toca a ti.

—Venga, Gunnar, no seas tímido. Dinos, ¿hay alguna afortunada que haya encendido en tu pecho la llama del primer amor? —inquirió Kodran con cierto retintín.

—Bueno, yo... —vaciló el muchacho atribulado, ruborizándose hasta las orejas.

—¡Y no nos habías dicho nada! —le recriminó Erik con regocijo viendo las dudas de su amigo—. Vamos, ¿de quién se trata? ¿Lo sabe ella?

—Prefiero esperar un poco antes de tomar ninguna decisión —confesó Gunnar con gran esfuerzo.

—Pero ¿por qué? Ten cuidado, no sea que se te adelante alguien —le advirtió Kodran.

—Es que ella aún es demasiado joven para salir con un chico.

—¡No te habrás enamorado de mi hermana Bera! —intervino Erik con fingida seriedad.

—¡No! —contestó Gunnar intentando reunir el valor—. Pero sí que tiene cierta relación contigo.

Erik y Kodran se miraron intentando averiguar de quién se trataba. El muchacho no tenía familia más allá de su padre y sus hermanos... y Markus, que había estado casado con la hermana de la madre de Erik.

—Alguien que tiene cierta relación conmigo... —murmuró el muchacho pensativo.

—¡Lizzy! —exclamó Kodran.

—¿¡Lizzy!? ¿Mi Lizzy? —preguntó Erik sorprendido.

La hermana pequeña de Karen siempre había sido una protegida de Erik, que había cuidado de ella como un hermano mayor.

Por la reacción de Gunnar, era evidente que habían acertado en sus averiguaciones. El pobre muchacho tenía la mirada fija en el suelo y sus mejillas parecían a punto de arder.

—¿Cuántos años tiene Lizzy? —inquirió Kodran.

—Trece —contestó Erik.

—Solo le sacas cuatro años, tampoco es tanto.

Gunnar permaneció en silencio, sin saber bien qué decir.

—Lizzy —volvió a repetir Erik—. Pues, ¿sabes qué? Que me alegro muchísimo y ojalá ella te corresponda —dijo, consiguiendo que Gunnar le mirara sorprendido.

—¿Sí? —preguntó este sin querer.

—Claro. Es una criatura encantadora: bondadosa, inocente, servicial... Siempre la he visto como una florecilla, delicada e indefensa, que necesita que alguien cuide de ella y la proteja con todo su cariño y atención. Y no dudo de que tú podrías ser ese alguien —declaró convencido.

Gunnar no dijo nada, se limitó a asentir, agradecido ante la muestra de confianza de su amigo.

—O sea, que si todo sale como nos gustaría, vamos a ser una gran familia feliz —concluyó Kodran sonriente.

Capítulo VII

Hallar el camino hasta el punto de encuentro no fue una tarea tan sencilla como Erik había supuesto. Desde su encuentro con los soldados, no habían vuelto a pasar cerca de ninguna aldea; y, aunque el muchacho insistía en que estaban avanzando en la dirección correcta, al final tuvo que rendirse y reconocer que era posible que se hubieran perdido.

—No pasa nada, Erik —le había tranquilizado Gunnar cuando tuvieron que desandar por segunda vez una senda que no llevaba a ninguna parte—. Tenemos tiempo de sobra, y casi es preferible pasar los días en el camino que esperando sin saber qué hacer.

Kodran se sintió tentado de hacer algún comentario irónico sobre el sentido de orientación de su amigo, pero se lo pensó de nuevo al ver el gesto contrariado de Erik.

—Creo que lo mejor será ir hacia el este hasta que lleguemos a la Gran Cordillera. Una vez allí, solo tenemos que dirigirnos al norte y ya no podremos perdernos —les informó el muchacho mientras cenaban.

—De acuerdo —accedió Kodran—, pero, si ese es el camino más seguro, ¿por qué no hemos ido por ahí desde un principio?

—Porque significa recorrer sesenta millas de más, es decir, dos días más de camino al ritmo que vamos. Pero, visto lo visto...

—Entonces, ¿cuándo llegaremos? —inquirió Gunnar.

—No estoy seguro de cuánto falta hasta la Gran Cordillera, pero calculo que podremos estar en el punto de encuentro el jueves por la tarde, o el viernes. Tres días antes de la fecha señalada —contestó Erik.

—¿Y cómo sabrás que hemos llegado a la Gran Cordillera? —preguntó Kodran—. Nunca has estado allí, ¿no?

—No, nunca, pero por lo que me dijo Markus, me parece que no será difícil reconocerla.

Reemprendieron la marcha en cuanto amaneció. Aunque era cierto que iban holgados de tiempo, los muchachos prefirieron acelerar el paso hasta tener alguna referencia segura de la distancia que les faltaba por recorrer.

Cabalgaron por todo tipo de caminos y senderos, bordeando las colinas, siempre que podían, o subiéndolas y bajándolas cuando no había más remedio. No encontraron grandes obstáculos y pudieron avanzar a buen ritmo buscando siempre el noreste.

Mientras cruzaban esos parajes, que no parecían ser muy frecuentados, les llamó la atención la gran variedad de plantas y árboles que fueron encontrando. El suelo, alfombrado por las hojas del otoño, adquiría tonalidades verdosas allá donde el musgo envolvía las rocas. Los rayos del sol no conseguían cruzar la barrera inexpugnable de la vegetación, por lo que el paisaje adquiría tintes fantasmagóricos, acentuados por la bruma y las formas indefinidas de algunos troncos secos.

Concluyeron la jornada antes de avistar la Gran Cordillera, pero aun así, Erik intentó animarles asegurándoles que divisarían las grandes montañas al día siguiente.

—No pueden faltar más de diez o quince millas —les dijo—. Es más, quizá la veríamos desde aquí si el paisaje estuviese un poco más despejado.

El día siguiente también dio comienzo con los primeros rayos de sol. Los muchachos cabalgaban en silencio, envueltos en sus capas para protegerse del frío y esforzándose por vencer los efectos del sueño.

Aunque ninguno de los tres comentó nada al respecto, todos recordaban que según los cálculos iniciales, habían juzgado que una semana sería tiempo suficiente para realizar el viaje hasta el punto de encuentro. El día anterior se había cumplido ese plazo, y sabían que aún les faltaban tres o cuatro días más como mínimo. Esta certeza pesaba en el interior de los muchachos, que ya empezaban a acusar el cansancio de tantas jornadas de marcha. Y si alguno de los tres sentía este peso con más fuerza, ese era Erik, que había asumido el papel de guía desde un principio, y ahora tenía que bregar con una continua sensación de culpabilidad por no haber sabido desempeñar correctamente su labor.

Ni Gunnar ni Kodran le reprocharon en ningún momento su falta de acierto, ni siquiera se habían quejado del cansancio, que todos padecían, por delicadeza con su amigo. Pero esto, lejos de aliviarle, le atormentaba aún más. Casi hubiera preferido que los chicos le echaran en cara el que no hubiera sabido guiarlos para así desahogar su propia frustración; pero, en vez de eso, la incertidumbre y extenuación le llevaban a refugiarse en sus pensamientos pasando largos ratos sin un mínimo intercambio de palabras.

Faltaba una hora para el mediodía y los caballos ascendían trabajosamente por una colina de cuestas empinadas. El camino era muy estrecho e irregular, y exigía la máxima concentración de las cabalgaduras y de sus jinetes. En un par de ocasiones, los cascos de alguno de los animales resbalaron al pisar rocas todavía húmedas por el rocío.

Erik, que marchaba en cabeza, sintió que su desesperación iba en aumento y amenazaba con explotar como un volcán en erupción. Llevaban casi diez días de marcha, las últimas cinco noches al raso, la comida empezaba a escasear y tendrían que detenerse para cazar, ralentizando aún más su avance... No había ni rastro de la Gran Cordillera y no sabía cuánto les podía faltar. Y todo por su culpa, por no ser capaz de encontrar una ruta que había pensado sencilla. Ese había sido su error, la presunción, dar por supuesto que él solo se bastaría para llegar al punto de encuentro. Si hubiera sido más humilde y previsor, habría preguntado en las aldeas, o a Ralf y Godrik, que se ofrecieron a acompañarles hasta el camino que Erik ya había recorrido. El muchacho se había negado porque eso hubiera supuesto un retraso de un par de días para los socios de su padre y, además, no tenía ninguna duda de que él podría liderar la expedición.

«¡Estúpido presuntuoso!», se dijo a sí mismo cuando ya casi habían llegado a la cima de la colina.

Darko resopló satisfecho al concluir la ascensión y se detuvo por propia iniciativa. Erik le dio varias palmadas cariñosas en el cuello y desmontó a la espera de sus amigos. Gunnar y Kodran se habían quedado un poco rezagados, pero ya se escuchaba el caminar de sus caballos avanzando sobre el suelo pedregoso.

Todavía recriminándose sus errores, Erik escaló una pared de roca que se alzaba como torre de vigilancia, con la intención de inspeccionar el entorno. La disposición en forma de escalera de las rocas y su rugosidad le facilitaron el ascenso, permitiéndole llegar a lo alto en solo unos segundos.

Lo primero que sintió fue la brisa gélida clavándose en su rostro como pequeños alfileres. El muchacho se apartó el pelo de los ojos y miró a su alrededor; y, entonces, por primera vez en los últimos días, sintió cómo la alegría disipaba todos sus temores y malos presagios. Allá delante, a solo unas pocas millas de distancia, se alzaba imponente un muro infranqueable: la Gran Cordillera.

No sabía cuál era la altitud de esas enormes montañas, que se abrazaban unas a otras rozando el cielo con sus picos afilados, rebosantes de nieve; pero no cabía duda de que eran los montes más altos que Erik había visto en su vida.

—¿Ves algo? —La pregunta de Kodran le pilló desprevenido y tuvo que cogerse a una roca para no perder el equilibrio. Estaba tan absorto en el paisaje majestuoso que se había olvidado de todo lo demás—. ¿Se ve algo o no? —insistió el muchacho, con Gunnar a su lado.

—Creo que será mejor que subáis y lo veáis vosotros mismos —les invitó Erik sonriendo.

Presintiendo lo que iban a descubrir, los dos muchachos escalaron hasta donde les esperaba su amigo. Erik se apartó un poco para que Gunnar y Kodran pudieran ver mejor la Gran Cordillera.

—¡Es increíble! —exclamaron casi a la vez.

—Tenías razón —comentó Kodran—, es imposible no reconocerla cuando la ves.

—¿Qué hay al otro lado? —preguntó Gunnar.

—El mar —contestó Erik con seguridad.

—¿Ya se te ha olvidado todo lo que aprendimos en la escuela? —le recriminó Kodran a Gunnar con una sonrisa.

Estaba claro que la presencia de la gigantesca cadena montañosa había aligerado el ánimo de los chicos.

—El reino de Altenbruk limita al oeste con Ingerland, al sur con Domnerburg, y al norte y al este con el mar —explicó Kodran como si estuviera recitando una lección.

—¿Y qué pasa con los Dursmanni? —inquirió Gunnar.

—De eso no nos dijeron nada —contestó Kodran pensativo—, es como si se tratara de un secreto.

—Me parece que a la gente no le debió de hacer mucha gracia la decisión del rey de darles unas tierras, y optaron por ignorarlos —intervino Erik—. La verdad es que, si las montañas del norte son como estas, es como si los Dursmanni vivieran en otro mundo, separados de Altenbruk por un abismo.

—¡Bueno! —exclamó Kodran—. La vista es bonita y todo eso, pero creo que va siendo hora de ponernos en marcha, ¿no?

—Sí, vamos allá —accedió Erik mucho más optimista que minutos atrás.

Era consciente de que seguían estando lejos de su destino, pero ahora ya no avanzaban a ciegas. Solo tenían que dirigirse hacia el norte, con la Gran Cordillera a su derecha, y se encontrarían con la playa en la que habían desembarcado los bárbaros que atacaron la aldea de Hartland el año anterior. Y, una vez allí, bastaría con una hora de ascensión para llegar al punto de encuentro.

Los muchachos pudieron comprobar la verdad de las palabras de Markus y lo acertado de su elección al designar ese territorio como lugar para volver a encontrarse. El cetrero les había dicho que, salvo algún que otro cazador, no había prácticamente ninguna persona que se aventurara por aquellos parajes. La explicación era bien sencilla: los ataques de los bárbaros, tan frecuentes en tiempos pasados, siempre provenían del norte. Las aldeas que habían brotado en esos valles fértiles habían sido arrasadas y sus habitantes asesinados... El reino de Altenbruk era grande y no faltaban tierras que cultivar ni montañas en las que cazar, así que, para qué arriesgarse a un encuentro desafortunado.

Durante los siguientes días, no encontraron a nadie en su camino. El valle desde el que se alzaba la Gran Cordillera mostraba una vegetación exuberante. Las aguas del deshielo lo regaban generosamente, y permitían que por todas partes abundaran árboles, plantas y flores de todo tipo, a pesar de que aún faltaran casi dos meses para la llegada de la primavera.

No había una senda que seguir, pero esto no parecía preocupar a los caballos, que cabalgaban sobre los prados, arrancándose al galope de vez en cuando, como si quisieran mostrar su satisfacción por haber dejado atrás las escarpadas subidas y bajadas de los días anteriores.

El viernes a mediodía —tres días antes de la fecha en la que habían quedado con Árkhelan, Markus y los demás soldados—, divisaron el final de la Gran Cordillera. La enorme pared que les había acompañado durante las últimas jornadas, finalizaba abruptamente permitiendo distinguir un horizonte desierto. Desde su posición, no podían ver qué había más allá, pero sabían que, bajo ese cielo infinito que se mostraba sin nubes, tenía que estar el mar.

Como si lo hubieran planeado, los tres muchachos espolearon a sus caballos para recorrer al galope la distancia que les separaba de la costa. Solo Erik había visto el mar con anterioridad, pero las circunstancias de aquel día no le permitieron disfrutar del encuentro. En esta ocasión, no solo pensaba contemplarlo, sino que estaba dispuesto a sumergirse en las aguas azuladas por muy frías que estuvieran.

Darko fue el primero en pisar la arena de la playa. El gran caballo negro disminuyó el paso extrañado ante esa superficie nueva para él. Sin embargo, no dudó en acercarse a la orilla cuando Erik se lo indicó y en chapotear con sus cascos, introduciéndose ligeramente en el agua.

—¡Es...! —comenzó a decir Gunnar extasiado ante la hermosa visión, pero se detuvo al no encontrar palabras capaces de describir sus sentimientos.

—¿Una carrera? —propuso Erik, arrancando sin esperar la respuesta de sus amigos.

Darko, contagiado por la belleza del entorno, galopó majestuoso por la orilla del mar salpicando agua y arena a su paso. Los caballos de Gunnar y Kodran le seguían de lejos, incapaces de competir con el poderoso animal.

Erik, embriagado de euforia, soltó las riendas y abrió los brazos mientras inspiraba profundamente. La brisa marina llenó sus pulmones y alegró el corazón del muchacho. Sabía que el optimismo y la felicidad que le embargaban eran pasajeros e irracionales, como un contrapunto a la tensión acumulada durante los días anteriores, pero, pese a ello, se dejó llevar, decidido a exprimir al máximo esos momentos.

Gunnar y Kodran parecían encontrarse en el mismo estado. Cuando llegaron junto a su amigo, desmontaron de un salto y se acercaron a la orilla. Erik se unió a ellos y, antes de que pudieran darse cuenta, los tres muchachos forcejeaban dentro del agua, empujándose y revolcándose como cachorrillos juguetones.

Kodran fue el primero en volver a la orilla, con la ropa empapada y los ojos enrojecidos por la sal. Se dejó caer en la arena con la esperanza de que los tenues rayos de sol consiguieran calentarle, aunque solo fuera un poco. Erik y Gunnar le imitaron instantes después, ateridos de frío y sin parar de reír.

—¿Son aquellas las montañas en las que tendremos que esperar al resto? —preguntó Kodran, esforzándose por hablar correctamente. Tenía los labios entumecidos y su barbilla no paraba de temblar.

—Sí —respondió Erik—. Solo nos quedan unas pocas millas.

—¿Y cómo es que no viste la Gran Cordillera cuando viniste con Markus? —se interesó Gunnar—. Durante el camino desde la aldea te la tapaban las otras montañas, pero cuando subiste al pico para ver el mar...

—Había muchas nubes, y, además, tampoco me dio tiempo a fijarme mucho en el paisaje. En cuanto vi los barcos...

—Pues ahora vas a poder contemplarlo con tranquilidad —le interrumpió Kodran—, porque vamos a estar aquí como mínimo un par de días, y algo me dice que tampoco nos iremos muy lejos cuando lleguen tu padre y los otros.

—No creo que permanezcamos mucho tiempo en un sitio fijo —repuso Erik.

—Tampoco podemos irnos muy lejos —objetó Gunnar—. Estas montañas están deshabitadas, y eso es una gran ventaja...

—Bueno, tanto como una gran ventaja... —le interrumpió Kodran.

—La única pega es que no hay posadas para que su alteza pueda dormir en una cama mullida —rectificó Gunnar con una sonrisa—. Y, además, si vamos a tener que cruzar las montañas del norte, mejor no alejarnos demasiado.

—No sé cómo serán las montañas del norte, pero si son como estas... —comentó Kodran.

—Ya entiendo porque hay que esperar a la primavera —dijo Erik—. Imagínate que tuviéramos que atravesar esas montañas tal y como están ahora.

—Casi prefiero no imaginármelo, ¿sabes? —repuso el muchacho—. No sea que a alguien se le ocurra la idea genial de intentarlo.

Capítulo VIII

Esa misma tarde, Erik acompañó a sus amigos hasta el lugar en el que habían liberado a Luna y Sombra un año atrás. También subieron al pico desde el que Erik y Markus habían avistado las naves bárbaras para fortuna de toda la aldea, que pudo prepararse contra la invasión.

Durante la cena, no pudieron evitar el recuerdo de lo acontecido aquella triste noche. No solían hablar de ello, pero encontrarse en el lugar en el que había empezado todo parecía motivo suficiente para incumplir esa ley no escrita.

—Quién hubiera dicho que íbamos a ser capaces de derrotar a esos bárbaros —comentó Gunnar.

—Te recuerdo que nosotros no los derrotamos —le corrigió Kodran—. Fue el ejército quien acabó con ellos, nosotros solo resistimos el tiempo necesario.

—¿Te parece poco? —inquirió Erik—. Me gustaría saber cuántas aldeas han sido capaces de resistir un ataque así.

—No creo que haya ninguna —se aventuró Gunnar.

—Y nosotros tampoco hubiéramos resistido si nos hubieran pillado por sorpresa —añadió Kodran.

—Todavía tengo pesadillas de vez en cuando —reconoció Erik.

—Yo también.

—Y yo.

El muchacho miró a sus amigos sorprendido ante ese descubrimiento. Era la primera vez que lo comentaban.

—¿Soñáis siempre lo mismo? —se interesó.

—No —contestó Kodran—. Aunque siempre es de noche, y se oyen gritos y el choque de espadas por todas partes. En realidad no ocurre nada en concreto, es solo, no sé...

—A mí me pasa igual —intervino Gunnar—. Veo algunas caras sueltas y tengo la sensación de que en cualquier momento me van a atravesar con una espada, pero tampoco ocurre nada que tenga sentido. ¿Y tú?

—¿Yo? —dijo Erik—. Veo la cara de dolor del primer guerrero al que maté. Veo a Nela paralizada por el miedo y a un bárbaro sediento de sangre acercándose a ella. Veo a Luna y a Sombra apareciendo justo a tiempo y despedazando a ese bárbaro...

—No sabía que te hubiera marcado tanto lo que ocurrió en el bosque —comentó Kodran en voz baja.

—Pensé que iba a ver morir a mi hermana —confesó Erik—, y lo peor es que no había nada que pudiera hacer, salvo morir antes que ella. Por eso empecé a luchar como un loco, no tanto para derrotar al monstruo que tenía delante, sino para que él acabara conmigo lo más rápido posible —concluyó antes de que se le quebrara la voz.

Kodran y Gunnar se miraron en silencio. Aquel episodio había quedado en el olvido, eclipsado por la batalla contra el ejército del norte, pero, al recordarlo ahora, entendieron lo que debió suponer para Erik encontrarse en una situación tan dramática.

—Y, entonces, ocurrió un milagro en forma de pareja de lobos y todo se arregló —intervino Kodran tratando de animar a su amigo.

—Sí —afirmó Erik—. Aún hay veces que lo recuerdo y me cuesta creerlo. Y pensar que a ti no te gustan —le echó en cara a Kodran pasando a un tono mucho más alegre—. Le salvaron la vida a un amigo tuyo y a tu futura...

—Eso se lo agradezco —reconoció el muchacho—, pero no olvides lo que hicieron para salvaros la vida. No me gustaría estar en el lugar de esos bárbaros.

El día siguiente lo dedicaron a inspeccionar los alrededores y a cazar. Aunque en un principio pensaron que no sería difícil encontrar alguna presa que engrosara sus provisiones, las largas horas de búsqueda y espera corrigieron su optimismo mal fundamentado. Al final, regresaron al campamento, que habían construido la tarde anterior, con una liebre y dos perdices como botín de todo un día de fatigas.

—Con razón no hemos encontrado ni cazadores —soltó Kodran malhumorado mientras desplumaba las aves antes de ponerlas a la lumbre.

—Seguro que hay muchos más animales por estos bosques —opinó Erik—, lo que pasa es que no conocemos estas montañas y no sabemos cuáles son las zonas adecuadas para la caza.

—Lo que tú digas —respondió Kodran sin querer entrar a más diálogos.

Todavía quedaba una hora de luz, y los muchachos decidieron aprovecharla para preparar la cena. La temperatura caía notablemente al desaparecer el sol y, aunque habían encendido una buena hoguera, preferían no tener que maniobrar demasiado una vez que oscureciese.

—¿Dónde creéis que estarán? —preguntó Gunnar mientras masticaba un pedazo de carne no demasiado tierno.

—¿Mi padre y los demás? Ni idea, pero no pueden estar muy lejos si quieren llegar aquí pasado mañana —contestó Erik despreocupado.

—¿Y...?

La pregunta quedó incompleta al irrumpir un sonido tan repentino como inesperado. Un aullido largo y agudo rasgó la noche acelerando el corazón de los muchachos.

—¿¡Lobos!? —exclamó Kodran poniéndose en pie.

—Quizá sean...

—Eso espero.

—¿Y si no lo son?

—Entonces tenemos un serio problema.

—Ha sonado cerca —opinó Kodran.

—Bueno, ¿qué hacemos? —inquirió Gunnar—. No vamos a quedarnos aquí esperando a ver qué pasa, ¿no?

—¿Y qué quieres que hagamos? —preguntó Kodran nervioso—. ¿Ir a buscarlos?

—Tranquilizaos un poco —les pidió Erik, aunque era evidente que la situación también le inquietaba—. No vamos a ir a ninguna parte. Tenemos que ponernos a salvo por si a esa manada se le ocurriera pasar por aquí. Creo que lo mejor será que nos subamos a un árbol y...

—¿¡Quieres que pasemos la noche en un árbol!? —exclamó Kodran.

—¿Se te ocurre una idea mejor?

—Podemos hacer turnos y que siempre haya alguien vigilando.

—Genial, ¿y de qué nos servirá si aparece una manada de lobos hambrienta?

—Pues...

No hubo tiempo para que el muchacho encontrase una respuesta. Una sucesión de pasos, gruñidos y crujir de ramas les indicaron la presencia de animales acercándose a gran velocidad. Erik se agachó para coger su arco. Tomó el arma entre las manos y sacó una flecha del carcaj. Se dispuso a tensar la cuerda pero, antes de que lo lograra, dos siluetas emergieron de la oscuridad abalanzándose sobre él y tirándolo al suelo. Gunnar y Kodran habían ido en busca de sus espadas y, al ver a su amigo acosado por los depredadores, desenfundaron dispuestos a atravesarlos. Kodran fue el más rápido. Tenía el arma alzada, a punto de descargar un golpe desesperado, pero Gunnar llegó justo a tiempo de detenerlo.

—¿¡Pero qué...!?

—¡Mira!

Erik seguía en el suelo, recibiendo las muestras de cariño de Luna y Sombra que, al parecer, habían echado mucho de menos a su amo.

—¡Son ellos! —exclamó Kodran aliviado.

—Sí —contestó Erik—, y eso quiere decir...

—Que los demás no pueden andar lejos —concluyó Gunnar sonriente.

Después del susto que se habían llevado, saber que sus compañeros estaban a punto de llegar fue una sorpresa que les llenó de alegría.

—¿Cómo han sabido que estábamos aquí? —preguntó Kodran, mirando a la pareja de lobos, que no paraba de juguetear con Erik.

—Nos habrán olido —contestó el muchacho, dándole un fuerte empujón a Sombra que rodó por el suelo, antes de incorporarse y volver al ataque.

—Pues, sin que sirva de precedente —comenzó a decir Kodran—, reconozco que, por una vez, me alegro de verlos.

No tuvieron que esperar demasiado para encontrarse con el resto del grupo. El primero en llegar fue Markus. El cetrero encontró a los muchachos charlando alrededor del fuego, y a Luna y Sombra recostados a los pies de su amo.

—¡Vaya! —exclamó al verlos—. Pero mira a quién tenemos aquí.

Los chicos se levantaron inmediatamente y fueron a su encuentro. Casi sin tiempo para los saludos, empezaron a contarle el susto que se habían llevado al escuchar el aullido y sentir la cercanía de los lobos.

—Suelo llevarlos atados cuando empieza a oscurecer —les explicó el cetrero—, pero al ver que se ponían nerviosos y que intentaban escaparse, he pensado que se debía a que habían encontrado vuestro rastro y por eso los he soltado.

—¿Dónde están los demás? —inquirió Gunnar.

—Ya estamos aquí —contestó Árkhelan apareciendo en ese mismo instante.

Erik se acercó a su padre y le abrazó con fuerza. Después también saludaron a los demás fugitivos, alegrándose de encontrarlos a todos sanos y salvos.

Cuando ya se hubieron instalado, Erik contó a su padre y a Markus casi todo lo acontecido durante las últimas semanas —especialmente las conversaciones que habían tenido en palacio—, y les entregó el documento en el que la reina les autorizaba a pactar una alianza con los Dursmanni.

El muchacho no quiso estropear ese momento informándoles de la visita del ejército a su aldea, y la destrucción de su granja y la de Markus. Sabía que tendría que decírselo tarde o temprano, pero decidió esperar al día siguiente y se esforzó por disimular su turbación.

Árkhelan pareció no percibir nada extraño en la actitud de Erik y, si lo hizo, optó por aguardar a que fuera él quien diera una explicación. En cambio, no tuvo reparos en manifestar claramente su alegría y satisfacción por el éxito de los muchachos. Después, al quedarse a solas con su hijo, le pidió información sobre Nela, Robert y Bera. Cuando Erik le contó lo bien atendidos que estaban y la gran alegría que les había dado saber que su padre ya estaba libre, el ex general sonrió satisfecho y volvió a abrazar a su hijo con gran cariño.

—Me alegro mucho de volver a verte —reconoció Árkhelan sin disimular su emoción—. Estoy muy orgulloso de ti, lo que has hecho puede ser determinante para el futuro de nuestro país.

—Bueno, no he sido yo solo —objetó el muchacho algo abrumado—, Kodran y Gunnar han estado conmigo en todo momento.

—Es cierto, son dos chicos extraordinarios, como sus padres.

—Por cierto —añadió Erik en un tono más informal—, cuando todo esto acabe, creo que tendrás que mantener una conversación padre-hija con Nela.

—¿Por qué? —preguntó Árkhelan extrañado.

—Es algo que está relacionado con uno de mis extraordinarios amigos.

Aprovechando la tranquilidad del momento, Erik le contó a su padre una parte de lo que habían hablado los chicos días atrás, especialmente lo que se refería a la respuesta que Nela había dado a Kodran. Árkhelan escuchó con atención y, cuando el muchacho terminó su relato, dijo:

—Hablaré con ella cuando llegue el momento.

—De acuerdo.

—Así que, Kodran, ¿eh?

—Sí —contestó Erik—, ¿te parece mal?

—No, no, en absoluto. Pero es que...

—Papá, Nela ya tiene dieciséis años —añadió el muchacho adivinando los pensamientos de su padre.

—Lo sé, lo sé, aun así... Bueno, de momento tenemos otras cosas de las que preocuparnos —zanjó el ex general.

Pasaron la noche allí mismo, resguardándose del frío lo mejor que pudieron, envueltos en sus capas y en todo aquello que pudiera proporcionarles algo de calor. Luna y Sombra no parecían sentir la baja temperatura, y se acurrucaron junto a Erik, que les estuvo acariciando hasta que cayó dormido.

A la mañana siguiente, después de entrar en calor con un buen desayuno junto a la hoguera, Árkhelan convocó al incipiente ejército rebelde para exponerles el plan a seguir desde ese día en adelante.

—Como sabéis —comenzó a decir—, la reina nos ha autorizado a pactar con los Dursmanni. Sé que a algunos esta idea no acaba de gustaros, y no os ocultaré que, por lo que me han contado Erik, Gunnar y Kodran, su majestad, en un principio, también se mostró reacia a adoptar esta solución. Puede que no sea lo que hubiéramos deseado, pero es lo único que podemos hacer y, por lo tanto y desde este mismo instante, os pido que olvidéis cualquier reparo que pudierais tener. Necesitamos seguir tan unidos como hasta ahora si queremos tener alguna opción de éxito.

El ex general guardo silencio unos segundos, mientras contemplaba el rostro de cada uno de sus compañeros. Animado por la determinación que se adivinaba en todos ellos, continuó hablando.

—Durante las próximas semanas nos refugiaremos en estas montañas, pero no permaneceremos inactivos. Estableceremos un campamento base algo más al oeste. Una vez allí, comenzarán las misiones de reconocimiento. No podemos permitir que nos capturen, hay demasiadas cosas que dependen del éxito de nuestra misión y, por eso, debemos ser extremadamente cautos. Habrá puestos de vigilancia en todos los accesos al valle. Haremos las guardias en parejas y nos relevaremos cada día. Los que no estén vigilando se ocuparán de la caza. No queremos enfrentamientos con el ejército; si se acercan a nuestro campamento, huiremos lo más rápidamente posible. Debemos estar preparados para marcharnos sin dejar ningún rastro de nuestra presencia.

—¿Y si no hay más remedio que luchar? —intervino Rolf.

—Si estamos atentos, siempre habrá otra salida —contestó Árkhelan—. Cualquier enfrentamiento sería perjudicial para nosotros; no solo porque es seguro que nos superarán en número; aunque pudiéramos vencerles las consecuencias serían nefastas: heridos, algún muerto y, además, delatar nuestra posición. Nuestra mejor arma es permanecer invisibles. Mientras no sepan dónde estamos, no podrán hacernos daño.

—¿Cuánto tiempo estaremos así? —susurró Gunnar al oído de Erik.

—Hasta que se derrita la nieve y se abran los pasos —contestó Árkhelan que había escuchado la pregunta—, es decir, unas seis o siete semanas.

—¿No haremos expediciones a alguna ciudad para recabar información? —inquirió Kurt.

—Sí, pero dejaremos pasar una semana antes de empezar con eso. Por lo que nos han contado, hay un destacamento haciendo registros en los pueblos cercanos. No creo que nos convenga encontrarnos con ellos.

—¿Cuándo partimos? —preguntó Jurgen.

—En cuanto estemos preparados —respondió Árkhelan dando por finalizada la reunión.

Cabalgaron un par de horas rumbo oeste. En aquella zona la vegetación era más espesa y, en ocasiones, a los caballos les costaba encontrar una vía a seguir. Markus abría camino y Bret cerraba el grupo sin parar de observar los alrededores para asegurarse de que nadie les estaba siguiendo.

Cuando llegaron a su destino, Árkhelan les ordenó que amarraran a los caballos y, enseguida, organizó los turnos de guardia. El ex general demostró su conocimiento del entorno eligiendo con seguridad los lugares para instalar los puntos de vigilancia.

—Bastará con dos vigías en ese pico y otros dos en aquel de allá —indicó, señalando las colinas que flanqueaban la entrada del valle—. Los cambios de guardia tendrán lugar al mediodía.

—Erik, Kodran, Gunnar, saldréis a cazar con Markus. Solo tenemos víveres para un par de días, así que espero que tengáis suerte.

—La vamos a necesitar —murmuró Kodran entre dientes, recordando el escaso éxito del día anterior.

—¿Cuándo salimos? —preguntó Gunnar, acercándose al cetrero.

—Coged vuestros arcos, comida y vuestras capas. Saldremos dentro de una hora y no creo que volvamos hasta mañana a mediodía.

—¿Habla en serio? —inquirió Kodran.

—¿Quieres cazar o no?

—Sí, pero...

—Pues, entonces, calla y obedece —le espetó el cetrero.

—Ya empezaba a echar de menos la delicadeza de sus modales —comentó el muchacho en voz baja.

Previendo que podía pasar demasiado tiempo hasta que volviera a coincidir con su padre y con Markus, Erik esperó a que Árkhelan hubiera distribuido todas las tareas y se acercó a él.

—Me gustaría comentaros una cosa a ti y a Markus antes de que nos marchemos.

—¿Ha pasado algo? —preguntó el ex general extrañado.

—Prefiero contároslo a los dos a la vez.

Árkhelan, que conocía bien a su hijo, comprendió la gravedad del asunto y, sin indagar más, le acompañó hasta donde se encontraba el cetrero.

—Markus, ¿puedes venir un momento?

Cuando se encontraron los tres solos, Erik buscó las palabras adecuadas para transmitirles lo que le habían contado Ralf y Godrik días atrás. Aunque ya lo había hecho la noche anterior, el muchacho comenzó contando el encuentro fortuito con los padres de Gunnar y Kodran.

—Nos dijeron que un destacamento había pasado por la aldea —dijo el muchacho tras la breve introducción.

—¿El mismo que os encontrasteis vosotros? —inquirió Árkhelan.

—Sí.

—¿Y qué ocurrió? —inquirió Markus.

—Estuvieron varios días haciendo preguntas y hablando con todo el mundo, pero no consiguieron gran cosa.

El muchacho se detuvo. Había llegado el momento de dar la noticia.

—¿Le hicieron daño a alguien? —preguntó Árkhelan ante el silencio de su hijo.

—No, todos están bien pero...

—Han destruido nuestras granjas —intervino Markus. Erik miró al cetrero con incredulidad—. Es eso, ¿verdad? —insistió. El muchacho, incapaz de hablar, asintió levemente mientras una lágrima se deslizaba por su mejilla—. Lo sabía —fue el único comentario de Markus, aunque la expresión de su rostro se ensombreció.

Árkhelan no dijo nada, se sentó junto a su hijo pasándole el brazo por los hombros, reconfortándole con su presencia.

—¿Cómo lo ha sabido? —preguntó el muchacho al cetrero cuando consiguió recuperarse.

—No es la primera vez que ocurre algo parecido. Siempre ha habido oficiales que se comportan como vulgares saqueadores —contestó Markus con desprecio—. Y, teniendo en cuenta que es el Duque de Nordland quien ostenta el mando... No se puede esperar menos de ellos.

—Es cierto —corroboró Árkhelan—, pero no te preocupes, cuando todo esto acabe lo reconstruiremos todo, y lo dejaremos mejor que antes.

—Pero es nuestra casa, papá, y la han quemado —objetó el muchacho con rabia—, todos los recuerdos, todo...

—Sí, Erik, ya lo sé —le interrumpió su padre—. Pero lo importante no son las cosas sino las personas y, gracias a Dios, de momento, todos estamos bien.

—Tu padre tiene razón —intervino Markus—. No podemos cambiar el pasado, pero sí que podemos influir en el futuro. Las casas se pueden reconstruir, podemos adquirir más animales y sembrar de nuevo los campos. Esos buitres nos han golpeado fuerte, pero seguimos en pie. Ahora nos toca golpear a nosotros —añadió con una sonrisa cargada de significado—, y te aseguro que ellos no van a ser capaces de levantarse.

Capítulo IX

Los muchachos no tardaron en acostumbrarse al nuevo estilo de vida que se veían forzados a seguir. Al principio pensaron que las semanas que faltaban hasta que pudieran cruzar las montañas del norte serían un periodo de espera e inactividad; pero, en solo un par de días, comprendieron que eso no era lo que Árkhelan había previsto.

Poco a poco, los chicos fueron viendo cómo, los días que no tenían turno de vigilancia, su lista de tareas se iba agrandando; y no solo con actividades que, aunque les agotaban, en el fondo eran de su agrado, como las dos horas diarias que dedicaban a entrenarse con la espada y con el arco. También había otras tareas menos marciales como preparar la comida, mantener el orden, y limpiar y alimentar a los caballos.

Luna y Sombra fueron de gran ayuda a la hora de salir a cazar; los dos lobos rastreaban incansables, guiando a los muchachos hasta las manadas de ciervos o de otros animales no tan grandes, pero igual de válidos para preparar una buena comida o cena. De hecho, llegó un momento en el que, debido a su eficacia, los muchachos fueron relevados definitivamente de los turnos de vigilancia, y asumieron la función de cazadores.

—¿Qué opinas ahora de los lobos? —le había preguntado una mañana Erik a Kodran—. Gracias a ellos ya no tienes que pasarte noches en vela, mirando hacia la oscuridad mientras notas cómo los párpados te pesan kilos.

—Ya te he dicho mil veces que yo no tengo nada contra tus cachorrillos; sin embargo, eso no significa que tenga que jugar con ellos o arriesgarme a que se lancen a mi yugular. Son unos buenos rastreadores y les estoy agradecido, pero cuanto más lejos estén de mí, mejor.

—Bueno, algo es algo —opinó Gunnar.

Las visitas a poblaciones cercanas para obtener información no habían aportado demasiados datos sobre la marcha del reino. La capital estaba mucho más al sur y no era fácil que llegaran noticias recientes hasta esos puntos. Sin embargo, Kurt y Bret, que fueron quienes realizaron estas expediciones, sí que comentaron que en todos los sitios que habían estado, la gente se mostraba muy molesta por los registros e interrogatorios efectuados por los militares.

—El Duque de Nordland está consiguiendo enemistarse con el pueblo y que la gente eche de menos a la familia real —comentó Kurt durante una cena.

—No creo que a Nordland le importe mucho su grado de popularidad, mientras eso no vaya en detrimento de sus intereses —opinó Rolf—. Nunca ha sido un buen diplomático.

—Es cierto —corroboró Árkhelan—. Y, con el tiempo, esto podría sernos de gran ayuda. Un pueblo indignado puede llegar a ser un peligroso enemigo si hay alguien que lo lidera.

—Y ese alguien... —intervino Erik.

—Seremos nosotros —concluyó el ex general.

Finalmente, llegó la primavera y con ella la subida de las temperaturas, que debía provocar el deshielo de las cumbres. El cambio de estación se notaba no solo en el colorido del paisaje y en la calidez del clima, sino también en el estado de ánimo de los refugiados, especialmente de los tres chicos. Ya fuera porque no tenían que padecer los rigores del frío por las noches, o porque se acercaba el momento de actuar, el hecho era que las bromas y risas aumentaban de día en día.

Aunque al principio los muchachos se habían sentido cohibidos en presencia de los soldados que habían rescatado, con el paso del tiempo y el trato continuo, fueron ganando en confianza con ellos, hasta alcanzar un alto grado de camaradería e incluso amistad. Los chicos agradecían enormemente que sus compañeros los trataran como iguales, sin tener en cuenta la diferencia de edad. De hecho, los fugitivos no olvidaban que habían sido Erik, Gunnar y Kodran, junto con Markus, quienes les habían liberado de la prisión y de una muerte casi segura, y se esforzaban por corresponderles con su agradecimiento y respeto.

Una tarde, tras regresar de una fructífera jornada de caza, Erik vio a su padre hablando con Markus. Se acercó para informarles del buen resultado de su misión, pero se detuvo antes de llegar hasta ellos. Aunque no podía escuchar sus palabras, por la actitud de ambos era fácil comprender que estaban tratando temas de importancia. Dudando de la conveniencia de interrumpir esta conversación, el muchacho se dispuso a dar media vuelta y aplazar el encuentro hasta un momento más propicio. Sin embargo, cuando empezaba a alejarse, escuchó la voz de Árkhelan llamándole.

—¿Cómo ha ido? —preguntó Markus a modo de saludo.

—Muy bien —contestó el muchacho satisfecho—, Luna y Sombra nos han guiado hasta una manada de corzos que estaban bebiendo de un arroyo. Podríamos haber cazado mucho más, pero la carne se habría estropeado.

—Nunca pensé que los lobos llegaran a sernos tan útiles —reconoció Árkhelan.

—Díselo a Kodran —repuso Erik sonriendo—. Tenemos que preparar la cena de esta noche —añadió con ademán de marcharse.

—Espera un momento, por favor —le pidió su padre, haciéndole un gesto para que se sentara.

—¿Ha ocurrido algo? —inquirió el muchacho extrañado.

—Saldremos dentro de tres días —le informó Árkhelan.

—Bien —respondió Erik sin ocultar su agrado. A pesar de los entrenamientos y las otras tareas, las semanas de espera habían comenzado a hacerse excesivamente monótonas, por lo que cualquier cambio era bienvenido, y más si era el siguiente paso de su plan.

—Markus y yo llevamos días hablando sobre este asunto —continuó el ex general—, y creemos que lo mejor será que solo cruce las montañas un pequeño grupo.

El muchacho no habló pero miró a su padre con suspicacia a la espera de más información.

—De ese modo, el resto puede seguir trabajando aquí —intervino Markus.

—¿Haciendo qué? —preguntó Erik—. Llevamos semanas recluidos.

—Era necesario esperar —le explicó el cetrero—, pero los días van pasando y se acerca el desenlace final. Quedan poco más de tres meses para la fecha de coronación del príncipe. Es el momento de hablar con todos aquellos que mostraron su intención de apoyarnos, y de contarle al pueblo la verdad.

—Creía que íbamos a esperar a tener el apoyo de los Dursmanni para empezar con esa misión —comentó el chico.

—Esa era la idea inicial, pero no sabemos cuánto tiempo nos va a llevar conseguir esta alianza, y cuanto antes empecemos, mejor.

—Y ¿quién se va a encargar de cada cosa?

—Eso es lo que estamos decidiendo —reconoció Árkhelan.

—Una cosa es segura —argumentó Erik—, y es que tú tienes que ser uno de los que crucen las montañas.

—Así es.

—Pues, yo creo que lo lógico es que Kodran, Gunnar y yo vayamos contigo.

—Imaginaba que dirías algo así.

—¿Cuál es el problema?

Árkhelan miró a Markus, que se encogió de hombros mientras sonreía.

—Me gustaría manteneros al margen de todo esto —confesó el ex general.

—Papá, por favor, no empecemos otra vez con eso. Llevamos semanas...

—Lo sé, lo sé —le interrumpió Árkhelan—. Te he dicho lo que me gustaría hacer, pero sé que no es posible. Las dos misiones son peligrosas. Quedarse en Altenbruk tiene el riesgo de ser capturados por el ejército. Y la expedición a la tierra de los Dursmanni...

—¿Qué problema hay? —inquirió el muchacho—. Lo peor que puede pasar es que se nieguen a ayudarnos.

—No es tan sencillo —le corrigió Markus—. Primero hay que cruzar las montañas. Con el deshielo ya es posible intentarlo, pero no es un camino fácil. Es más, casi nadie lo ha hecho. Y, además, es cierto que los Dursmanni llevan años viviendo en estas tierras y que no han provocado ningún conflicto...

—Pero...

—Pero no hay que olvidar que proceden de las tribus del norte —finalizó el cetrero.

—Y eso, ¿qué quiere decir?

—Que no sabemos exactamente cómo van a reaccionar.

Erik miró a Markus y a su padre con la determinación reflejada en el rostro.

—No sé si estáis intentando asustarme o cuál es el propósito de esta conversación —les dijo—, pero creo que ya va siendo hora de que aceptéis que Kodran, Gunnar y yo somos tres componentes más de este grupo, ejército o como queráis llamarlo. Hemos pasado por situaciones peligrosas y hemos sobrevivido; hemos llevado a cabo las misiones que se nos han confiado y creo que siempre hemos estado a la altura de las circunstancias. Si pensáis que lo que hay que hacer ahora nos viene grande, tendréis que demostrarlo con argumentos. Y si, simplemente, tenéis miedo de que nos pueda pasar algo malo, deberíais habéroslo pensado antes de embarcaros vosotros en esta empresa, porque lo que no es justo es que queráis ahorrarnos unos peligros de los que los demás no están exentos.

Tras estas palabras, dichas en un tono sereno pero firme, se produjo un cruce de miradas entre Markus y Árkhelan que Erik no supo cómo interpretar.

—No hay duda de que es tu hijo —intervino el cetrero palmeando la espalda de su amigo.

—Creo que no es la primera vez que me dices algo parecido.

—Porque es la verdad; es tan cabezota e idealista como tú.

—Hombre, no deja de tener su gracia que tú me llames cabezota —repuso Árkhelan con una sonrisa.

—Siempre lo has sido —insistió el cetrero—, pero no creo que eso sea un defecto.

Erik, atónito y divertido, escuchaba la conversación de los dos ex militares, que parecían haber vuelto a sus tiempos en la guardia real.

—Entonces, todo sigue según lo acordado, ¿no? —recapituló Markus.

—Parece ser que sí.

—¿Según lo acordado? —preguntó el muchacho.

—Nosotros cinco cruzaremos las montañas del norte y el resto se quedarán en Altenbruk.

—¿«Nosotros cinco» somos Kodran, Gunnar, vosotros dos y yo?

—Veo que sabes contar —intervino Markus.

—¿¡Ya lo habíais decidido!? —exclamó Erik—. Y ¿por qué no me lo habéis dicho antes?

—Queríamos saber tu opinión —contestó su padre—. Me gusta que mis hijos sean capaces de argumentar sus decisiones.

—¿No tenías que preparar la cena? —inquirió el cetrero.

—¿Qué? Ah, sí, pero...

—Pues, ánimo, o se hará de noche.

Erik se alejó intentando asimilar la recién terminada conversación, meneando la cabeza de un lado para otro y soltando ligeras exclamaciones de significado indefinido. Markus y Árkhelan, mientras tanto, le observaban sonrientes y satisfechos. Aunque no lo reconocerían delante del muchacho, la reacción de este y sus palabras les habían hecho sentirse orgullosos de él y de sus amigos. Eran los más jóvenes del grupo, pero no se quedaban a la zaga en valentía y pundonor.

Por la noche, el ex general transmitió a todos los presentes la decisión que habían tomado. Aunque sorprendidos en un principio

—todos creían que iban a continuar juntos—, los miembros del incipiente ejército rebelde asumieron las órdenes sin exponer queja alguna. Erik no les había comentado nada a sus amigos; no había estado a solas con ellos desde su conversación con Árkhelan y Markus, y tampoco sabía si estaba autorizado a hablar del asunto. Así que, cuando ambos le miraron, se limitó a asentir levemente y a indicarles que ya tendrían tiempo de hablar cuando todos se retiraran a dormir.

—No sé si he hecho bien al hablar así en nombre de los tres —reflexionó Erik en voz alta, tras contarles a sus amigos la conversación mantenida con Markus y Árkhelan—. A lo mejor vosotros preferíais quedaros en Altenbruk...

—Pues, ahora que lo dices, igual tienes razón y todo —repuso Kodran en tono irónico—. Cómo vamos a querer continuar los tres juntos, acompañados además por Markus y por tu padre, pudiendo quedarnos aquí con una misión que no acaba de ser adecuada para nosotros, junto con unos hombres a los que conocemos desde hace solo unas semanas. ¡Desde luego! No sé en qué estarías pensando —concluyó el muchacho provocando la risa de sus amigos.

—¿Tres días? —preguntó Gunnar.

—Tres días —corroboró Erik.

—Tendremos que aprovisionarnos bien, no creo que podamos cazar mucho mientras cruzamos las montañas —opinó Kodran.

—Sí, mañana hablaré con Markus para preguntarle algunos detalles sobre el viaje —dijo Erik.

—Pues ya nos contarás lo que te dice —añadió Kodran—. Me voy a dormir. Buenas noches.

—Buenas noches —contestaron sus amigos.

Capítulo X

La noche anterior a la separación del grupo, los muchachos improvisaron una cena de despedida en la que no faltaron algunos licores, que Bret y Kurt habían traído de sus expediciones a las aldeas cercanas.

Cuando la fiesta tocaba a su fin, Hank se puso en pie y alzando un cuenco, que él mismo se había fabricado, pidió la atención de todos los presentes.

—Antes de que nos separemos para continuar con nuestra noble misión, quiero aprovechar estos momentos para brindar por los que han hecho posible que, hoy, estemos aquí, vivos y decididos a derrocar a esa rata apestosa de Nordland. Por Markus, Rolf, Gunnar, Erik y Kodran —brindó—. Gracias, amigos.

Un aplauso espontáneo siguió a estas palabras, y todos apuraron sus vasos antes de irse a dormir.

Se levantaron con las primeras luces del alba, decididos a aprovechar al máximo esa jornada. Aunque ya se habían despedido la noche anterior, los componentes de los dos grupos distintos se fueron abrazando unos a otros deseándose suerte en sus respectivas misiones.

—¿Volveremos a reunirnos? —le preguntó Kodran a Markus nada más comenzar la marcha hacia las montañas del norte.

—No hasta una semana antes de la marcha final.

—La marcha final —repitió el muchacho divertido, recordando que esas eran las mismas palabras que había empleado el padre de Gunnar para referirse al regreso del príncipe Harald a Altenbruk—. ¿Y qué haremos nosotros hasta entonces? —volvió a preguntar—. Aún quedan tres meses para que eso ocurra.

—Dependerá de la respuesta de los Dursmanni —contestó el cetrero.

—¿Pero...?

—Mira, chico, no estoy dispuesto a pasarme los próximos días respondiendo a todas tus preguntas, así que hablemos de otra cosa o cabalguemos en silencio disfrutando del paisaje —zanjó Markus para regocijo de Erik y Gunnar que marchaban detrás de ellos.

—Es una pena que se dedicara a la cetrería —repuso Kodran algo molesto—, hubiera sido usted un buen maestro, siempre tan cordial y paciente.

Cabalgaron todo el día entre montañas, avanzando hacia el oeste. Luna y Sombra parecían estar disfrutando del trayecto, y correteaban tras los caballos haciendo pequeñas incursiones en el bosque, aunque sin separarse demasiado de la comitiva.

Por la noche, sentados alrededor de la hoguera, los muchachos escucharon los recuerdos de Árkhelan y Markus sobre su tiempo en la guardia real. Erik ya había oído con anterioridad alguna de esas historias, sin embargo, le sorprendió comprobar que la mayoría eran completamente nuevas para él. El muchacho había percibido una ligera transformación en su padre durante las últimas semanas. Era como si las circunstancias actuales hubieran despertado en el ex general una forma de ser que había desaparecido, o al menos había permanecido oculta, desde el día en el que abandonó el ejército.

—¡Eran otros tiempos! —exclamó Markus como colofón de una de las anécdotas—. Los jóvenes estaban acostumbrados a la vida dura y no se quejaban tanto como ahora.

Los muchachos intercambiaron una mirada significativa, pero optaron por permanecer en silencio.

—Aunque había algunas excepciones —continuó el cetrero—. ¿Cómo se llamaba el panolis ese que quisieron encasquetarte como oficial de la guardia del rey? —le preguntó a Árkhelan.

—¿A quién te refieres? ¿A Friedrich?

—¡Eso es, Friedrich! Ya no me acordaba.

—¿Quién es ese? —inquirió Gunnar.

—Ese es o era, no sé qué habrá sido de él —contestó el cetrero—, el hijo de una familia noble. Sus padres eran amigos del rey y personas muy influyentes. Cuando su hijo mayor, Friedrich, cumplió diecinueve años, quisieron que empezara a hacer carrera en el ejército. Eso no era extraño entonces, y sigue siendo habitual a día de hoy, el problema fue que estos nobles tenían unos planes demasiado ambiciosos para su hijo y forzaron al rey para que lo aceptara en su guardia personal.

—¿Directamente? ¿Sin haber estado antes en el ejército? —preguntó Erik sorprendido.

—Así es. Y, como al parecer ya sabéis, esa no era la costumbre entonces. Pertenecer a la guardia real siempre ha sido un privilegio, y los requisitos para acceder a ese cuerpo no admiten excepciones... O no suelen admitirlas —se corrigió Markus.

—O sea, que el rey accedió a la petición de esos nobles —dedujo Kodran.

—Se vio obligado a hacerlo para no provocar un mal mucho mayor —intervino Árkhelan—. Cuando se tienen tantas responsabilidades y se trata con gente tan poderosa, hay que ser flexible en algunos asuntos para no tener que serlo en otros más importantes.

—Aun así, no cedió en todo lo que le pedían —aclaró el cetrero—. El padre de Friedrich quiso que su hijo se incorporara a la guardia del rey como oficial, no como simple soldado; argumentando que, al provenir de una familia tan importante, no sería correcto que el muchacho fuera un recluta más.

—¿Y qué dijo el rey? —inquirió Gunnar.

—Que el hecho de ser admitido en su guardia personal ya era una gran distinción, que él le otorgaría gustosamente en atención a los muchos servicios que su familia había prestado a la corona; pero que nombrarlo oficial directamente sería una excepción tan llamativa que iría en contra del muchacho.

—¿Y el padre se conformó? —quiso saber Kodran.

—Siguió insistiendo —le explicó Árkhelan—, aunque con la diplomacia y exquisitez propia de alguien de su posición. Finalmente, el rey, demostrando su buen discernimiento, accedió a tratarle con una mayor consideración, pero solo si se cumplía un requisito: el muchacho debía servir un año en la guardia real demostrando su valía. Si los informes eran favorables, al concluir ese periodo recibiría un ascenso.

—Lo normal es que se exijan entre tres y cuatro años de servicio en la guardia del rey para optar a un puesto de oficial —intervino Markus.

—De ese modo, se aplazaba el problema, el noble se sentía atendido, y el rey se reservaba una última carta, que podría jugar en el momento oportuno —comentó Árkhelan.

—¿Y qué tal era el chico? —inquirió Erik.

—Insoportable —sentenció Markus.

—No exageres —le corrigió el ex general—. Era un pobre muchacho al que se le habían consentido todos los caprichos desde pequeño, llevándole a pensar que todos debían acceder a sus deseos, y que, por su condición de noble, los demás estaban a su servicio.

—¡Insoportable! —calificaron los tres muchachos a la vez.

—Bueno, es posible que esa sea la palabra que mejor lo defina —cedió Árkhelan con una sonrisa.

—¿Y entonces? —dijo Erik, deseoso de escuchar la continuación.

—Desde el principio le hicimos ver que, al incorporarse a la guardia del rey, perdía los privilegios de los que podía hacer uso en otros lugares, y pasaba a ser un soldado más, con los mismos derechos y obligaciones —recordó Árkhelan—. Supongo que su padre le habría instruido sobre el modo de comportarse con los oficiales, porque cuando hablaba conmigo siempre era muy respetuoso... Quizás excesivamente respetuoso.

—¡Vamos! Que solo le faltaba extender una alfombra por donde tú pasabas —intervino el cetrero.

—Sí, en ocasiones era un poco engorroso —reconoció el ex general—. Y, sin embargo, con sus compañeros era distante y altivo.

—¿Por qué no usas las palabras adecuadas? —le recriminó Markus—. Era un pelmazo, un estúpido y un...

—Tampoco creo que haga falta ser tan claro —le cortó Árkhelan con firmeza.

—De acuerdo, tiene usted razón, mi general. Era un mentecato y un inoportuno. ¿Mejor así?

—Dejémoslo en que no cayó demasiado bien entre los demás soldados —concluyó Árkhelan con una ligera sonrisa.

—¿Y qué ocurrió? —preguntó Kodran.

—Lo que suele ocurrir en estos casos —contestó Markus—: si te pones en contra de todos, no te extrañes de que ellos hagan lo mismo contigo. Nuestro amigo Friedrich consiguió aunar a toda la guardia del rey en su contra.

—Solo a los reclutas —le corrigió el ex general—, los oficiales nos mantuvimos al margen.

—Bueno, sobre eso tengo mis reservas —disintió el cetrero—. Es posible que los oficiales no actuaran directamente, pero sé de algunos que hacían la vista gorda ante la actitud de los reclutas, cuando no los estimulaban.

—¿Usted entre ellos? —quiso saber Gunnar.

—Bueno... Quizá se podría decir que sí.

—¿Entre los que hacían la vista gorda o entre los que estimulaban la creatividad de los reclutas? —insistió el muchacho.

—Creo que entre los dos —reconoció Markus—. Yo era más joven y a veces actuaba de un modo impulsivo —añadió a modo de excusa.

—El caso es que Friedrich se convirtió en el objeto de todo tipo de bromas —continuó explicando Árkhelan—. Aunque eran cosas sin importancia, simples juegos destinados a bajarle un poco los humos y hacerle consciente de su situación real: le escondían alguna pertenencia que luego volvía a aparecer, le engrasaban el mango de la espada para que se le resbalara al cogerla, le llenaban el casco de barro... En fin, tonterías propias de jóvenes a las que tampoco les dimos demasiada importancia. Además —aclaró—, estas cosas han ocurrido siempre en tiempos de paz. Los reclutas nuevos pasan por un periodo de adiestramiento no oficial. Los mandos saben de la existencia de estas novatadas y no suelen intervenir, mientras no traspasen la línea del sentido común. En el fondo, es un modo de fomentar la camaradería y la unidad entre la tropa. Solo es necesario que el recluta aprenda a reírse un poco de sí mismo y a no exagerar la importancia de las cosas. Y esta es una buena lección para la vida.

—El problema fue que Friedrich no supo hacer ninguna de estas dos cosas —intervino Markus—. A la tercera o cuarta «bromita», montó en cólera e informó a su padre, exagerando los hechos y deformando la realidad. Si solo hubiera sido una rabieta sin más, los reclutas no le hubieran dado importancia, y quizás hubieran comprendido que era el momento de dejarlo en paz. Pero lo grave fue que Friedrich no se conformó con llorarle un poco a su papá y decirle que los niños habían sido malos. Fue más allá, trasgrediendo una de esas leyes no escritas que existen en todo grupo humano. Delató a sus compañeros: dio los nombres de los que él creía responsables de estas acciones, sin comprobar que realmente era así. Su padre, indignado por esta falta de respeto hacia su familia, fue a ver al rey y le exigió que estos chicos fueran expulsados de la guardia real.

—¿Y los expulsaron? —inquirió Erik.

—El rey Sigurd era un gran diplomático que procuraba contentar a todos sus súbditos, pero no era un cobarde ni un pusilánime —respondió Árkhelan con firmeza—. Escuchó las quejas del noble e intentó hacerle entrar en razón, diciéndole que castigar a unos cuantos soldados por algo así solo empeoraría las cosas.

»Yo mismo acudí a la reunión y traté de explicar a Friedrich y a su padre que la mejor manera de acabar con aquello sería ignorar los hechos. Al fin y al cabo, los reclutas no habían sobrepasado los límites, es más, yo diría que habían sido bastante benévolos. Les expliqué, que de efectuar un castigo, que en ningún caso sería la expulsión del ejército sino el correspondiente según nuestra normativa, lo único que conseguiríamos sería aunar a todos los soldados contra el muchacho.

»El rey, viendo que no cambiaban de opinión, también les advirtió de que la actitud del muchacho no estaba siendo la adecuada y que, si no era capaz de ganarse el respeto y la consideración de sus compañeros, nunca podría ser nombrado oficial —continuó explicando Árkhelan—. Pero estaban obcecados y lo único que les importaba era que alguien recibiera un castigo, así que el rey me pidió que averiguara quiénes habían sido los causantes y que les castigara del modo que yo viera conveniente. Y eso hice.

—¿Cómo supiste quiénes habían sido? —preguntó Erik.

—Preguntándoles —respondió su padre con sencillez—. Los componentes de la guardia real siempre han sido hombres de honor, y aquellos muchachos no eran una excepción. Eso era lo que Friedrich y su padre no comprendían. No se trataba de un grupo de gamberros empeñados en hacerle la vida imposible a un compañero. Si se hubiera tratado de eso, yo mismo me hubiera encargado de expulsarlos, no de la guardia real, sino del país si hubiera estado en mis manos. Esos muchachos llevaban en el ejército desde los catorce o quince años y, si habían tenido el privilegio de entrar en la guardia del rey, era porque habían destacado enormemente en su anterior destino. No tenían nada contra Friedrich y le hubieran admitido en su grupo si él no hubiera sido tan...

—¿Altivo? —sugirió Markus.

—Mentecato —escogió Árkhelan sonriendo—. Esa misma tarde se ordenó formar a todos los reclutas —continuó relatando—. Al decirles que los responsables de las novatadas de los días anteriores debían dar un paso al frente para ser castigados, todos y cada uno de los allí presentes avanzaron al mismo tiempo, y no por bravuconería, si no porque esa era la verdad, todos habían intervenido de un modo u otro.

—¿Y los castigaste a todos? —inquirió Erik.

—Sí, esas eran las órdenes. Se duplicaron las horas de entrenamientos y se intensificaron los ejercicios físicos durante una semana. Nadie protestó.

—¿Y qué ocurrió después? —preguntó Kodran—. ¿Que pasó con Friedrich? ¿Continuaron las novatadas?

—No. Les ordené que nadie volviera a molestarlo —contestó Árkhelan.

—Entonces —intervino Gunnar—, ¿se acabaron los problemas?

—No hubo más enfrentamientos —contestó Markus—, si es a eso a lo que te refieres.

—¿Y Friedrich? —inquirió el muchacho.

—Dejó el ejército dos meses después —respondió el ex general.

—¿¡Por qué!? Pero si ya nadie le molestaba, ¿no? —preguntó Erik extrañado.

—Es cierto, nadie le molestaba, pero tampoco le hacían caso. Era como si no existiera.

—La indiferencia puede ser el peor castigo —añadió Markus.

—Fue una lástima —reflexionó Árkhelan en voz alta—, porque no era un mal chico. Antes de renunciar vino a hablar conmigo. Estaba muy cambiado, ya no empleaba ese tono postizo y parecía menos arrogante. Me dijo que iba a dejar el ejército porque pensaba que no era lo suyo, pero que su estancia en la guardia real le había enseñado más que todos los tutores y maestros que había tenido desde pequeño.

—¿¡En serio!? —exclamó Kodran sin poder evitarlo.

—Se puede aprender mucho de los errores y de los encontronazos con otras personas —sentenció el ex general—. Cuando alguien ha sido criado entre algodones, cualquier roce le causa un gran sufrimiento. Por eso no hay que tenerle miedo a los contratiempos ni a las dificultades; nos fortalecen, nos endurecen y nos ayudan a afrontar la vida sin miedo.

—Bueno, quizá, en el fondo, no era tan mentecato —rectificó Markus—. Me gustaría saber qué habrá sido de ese chico, todo esto ocurrió hace trece o catorce años, así que ahora ya debe de ser un hombre adulto.

—Seguro que es mejor persona de lo que hubiera sido de no haber pasado esos meses en la guardia real, con bromas incluidas —se aventuró a opinar Erik.

—Eso es lo que me gusta pensar —reconoció Árkhelan—. Quién sabe, igual volvemos a encontrárnoslo un día de estos.

—Lo único que espero es que no sea uno de los nobles que apoyan a Nordland —añadió Markus.

—Esa hubiera sido una decisión muy equivocada, y no creo que haya sido tan estúpido —repuso el ex general—. De todos modos, como tú mismo has dicho antes, no tenemos ni idea de qué ha sido de él. Así que para qué vamos a darle más vueltas. Es hora de irse a dormir —informó, poniéndose en pie—. Mañana llegaremos a las montañas del norte y comenzará la parte más dura de nuestro viaje.

—¿Has estado allí alguna vez? —preguntó Erik.

—He pasado por allí, pero nunca me he visto en la obligación de cruzarlas.

—¿Y cómo vamos a saber cuál es el camino? —insistió el muchacho.

—Probando por un lado y por otro hasta que lo encontremos —respondió su padre con sencillez—. ¡A dormir! Mañana nos levantaremos al amanecer.

—¡Qué raro! —comentó Kodran en voz baja.

Capítulo XI

Durantes las primeras horas, el camino por el que avanzaron no se diferenciaba del recorrido el día anterior. La senda se abría paso entre pequeñas montañas, que impedían averiguar lo que se encontraba tras ellas. Sin embargo, poco antes del mediodía, llegaron a una gran llanura de abundantes pastos, desde la que se alzaba una muralla de roca cuyos picos nevados se perdían entre las nubes.

—Y yo que creía que la Gran Cordillera era imponente —dijo Gunnar asombrado.

—Y lo es —comentó Kodran—, lo que pasa es que esto es aún más imponente.

—¿Solo se puede llegar hasta las tierras de los Dursmanni por aquí? —preguntó Erik.

—No, también se puede ir por mar —contestó Markus.

—¿Entonces, por qué no...? —comenzaron a preguntar los chicos.

—Pero hace falta una gran embarcación, porque es necesario navegar un par de millas mar adentro antes de avanzar en dirección a sus tierras. El mar del norte es muy bravo y abundan las corrientes que conducen las naves contra los arrecifes. Si alguien pretendiese ir bordeando la costa desde Altenbruk, el oleaje acabaría estrellándole contra las rocas. Además, por este camino el paisaje es más bonito —añadió el cetrero con una sonrisa.

—Dígamelo dentro de un par de días, cuando estemos agotados y perdidos entre estos picos —repuso Kodran.

—¡No seas cenizo! —le recriminó Erik.

—Bueno, como tú quieras, pero ya te digo yo que esto no va a ser un paseo de placer.

—Al menos una cosa es segura —intervino Gunnar—, y es que agua no nos va a faltar.

Efectivamente, hasta donde alcanzaba la vista se multiplicaban los riachuelos, que surcaban las rocas como regueros de sudor por la cara de un gigante. Allá donde las paredes eran más verticales, los arroyos se convertían en pequeñas cascadas por las que el agua caía cientos de metros hasta perforar el suelo con estrépito.

—Pues si ahora está así, imagínatelo lleno de nieve —comentó Erik.

—Debe de ser precioso.

—Sí, una monada —añadió Kodran—. ¿Comemos algo antes de adentrarnos en la ruta de la muerte?

Todos aceptaron gustosos la propuesta del muchacho, y se dispusieron a coger fuerzas antes de comenzar la ascensión.

—¿Cuánto tardaremos en cruzar las montañas? —preguntó Erik mientras almorzaban sentados en unas rocas.

—Si no nos perdemos demasiado, tres o cuatro días —informó Markus—. Siempre que no surja ningún inconveniente.

—Hoy avanzaremos poco —añadió Árkhelan—. En cuanto empiece a atardecer, buscaremos un lugar para pasar la noche. Aunque el invierno ya ha acabado, las temperaturas son muy bajas a esas alturas y no es prudente permanecer al descubierto. Así que nuestras jornadas consistirán en aprovechar al máximo la luz del sol.

—Es decir, levantarnos al amanecer —intervino Kodran claramente descontento.

—Un poquito antes —le corrigió Árkhelan.

—Ah, bueno, entonces no hay problema —repuso el muchacho, haciendo reír a todos.

—¿Y los caballos podrán hacer todo el recorrido? —inquirió Erik.

—Esperemos que sí —contestó Markus—, pero no es seguro.

—¿Y qué haremos si no pueden pasar por algún sitio? —preguntó Gunnar alarmado.

—Pues coger lo que podamos y seguir sin ellos —respondió el cetrero—. A no ser que quieras llevarlos a hombros. De todos modos, yo no me preocuparía por eso, al menos de momento.

—¿Y los lobos? —intervino Kodran—. ¿Podrán hacer todo el recorrido?

—No te preocupes por ellos, te aseguro que Luna y Sombra van a ser los únicos que van a disfrutar del paseo —replicó Erik, que conocía las dotes escaladoras de los dos animales.

La primera jornada no les planteó ningún problema. Pudieron hacer casi todo el recorrido sin necesidad de desmontar de sus cabalgaduras. Tras un par de leves ascensiones, llegaron a un collado desde el que se divisaban tres grandes picos mucho más altos que los demás montes.

—La Mesa de los Tres Reyes —dijo Markus mirando a su alrededor.

—¿Qué? —preguntó Gunnar.

—Así se llama este lugar —le informó el cetrero.

—Pensaba que nunca había estado aquí —repuso Kodran.

—Y así es, pero tengo oídos y memoria para escuchar y recordar lo que cuentan otras personas.

—¿Y se puede saber qué tres reyes se supone que son esos? —añadió Erik señalando los picos.

—Albrant, Thork y Gorik, los tres grandes reyes.

—¿Los tres grandes reyes?

—Pero vosotros ¿qué habéis estudiado en la escuela?

—Muchas cosas, pero eso no me suena —se excusó el muchacho.

—Igual lo explicaron uno de los días que nos fuimos a cazar ranas —intervino Kodran sonriendo.

—¿Cómo? —preguntó Árkhelan.

—Nada, no hagas caso —repuso Erik, enrojeciendo levemente—. No nos desviemos del tema. ¿Quiénes fueron los tres grandes reyes?

—Es más una leyenda que algo real —comenzó a explicar el cetrero—. Se cuenta que, hace cientos de años, existió un monarca, llamado Wilfred el Poderoso. Este rey consiguió aunar bajo su mandato todas las tierras del norte, incluyendo los países donde ahora viven los bárbaros. Tras más de cuarenta años en el trono, en los que había gobernado con inteligencia, fortaleza y justicia, decidió que había llegado la hora de entregar la corona a sus tres sucesores.

—¿Sus tres hijos? —intervino Kodran.

—No, ¡su caballo, su perro y su burra! —le espetó el cetrero con brusquedad—. ¡Pues, claro, sus tres hijos! ¿¡Alguna interrupción más!?

—Vale, vale, tampoco se ponga así.

—El mayor —continuó narrando Markus—, Albrant, era conocido por su fuerza y destreza en el combate. Thork, el siguiente, era un hombre apuesto y galante, con grandes dotes diplomáticas. Y Gorik, el menor, era un chico muy inteligente e instruido.

»Una tarde, Wilfred, el Poderoso, convocó a sus tres hijos en sus aposentos. Colgado en la pared, había un mapa de su enorme reino dividido en tres partes iguales. El anciano monarca explicó a sus hijos que deberían elegir las tierras sobre las que querían gobernar. Albrant era el primogénito, así que a él le correspondió el privilegio de ser el primero en escoger. Tras unos instantes de dudas y cavilaciones, el primer sucesor escogió los territorios situados más al sur, donde se encontraban los mejores castillos y las tropas más entrenadas. Claramente, su intención era la de agrandar sus dominios con campañas por los reinos colindantes.

»Después le tocó el turno a Thork. No le resultó fácil decidirse por una de las dos porciones que faltaban, pero al final optó por la franja central. Era allí donde vivían la mayoría de los nobles: el clima solía ser agradable y se encontraban lejos de la frontera, por lo que era más complicado que resultaran sorprendidos por cualquier incursión beligerante. Thork pensó que podría servirse de sus dotes diplomáticas para granjearse el favor de las familias influyentes.

»Gorik no tuvo que escoger —relató el cetrero—. Solo quedaban las tierras del norte, entre las que se encuentran Altenbruk e

Ingerland. El muchacho se mostró conforme con su parte; sabía que se trataba de tierras fértiles y que sus habitantes eran gente honrada y trabajadora. Así que no dudó de que, si acertaba a gobernarlos correctamente, su reino se convertiría en el más rico de los tres.

—¿Y qué hizo Wilfred? ¿Se quedó sin nada? —preguntó Gunnar extrañado.

—Ahí estaba el truco —contestó Markus—. Para evitar que la avaricia pudiera estropear las relaciones entre sus hijos, el sabio monarca les explicó que, mientras él viviera, seguiría siendo la máxima autoridad en todo el reino, pero que delegaría completamente sus funciones en sus hijos. Si alguno de ellos se comportaba de manera injusta con cualquiera de sus hermanos, él, como rey, despojaría al sucesor de sus posesiones y las repartiría entre los otros herederos. Sus hijos le conocían lo suficiente para saber que hablaba completamente en serio. Así que esto les disuadió de cualquier idea torcida que hubiera podido surgirles. Además, los tres hermanos siempre se habían llevado muy bien entre ellos y estaban más que satisfechos con las posesiones que habían heredado, de modo que no hubo el más mínimo conflicto, no solo durante los diez años que aún vivió su padre, sino a lo largo de todas sus vidas. Es más, cada uno supo dejarse aconsejar por los otros en aquellos asuntos que le eran menos familiares. El rey Albrant extendió sus dominios hasta doblar el número de sus posesiones; para ello contó con el apoyo del ejército de sus hermanos, a los que luego correspondió entregándoles una gran parte de los beneficios de sus campañas. Thork fue muy querido y valorado por todos los nobles de su país, y supo aconsejar a sus hermanos en los conflictos de intereses que, como ya sabéis, se dan con tanta frecuencia en la corte. Y Gorik, o mejor dicho, el rey Gorik, utilizó todos sus conocimientos y su inteligencia al servicio de sus súbditos, convirtiendo su reino en una tierra próspera y feliz, donde todos tenían lo necesario para poder vivir sin escasez. Él también colaboró con sus hermanos, aconsejándoles con prudencia en todos los asuntos que estos le planteaban.

—Según se cuenta —concluyó el cetrero—, esos fueron los años de mayor prosperidad de las tierras del norte. Pero, como suele suceder, este maravilloso equilibrio se fue perdiendo durante las siguientes generaciones hasta llegar a la situación actual que no es precisamente buena.

—Albrant, Thork y Gorik, ¿no? —intervino Kodran.

—Así es.

—Pues me temo que sí que va a ser una leyenda, ¿sabe? Porque esa historia es muy bonita, pero creo que no es lo que suele suceder —opinó el muchacho.

—Puede ser —admitió el cetrero—, pero no deja de ser una manera de transmitir una buena enseñanza.

—¿El respeto a los demás? —inquirió Kodran.

—También, pero sobre todo que el buen gobernante es el que pone sus dotes personales al servicio de su pueblo. La mejor manera de ganarse el respeto y la confianza de los súbditos es demostrarles que ellos son la primera prioridad. De ese modo, la gente se siente atendida y no protesta cuando les toca sacrificarse para sacar algo adelante. Y esta historia o leyenda, como prefieras, también enseña a dejarse aconsejar por aquellos que saben más. No hay peor ignorante que el que no sabe escuchar. Fin de la lección —zanjó Markus—. Vamos a buscar leña para hacer un buen fuego, empieza a hacer frío.

La marcha comenzó a complicarse al día siguiente. Las cuestas cada vez eran más empinadas y se multiplicaban las pedreras, por las que resultaba complicado avanzar. En más de una ocasión, Árkhelan les hizo esperar mientras exploraba diferentes caminos para saber por cuál debían continuar. Aun así, tuvieron la sensación de haber recorrido una buena parte de su trayecto. Se encontraban en medio de grandes montañas y ya no había ni rastro de los valles por los que habían marchado en jornadas anteriores.

El tercer día, cuando según los cálculos de Markus debían de estar a mitad de recorrido, se desencadenó una terrible tormenta, que les obligó a permanecer resguardados bajo un saliente de roca desde primeras horas de la tarde hasta la mañana siguiente.

Los muchachos, envueltos en sus capas, observaban el sobrecogedor espectáculo en silencio. Delante de ellos se extendía una tupida cortina de agua, cayendo sin pausa sobre un suelo ya anegado. El cielo, cubierto de nubes oscuras, se iluminaba al compás de los relámpagos, seguidos de inmediato por el retumbar de los truenos. No era la primera tormenta que presenciaban, pero el hecho de encontrarse entre montañas, expuestos al rigor del frío y al azote del viento, inflingió en los tres chicos una abrumante sensación de pequeñez e inseguridad, que no cesó hasta que las nubes se alejaron y regresó la calma.

El día siguiente amaneció sereno, aunque el sol se resistió a hacer acto de presencia. Los caballos hundían sus cascos en el suelo embarrado, salpicándose unos a otros. Luna y Sombra tenían el pelaje empapado y cubierto de barro casi por completo. Por todas partes corrían estrechos regueros y, en las pequeñas hondonadas del terreno, se multiplicaban los charcos, que en ocasiones, llegaban a ser pequeños lagos.

—¡Me siento como si hubiera estado revolcándome en una ciénaga! —se quejó Kodran cuando se detuvieron a comer.

Debido a la inseguridad del terreno, habían tenido que realizar gran parte del camino a pie; y, como el firme estaba tremendamente resbaladizo, se habían sucedido los sobresaltos y las caídas sobre el suelo húmedo. Kodran había sido víctima de uno de estos resbalones mientras cruzaba un terreno especialmente fangoso y, como resultado de ese desliz, había terminado cubierto de lodo de pies a cabeza.

—¿Y por qué no te acercas a alguno de esos arroyos y te limpias un poco? —le sugirió Markus, señalando una ladera por la que bajaban varios riachuelos de aguas cristalinas.

—Buena idea —accedió el muchacho encaminándose hacia allá.

Erik y Gunnar se apartaron para dejarle pasar, sin poder ocultar una ligera sonrisa ante el aspecto de su amigo.

—Sí, sí —comentó este—, ahora os reís, pero ya veremos quién es el siguiente en resbalarse.

Kodran se acercó a un lugar en el que uno de los riachuelos caía unos centímetros hasta continuar su recorrido montaña abajo. Primero se lavó la cara repetidas veces, sintiendo cómo la costra de barro reseco se iba despegando de su piel. Mientras se frotaba las manos, intentando no dejar el más mínimo rastro de suciedad, un brillo metálico entre las rocas cercanas captó su atención. Secándose las manos en sus ropas, se acercó al lugar donde había distinguido el destello y se agachó para recoger un pequeño objeto.

—¡Mirad lo que he encontrado! —anunció acercándose al resto del grupo.

Erik y Gunnar, que estaban de pie junto a los caballos, se acercaron con curiosidad.

—¡Un puñal! —exclamó Gunnar.

—Una daga —le corrigió Markus—, y bastante buena. ¿Dónde estaba?

—Ahí, entre las rocas.

—Seguramente se le caería a su dueño mientras escalaba —dedujo el cetrero—, y no me cabe la menor duda de que lamentó su pérdida. Fijaos en el mango —les indicó a los muchachos tomando el arma entre las manos—, estas dos piedras son rubíes, y el recubrimiento es de oro, y además, tiene un sello grabado, supongo que será el escudo de armas del dueño. La funda es de cuero adornada con plata. Y la hoja —continuó, desenvainando la daga y mirándola con detenimiento— es muy resistente. Mirad el grosor que tiene y la perfección de su forjado. Sea quien sea el que ha hecho esta arma debe de ser un hombre muy habilidoso.

—Y el dueño muy rico —apuntó Gunnar.

—Y descuidado —añadió Erik.

—Pues yo le estoy muy agradecido —intervino Kodran, cogiendo la daga y acercándose a su caballo para guardarla.

—¿Qué vas a hacer con ella? —se interesó Gunnar.

—No lo sé, pero, por lo pronto, tener más cuidado que su anterior dueño.

—Creía que no pasaba nadie por estas montañas —dijo Erik.

—Nadie no, casi nadie —le corrigió el cetrero—. La daga está en muy buen estado, por lo que no debe de llevar demasiado tiempo ahí perdida. Seguramente su dueño será de la tribu de los Dursmanni y eso podría indicar que no estamos lejos de sus tierras. Quizá vengan a cazar a estas montañas.

—Ojalá tenga razón —comentó Kodran—, aunque eso supusiera que tengo que devolverle el cuchillo a su dueño.

Capítulo XII

Aunque el tiempo se había mantenido estable durante casi todo el día, en cuanto empezó a atardecer, cambió el viento y el cielo comenzó a oscurecerse.

—Más lluvia —anunció Markus.

—No, por favor —casi suplicó Kodran.

Afortunadamente, fueron capaces de encontrar un pequeño refugio antes de que se desencadenase la tormenta.

—Como esto siga así, vamos a llegar al otro lado nadando —opinó Gunnar.

Erik, sentado junto a sus amigos, vio que su padre se acercaba a la entrada de la pequeña cueva en la que estaban refugiados, y miraba la lluvia con preocupación.

—¿Pasa algo? —inquirió el muchacho acercándose a Árkhelan.

—No —contestó el ex general—, solo que es una pena que esta lluvia nos esté retrasando. De no ser por las tormentas, quizá hubiéramos llegado mañana.

—¿En serio?

—Eso creo. Aun así —añadió Árkhelan en un tono más alegre—, no creo que falten más de un par de días.

—Eso espero, porque empieza a hacerse un poco duro tanto subir y bajar montañas.

La lluvia continuó incesante durante toda la noche. El agua no caía con tanta fuerza como la vez anterior, pero sí con la misma constancia. Aunque se despertaron al amanecer, como ya era costumbre, tuvieron que esperar un par de horas antes de poder ponerse en marcha. Cuando se decidieron a abandonar su refugio, comprobaron con desagrado que el suelo estaba aún más resbaladizo que la jornada anterior.

—Ten cuidado, Kodran —le advirtió Gunnar—, o acabaras rebozado como ayer.

—Veremos quién ríe último —repuso el aludido.

Como siempre, Árkhelan iba en cabeza señalando el camino. El ex general marchaba a buen ritmo llevando a su caballo de las riendas. Tras él iba Markus, que contemplaba el paisaje con interés.

—Parece que le gusta este sitio —comentó Erik, que era el siguiente en la fila.

—Es muy distinto a lo que había visto hasta ahora —respondió el cetrero—. Y hay una gran variedad de aves; fíjate —indicó, señalando con el dedo—, hay una pareja de gavilanes que van y vuelven continuamente; y aquello de allí son buitres. Vuelan en círculos, es posible que hayan encontrado el cadáver de algún animal.

—No sé cómo es capaz de distinguirlos —comentó el muchacho con la vista clavada en el cielo—, yo solo veo unos puntitos negros moviéndose de un lado a otro.

—Creía que te gustaban los animales.

—Y me encantan —afirmó Erik—, pero sobre todo aquellos que puedo ver de cerca y con los que puedo jugar.

—¿Como estos? —inquirió Markus señalando a la pareja de lobos, que avanzaban flanqueando al muchacho.

—Especialmente estos —respondió Erik acariciándolos.

La marcha comenzó a endurecerse cuando, una hora antes del mediodía, tuvieron que ascender por una rampa muy empinada y de suelo fangoso. El grupo progresaba con dificultad, nadie hablaba y solo se oía el ruido de las pisadas y del fatigoso inspirar y expirar, acompañado de alguna exclamación cuando alguien se resbalaba o pisaba algún charco más profundo.

Sucios y exhaustos, consiguieron coronar esa cima. Kodran, al que ya parecía no importarle estar completamente embadurnado de lodo, se dejó caer sobre unas rocas y se limpió los ojos con dificultad. Al ver que se sentaba, Luna y Sombra se acercaron a él para jugar un rato.

—Lo que me faltaba —comentó el muchacho, mientras intentaba que los lobos se apartaran de él—, no solo estoy cubierto de barro sino que, además, ahora voy a terminar bañado en babas de lobo pringoso.

—Deja de quejarte y mira —le indicó Erik.

—¿Qué quieres que mire? —replicó el muchacho poniéndose en pie.

—Aquello —se limitó a contestar Erik.

—¿¡Es...!?

—Sí. Eso es el mar. Estamos llegando.

—¡Al fin! —exclamó Kodran—. ¿Cuánto nos falta?

—Si nos damos prisa —contestó Árkhelan—, puede que lleguemos mañana por la tarde.

Estimulados por la cercanía de su meta, comieron en poco tiempo y volvieron a ponerse en marcha. Aunque no era fácil hacerse una idea exacta del camino que les faltaba por recorrer, lo que sí que estaba claro era que ya habían cruzado las montañas de mayor altura. De modo que, si no surgía ningún impedimento, lo único que tendrían que hacer era crestear unos cuantos picos hasta llegar al último valle.

En ningún momento habían encontrado nada parecido a un camino; se notaba que aquel no era un lugar muy transitado y, a excepción de la daga hallada por Kodran, no se habían topado con rastro alguno de civilización.

Cuando empezaba a atardecer, llegaron a un paso estrecho que unía dos cumbres aún recubiertas de nieve. La senda, algo curvada, tenía una caída casi completamente vertical a ambos lados. Solo quince o veinte metros más abajo la pared perdía algo de inclinación. Aun así, estaba claro que, si algo o alguien caía por ahí, no se detendría hasta llegar al fondo del valle. Además, por si esto no fuera suficiente, el suelo, embarrado y poco firme, generaba escasa confianza y amenazaba con arrastrar al vacío a quien osara cruzar por allí.

Árkhelan se detuvo pensativo, inspeccionando los alrededores, como si estuviera buscando una opción distinta a la que tenía delante.

—Quizá deberíamos retroceder —sugirió el ex general sin demasiada convicción.

—¿Retroceder? —preguntó Erik—. ¿Cuánto?

—Hasta encontrar un paso más seguro.

—Ni siquiera sabemos si existe ese paso —intervino Markus—. Por donde hemos venido no hay más posibilidad que esta. Tendríamos que desandar el camino que hemos hecho en los últimos dos o tres días y buscar una ruta más al oeste... Sin ningún tipo de garantía de que la situación sea mejor.

Este razonamiento no pareció sorprender al ex general, que volvió a inspeccionar el paso con gesto concentrado. Los muchachos no se atrevían a intervenir y observaban todo en silencio. Les aterraba la idea de buscar otra senda ahora que estaban tan cerca, pero comprendían las dudas de Árkhelan. Solo doscientos metros les separaban de la siguiente cumbre, pero el camino hasta allí se presentaba, por lo menos, arriesgado. En otras circunstancias, avanzar por una senda de casi dos metros de anchura no hubiera supuesto mayor complicación, pero, con el terreno reblandecido tras las tormentas, y un abismo a cada lado... Era como para pensárselo.

—Vosotros qué decís —les interpeló el ex general.

—Yo estoy con Markus —contestó Erik—. No tenemos la seguridad de que haya otro camino mejor.

—Y, además, no creo que nos quede comida para otros cinco o seis días —añadió Gunnar.

—Sí —dijo Kodran—, yo también creo que deberíamos seguir por aquí.

—¿Markus? —inquirió Árkhelan.

—Iremos de uno en uno, dejando una buena separación para evitar tropiezos —contestó el cetrero.

—De acuerdo —accedió el ex general—. Yo iré delante. Markus, tú cerraras el grupo. Y recordad, avanzaremos despacio y separados.

Sin más preámbulos, Árkhelan cogió las riendas de su caballo y comenzó a caminar con cuidado. El suelo estaba muy húmedo, pero resbalaba menos de lo que se hubiera podido esperar. Cuando el ex general ya había avanzado unos diez metros, Erik le siguió, llevando a Darko tras de sí. Luna y Sombra marchaban despreocupados detrás del gran caballo negro. Kodran fue el siguiente en partir, seguido a una distancia prudencial por Gunnar. El cetrero cerraba el grupo tal y como habían quedado.

Árkhelan ya había superado la mitad del recorrido y Erik estaba a punto de hacerlo. El muchacho se esforzaba por mantener la mirada fija en el terreno que pisaba, no solo para evitar un mal paso, sino, sobre todo, para no plantearse la locura que estaban haciendo.

—Ya casi estamos llegando —les animó el ex general sin detenerse.

Erik no miró hacia atrás, prefería no despistarse lo más mínimo, aun así intuyó la expresión de alivio de sus amigos al saber que estaban a punto de salir de esa situación tan angustiosa. No se habían resbalado, ni habían pasado por ningún momento de peligro, pero...

—¿Va todo bien, Kodran? —preguntó el muchacho sin detenerse.

—Sí, pero si no te importa dejamos la conversación para después —contestó el muchacho.

Erik sonrió y alzó un poco la vista; su padre estaba a punto de llegar al fin del paso, y a él solo le faltaban quince o veinte metros. Y, en ese mismo instante, se rompió el silencio que los envolvía.

Primero fue el carraspeo de la tierra al desprenderse y, acto seguido, un grito de sorpresa y un relincho desesperado. Erik se giró instintivamente y sintió que sus pulmones se quedaban sin aire.

Una parte del suelo se había derrumbado cayendo al vacío. Markus estaba a punto de perder el equilibrio y su caballo se había encabritado empeorando aún más la situación. Fue visto y no visto. En unos instantes el camino sobre el que se encontraban el cetrero y su cabalgadura empezó a desmoronarse precipitándose sobre el abismo, mientras el resto del grupo asistía impotente a la catástrofe. Gunnar hizo el gesto de acudir al rescate de Markus, pero este aún tuvo tiempo de ordenarle con un grito que se quedara donde estaba. Fue lo último que hizo antes de desaparecer tragado por la tierra.

Inmediatamente después, el caballo de Markus resbaló y se despeñó a la vista de los muchachos y de Árkhelan, que contemplaban la escena horrorizados. Y de repente, todo se detuvo y volvió a reinar el silencio. Los tres chicos estaban completamente paralizados, presas del pánico y del dolor. Erik se llevó las manos al rostro mientras las lágrimas inundaban sus ojos. Gunnar y Kodran miraban hacia atrás y, por sus movimientos convulsos, el muchacho supo que también estaban llorando.

—¡Erik! —gritó Árkhelan con autoridad—. Tenéis que seguir avanzando. —El chico miró a su padre con gesto ausente—. ¡Vamos, moveos, esto puede seguir derrumbándose!

Erik volvió a la realidad y comprendió que Árkhelan tenía razón. Ellos todavía estaban en peligro de acabar como el cetrero.

Casi inconscientemente, el muchacho cogió las riendas de Darko y se dispuso a obedecer la orden de su padre, pero en ese momento escuchó los gritos de Gunnar.

—¡¡Está vivo!! ¡Markus está vivo!

Erik tardó unos segundos en comprender a su amigo, pero en cuanto lo hizo, se limpió las lágrimas con la manga y se giró para comprobarlo con sus propios ojos. Efectivamente, detrás de Gunnar, donde antes había estado el camino y ahora solo había un cráter, habían aparecido la cabeza y las manos del cetrero, que se aferraba a unos matojos para concluir su escalada.

—¡No se te ocurra acercarte! —gritó Markus a Gunnar que había vuelto en su ayuda—. ¡Estate ahí quieto o caeremos los dos!

Aunque en el fondo de sus corazones todos estaban deseando gritar de alegría, permanecieron en silencio viendo los avances del cetrero hasta que este consiguió encaramarse de nuevo hasta la senda. Al llegar arriba, Markus se quedó unos segundos tumbado, recuperando el aliento y, después, se incorporó cuidadosamente, comprobando la firmeza del terreno.

—¡Vamos, adelante! —volvió a gritar Árkhelan, esta vez en un tono mucho más alegre.

Los muchachos obedecieron en silencio, sintiendo que les temblaban las piernas, pero con una enorme sonrisa en los labios.

Conforme iban llegando a un lugar seguro, los chicos se giraban para ver la evolución de los que aún faltaban por cruzar el paso. Cuando, finalmente, Markus llegó hasta donde le esperaban los demás, Erik se abalanzó sobre él aferrándose con un abrazo. Kodran y Gunnar le imitaron y el cetrero protestó, aunque visiblemente emocionado.

—¡Vale, vale! ¡Que me vais a ahogar!

Árkhelan esperó a que los muchachos liberaran a Markus para abrazarle con fuerza.

—¿Estás bien?

—Sí, solo tengo algunos rasguños. Afortunadamente he caído hacia la parte donde había unas rocas y he podido agarrarme.

—Siento lo de tu caballo.

—Yo también, era un buen animal. Es una lástima que haya terminado así.

—Deberíamos haber vuelto atrás —opinó Árkhelan.

—Eso nunca lo sabremos —contestó Markus—. Y además, no podemos cambiar el pasado. Así que no le demos más vueltas al asunto.

—Está bien —accedió el ex general.

Continuaron la marcha solo lo necesario para encontrar un lugar en el que poder pasar la que, en principio, podía ser su última noche en las montañas.

Durante la cena, los muchachos recrearon una y otra vez lo que habían pensado y sentido durante los trágicos segundos de esa tarde. Markus escuchó divertido las diferentes intervenciones, agradeciendo las muestras de cariño de sus alumnos.

Capítulo XIII

Esa iba a ser la sexta jornada de su viaje a través de las montañas del norte; sin embargo, todo el agarrotamiento y el cansancio acumulado en las piernas pareció disiparse ante la perspectiva de alcanzar la meta ese mismo día.

En la mente de todos permanecía el incidente del día anterior. Markus marchaba en cabeza junto a Árkhelan, cojeando levemente. Al parecer, el cetrero se había doblado el tobillo en la caída; pero, viendo lo que le había ocurrido a su caballo, una pequeña torcedura parecía un precio ínfimo a cambio de haber salido con vida de ese terrible episodio.

El mar se divisaba cada vez con más claridad. Todavía era pronto para avistar la costa, pero parecía claro que llegarían en unas pocas horas. Casi todo el camino recorrido esa mañana había sido cuesta abajo. Las pocas montañas que tenían delante eran mucho menos escarpadas, y allá abajo, en el valle, se intuía una senda que debía conducirles al otro lado del muro de piedra.

—¿Qué haremos cuándo lleguemos a la tierra de los Dursmanni? —le preguntó Erik a su padre mientras caminaban montaña abajo.

—Nos presentaremos a los jefes para plantearles el asunto que nos ha traído hasta aquí.

—¿Hablan nuestro idioma?

—La gran mayoría sí, aunque también conservan su lengua.

—¿Y qué crees que dirán sobre nuestra propuesta? —inquirió el muchacho.

—Pues confío en que la acepten —contestó Árkhelan—, aunque ya te adelanto que no va a ser ni fácil ni rápido. Les estamos pidiendo que se involucren en la política de nuestro país. Si sale bien, tendrán tierras, dinero y algunos privilegios; pero si sale mal...

—¿Tendrían que irse de aquí?

—Eso como mínimo, aunque conociendo al Duque de Nordland no me extrañaría que ordenase al ejército que invadiera estas tierras.

—Sería horrible —opinó el muchacho.

—Sí, y por eso te he dicho que no va a ser tarea fácil. Los Dursmanni llevan una vida tranquila. Las tierras en las que viven no son perfectas, pero les bastan para poder vivir en paz... Así que no tienen demasiado que ganar y sí mucho que perder.

—Pues por lo que me estás contando —razonó Erik—, más que una tarea difícil yo creo que va a ser imposible.

—No hay nada imposible —sentenció el ex general.

Cuando llegaron al valle, volvieron a montar en sus caballos. Erik se ofreció a llevar a Markus, por lo que Darko cargó con el cetrero y el muchacho, aunque esto no pareció incomodarle lo más mínimo.

Conforme fueron avanzando, empezaron a descubrir algunos indicios que señalaban el fin del trayecto. Lo primero que vieron fue un rebaño de ovejas pastando libremente en una de las laderas. No había ningún pastor a la vista, pero sí un par de perros bien adiestrados, que las vigilaban atentamente. Uno de estos perros, negro como el carbón y de raza indefinida, comenzó a ladrar desesperadamente al divisar a los jinetes. Inmediatamente, su compañero se unió a sus ladridos aumentando el jaleo.

—¿Qué les pasa? —preguntó Kodran tapándose los oídos—. ¿Es que nunca han visto a nadie distinto de su dueño?

—No creo que ese sea el problema —intervino Markus—. Erik, creo que sería mejor que les pusieras las cadenas a Luna y a Sombra.

—Ah, claro —comprendió el muchacho—. Voy ahora mismo.

Mientras los demás esperaban a que Erik amarrara a los lobos, tres muchachos aparecieron de detrás de unas rocas. Venían corriendo e iban armados con gruesos garrotes, que utilizaban como bastones. Uno de ellos, el que aparentaba más edad, llevaba además un arco y un carcaj colgados a la espalda. Al ver a los jinetes, se detuvieron en seco y se les quedaron mirando con una mezcla de sorpresa y curiosidad.

Tras unos instantes de desconcierto, ambos grupos comenzaron a acercarse. Los tres recién llegados lo hicieron con más cautela, estudiando a los forasteros sin disimulo. Al ver a los lobos, el que llevaba el arco hizo el gesto instintivo de cargar el arma.

—No, no, tranquilo —le dijo Erik acompañando sus palabras con un gesto de sus manos—. Están adiestrados y son inofensivos. Además, los he atado, ¿ves? —indicó, enseñando las cadenas.

—¿Son tuyos? —preguntó el chico, volviendo a colocarse el arco a la espalda.

—Sí. Se llaman Luna y Sombra, y yo soy Erik. Este es mi padre, Árkhelan, y estos Markus, Gunnar y Kodran —continuó explicando el muchacho.

—Yo soy Darren, y estos son mis hermanos: Gregor y Shanon. ¿Venís de las montañas?

—Sí, y nos dirigíamos a vuestro poblado —contestó Erik—. ¿Está muy lejos?

—No, solo a una hora de camino —intervino Gregor acercándose a los lobos con curiosidad—. ¿Los puedo tocar?

—Claro, no hacen nada.

—Bueno, eso depende —se le escapó a Kodran.

Gregor ignoró el comentario de Kodran y comenzó a acariciar a los lobos, tímidamente al principio y con más confianza al comprobar que realmente eran inofensivos.

—¿De verdad habéis cruzado las montañas? —volvió a preguntar Darren sin ocultar su sorpresa.

—Todas y cada una de ellas —contestó Kodran que, como el resto de los jinetes, había desmontado de su caballo—. Y créeme, no te lo aconsejo.

Darren lo miró divertido y también se acercó a los lobos. Shanon, sin embargo, no prestó demasiada atención a Luna y a Sombra sino que se acercó a Darko observándolo con admiración mientras le acariciaba el cuello y la cabeza.

—¿Este caballo es suyo? —le preguntó a Markus.

—No, es de Erik. Mi caballo sufrió un accidente ayer y se despeñó.

—¡Ah! —exclamó el muchacho sorprendido.

—Es un animal magnífico, ¿verdad? —inquirió el cetrero al ver el interés del chico.

—Sí, es muy bonito y parece muy fuerte —opinó Shanon—. En nuestro pueblo no hay caballos así.

—¿Sabes montar?

—¡Claro! Desde que era un niño.

El cetrero no pudo contener una ligera sonrisa al escuchar esta contestación. A pesar de su altura y su larga melena rubia, se notaba que Shanon era aún muy joven.

—¿Cuántos años tienes? —se interesó Markus.

—Cumpliré trece el mes que viene.

—¿Y tus hermanos?

—Darren es el mayor, tiene dieciséis años y Gregor solo tiene once —respondió el chico con desparpajo.

—Pues, si yo fuera tú —le sugirió el cetrero—, le pediría a Erik que te dejara montar un rato a Darko. Es un buen chico y seguro que no te pone ningún inconveniente.

—¿¡En serio!? —exclamó Shanon abriendo los ojos al máximo.

—Sí, pero ahora no, tenemos un poco de prisa por llegar a vuestro poblado. Díselo mañana o cualquier otro día, creo que vamos a estar una buena temporada en estas tierras —comentó el cetrero.

Los tres hermanos debían permanecer con su rebaño hasta el atardecer, así que Árkhelan, Markus y los muchachos se despidieron de ellos y volvieron a montar con la intención de no detenerse hasta llegar al poblado.

—Pues tanto que decían que eran bárbaros, a mí me han parecido muy simpáticos —opinó Gunnar al poco de ponerse en marcha.

—No hay que hacer demasiado caso a las habladurías —repuso Markus—. Aunque también te advierto que no todos van a ser tan agradables como estos chicos.

El sendero se fue estrechando hasta convertirse en un cañón angosto flanqueado por paredes rocosas. La luz del sol apenas llegaba hasta aquel paraje y los jinetes se envolvieron en sus capas para protegerse del aire gélido que corría por aquel pasadizo. Tras un pequeño laberinto de vueltas y revueltas, comprobaron alegres que el camino volvía a ensancharse y ya no había ninguna montaña entre ellos y el mar; aunque la costa estaba más lejos de lo que habían pensado en un principio.

—¡No me lo puedo creer! —exclamó Kodran radiante—. ¡Se acabaron las montañas!

—Hasta que emprendamos el camino de vuelta — comentó Gunnar con una sonrisa pícara.

La sonrisa de Kodran se le congeló en el rostro y bajó la cabeza abatido.

—¡¡No, por favor!! —gritó en un tono exageradamente desesperado.

—¡Kodran, deja de hacer el tonto! —le espetó el cetrero

—La culpa es de Gunnar que me ha fastidiado este momento de felicidad —se excusó el muchacho en el mismo tono trágico.

—Espero que delante de los Dursmanni os comportéis como personas normales y dejéis vuestros jueguecitos y tonterías —gruñó el cetrero.

Kodran, aprovechando que Markus miraba en otra dirección, les guiñó un ojo a sus amigos, que rieron divertidos.

Una vez salieron de las montañas, no les resultó complicado encontrar la senda hacia el poblado de los Dursmanni. Al llegar a las primeras casas, comprobaron que iba a resultar imposible no llamar la atención. Aunque el poblado era más bien una ciudad y tenía cerca de veinte mil habitantes, todos los que vivían allí pertenecían a la misma tribu y compartían, por tanto, algunos de sus rasgos característicos. No es que fueran todos iguales, ni siquiera parecidos, pero se notaba que existían unas características que los homogeneizaban: gran estatura, complexión atlética, cabello largo y claro... Por eso, al poco de entrar en la ciudad, ya tenían un grupo de niños curiosos correteando alrededor de ellos.

—Si ya íbamos a llamar la atención porque debemos ser los primeros forasteros en décadas, no sé por qué, pero algo me dice que llevar una pareja de lobos amarrada a tu caballo no va a facilitar que pasemos inadvertidos —comentó Kodran al ver cómo los chiquillos miraban asombrados a Luna y a Sombra.

—¿Y quién quiere pasar inadvertido? —intervino Markus—. Vamos a necesitar un poco de publicidad para esta misión.

Cruzaron algunas calles, despertando la curiosidad allá por donde pasaban, hasta que se encontraron con un grupo de hombres armados que, tras observarles unos instantes, se acercaron a ellos con la intención de hacerles algunas preguntas.

—Buenas tardes —saludó Árkhelan cuando llegaron a su altura.

—Buenas tardes —respondió el guerrero que parecía estar al mando—. Me parece que no sois de aquí —continuó hablando con fuerte acento del norte—. ¿Cuándo habéis llegado?

—Hemos pasado varios días cruzando las montañas y acabamos de llegar a vuestra ciudad —le informó el ex general.

—¿¡Habéis cruzado las montañas!? —exclamó el guerrero sin ocultar su sorpresa—. ¿Venís de Altenbruk?

—Así es, traemos un mensaje de su majestad la reina para vuestros jefes.

—Pues habéis tenido suerte, están reunidos en Dur Grossen Haust, la Casa Grande —tradujo el oficial—. Podemos escoltaros hasta allí si queréis, pero no sabemos si podréis hablar con ellos.

—Os agradeceremos que nos enseñéis el camino, es la primera vez que estamos en vuestras tierras —contestó Árkhelan.

Mientras tenía lugar esta conversación, uno de los guerreros se había acercado a Luna y Sombra, observándolos con curiosidad.

Al contrario de lo que solía suceder, los lobos comenzaron a gruñir y a enseñar los dientes; parecía que estuvieran dispuestos a atacar en cualquier momento. Alarmado, Erik bajó del caballo de un salto y se acercó para tranquilizarlos.

—Luna, Sombra, ¡basta ya! —les ordenó, mientras los agarraba por el cuello.

El guerrero se había apartado unos pasos y miraba con desconfianza a la pareja de lobos.

—Disculpe, no sé qué ha pasado —se excusó Erik—. Son muy pacíficos y no suelen comportarse así.

—Debe de ser por las armas —intervino Markus, acercándose a Erik—. El año pasado sufrimos una invasión y los atacantes llevaban grandes hachas como esa —les explicó a los soldados, que se habían acercado a su compañero—. Estos animales tienen muy buena memoria.

—Entonces será bueno que los lleves siempre atados —contestó el oficial Dursmanni—. No queremos que ocurra ningún problema.

—Descuide, así lo haré —le tranquilizó Erik.

Los soldados escoltaron a los recién llegados por toda la ciudad, haciendo que estos llamaran aún más la atención. Aunque al principio, el hecho de estar causando tanto revuelo les hizo sentirse algo incómodos, en poco tiempo la curiosidad por todo lo que les rodeaba les llevó a olvidarse de su situación.

El estilo de vida de los Dursmanni era muy distinto de todo lo que habían visto hasta entonces. Las calles no eran tales, sino más bien espacios libres entre una propiedad y otra, con forma y anchura variada. Por todas partes se veían animales de granja recluidos en pequeños corrales, que parecían formar parte de las viviendas. La algarabía era ensordecedora, pero no parecía molestar a los transeúntes que continuaban sus conversaciones con toda naturalidad.

Por fin llegaron a su destino, una gran construcción de piedra y madera frente a la cual se abría una enorme plaza de forma circular.

Al pie de la escalera de entrada a la Gran Casa, esperaban amarrados siete hermosos caballos, enjaezados lujosamente y custodiados por otros tantos muchachos. Dos soldados vigilaban la puerta, y varios más merodeaban por los alrededores.

—Dur Grossen Haust, ¿no? —dijo Erik cuando se detuvieron.

—Sí, la Casa Grande —le confirmó Mánkel, el oficial Dursmanni—. Aquí es donde se reúne el Consejo de los Siete Clanes.

—¿Los siete clanes? —preguntó Gunnar.

—Las siete grandes familias de nuestro pueblo —aclaró Mánkel—. Cada una elige un representante de entre sus mayores para que forme parte del gran consejo, de este modo se vela por el bien de todos.

—¿Podremos hablar con ellos? —intervino Árkhelan.

—Esperad aquí —les indicó el oficial—, informaré de vuestra llegada.

Mientras Mánkel realizaba las gestiones oportunas, los demás esperaron charlando con los guardias que los habían escoltado.

—Hacía mucho tiempo que nadie venía a través de las montañas —les informó uno de ellos.

—Y por mar, ¿suele venir mucha gente? —quiso saber Gunnar.

—Tampoco, no hay nada aquí que interese a los forasteros.

—¿Y vosotros? —intervino Kodran—. ¿Viajáis a Altenbruk o algún otro lugar?

—De vez en cuando sale algún barco con animales o productos para vender en los mercados —contestó otro de los guardias—, pero solo van los comerciantes. La mayoría de nosotros nunca ha salido de aquí.

—¿Y cómo es que habláis tan bien nuestro idioma? —se interesó Erik.

—Es el que nos enseñan en la escuela. Nos decían que teníamos que saber la lengua de nuestros vecinos por si algún día decidíamos salir de estas tierras.

—¿Y queréis salir? —intervino de nuevo Gunnar.

—Yo no —dijo el soldado que había hablado primero—, todo lo que me importa está a este lado de las montañas. Pero hay otros que sí quieren marcharse, conocer otros países, ganar más dinero, comprar tierras...

—Bueno, quizá surja una oportunidad para ellos pronto —comentó Erik en voz baja.

Todavía estaban hablando cuando Mánkel salió de la Gran Casa.

—Es tarde y el Consejo tiene otros temas que tratar —les dijo—, aun así, a los miembros del Consejo les gustaría conoceros. Dejad aquí todas vuestras armas y seguidme, por favor.

Obedecieron inmediatamente, dejando los caballos y a Luna y Sombra con los soldados, y entraron en la Gran Casa guiados por Mánkel.

A pesar de la sencillez de los materiales con la que estaba construida, Dur Grossen Haust tenía una elegancia y un estilo señorial que llamó la atención de los visitantes. Al avanzar por el pasillo central, vieron a otros dos guardias que vigilaban una gran puerta de madera tallada en la que se distinguía, claramente, la silueta de un águila con las alas desplegadas. Cuando llegaron hasta ellos, los enormes centinelas se apartaron para permitirles la entrada. Mánkel golpeó dos veces la aldaba antes de abrir la puerta.

—Gran Consejo —dijo respetuosamente el oficial—, estos son los forasteros de los que os he hablado antes.

Los muchachos tuvieron que hacer serios esfuerzos para no manifestar su asombro. La sala de reuniones era igual de sobria que el resto de la Gran Casa, pero también igualmente señorial. El suelo estaba recubierto por una gran alfombra oscura, con finos bordados. En el centro de la estancia, un escribano, sentado frente a una pequeña mesa, anotaba las decisiones del Consejo. Los representantes de los siete clanes ocupaban unos grandes tronos dispuestos en forma semicircular.

Lo que más llamó la atención a los muchachos fueron los enormes escudos que yacían junto a cada uno de los miembros del consejo. Se notaba que eran antiguos, pero aun así, resplandecían con cada rayo de luz que se colaba por las ventanas. Todos ellos estaban ricamente adornados con figuras de animales y leyendas escritas en el idioma propio de los Dursmanni. Cuando al salir de la Casa Grande, le preguntaron a Mánkel sobre ese detalle, este les informó de que eran los escudos de armas de los respectivos clanes, y que su origen se remontaba a varios cientos de años atrás.

—Sed bienvenidos a nuestras tierras —les recibió el miembro que ocupaba el lugar central.

Recordando su visita al consejo de ancianos de la aldea, tiempo atrás, Erik supuso que, el que acababa de hablar, sería el Elder del consejo, es decir, el miembro de mayor edad. Aunque no era fácil saber si esto era así, porque los representantes de los clanes tenían una fisonomía parecida. Todos tenían largas barbas y, la mayoría, también abundantes cabellos. Pese a su edad, conservaban un físico vigoroso e imponente. Se notaba que provenían de una raza de guerreros.

—Muchas gracias por recibirnos —contestó Árkhelan, sacando a Erik de sus pensamientos.

—Según nos han informado —prosiguió el anciano—, habéis cruzado las montañas desde Altenbruk para traernos un mensaje de la reina.

—Así es, señor —confirmó el ex general.

—No es difícil suponer que se trata de un asunto de gran importancia cuando habéis hecho un viaje tan complicado para venir hasta aquí. Por esta razón os hemos recibido de inmediato —explicó el miembro del Consejo—. Sin embargo, también suponemos que será un asunto delicado que deberá ser atendido con tranquilidad, ¿me equivoco?

—En absoluto, señor.

—Pues, siendo así, y si no tenéis inconveniente, vemos preferible convocar una reunión del Consejo mañana por la mañana. Así podréis descansar después de un viaje tan largo, y estaréis en disposición de informarnos con detalle y profundidad del asunto que os ha traído hasta nuestras tierras.

—No hay ningún inconveniente, señor, os agradecemos vuestra amabilidad.

—Es un placer —repuso el anciano con extremada cortesía—.

¿Podéis informarnos de a quiénes tenemos el gusto de recibir como invitados?

Los muchachos se miraron de soslayo, sorprendidos por tanta ceremonia.

—Mi nombre es Árkhelan Winterberg, hasta hace diez años ocupé el cargo de general de la guardia del rey Sigurd.

—Conocimos la triste noticia del asesinato del rey —intervino el anciano con delicadeza—, y lamentamos enormemente su pérdida.

—Gracias, señor. Permitidme que os presente al resto de nuestra embajada. Este es Markus Nördmorg, también sirvió en la guardia real. —El cetrero realizó una leve inclinación de cabeza al ser presentado—. Y estos tres jóvenes son Gunnar, Kodran y mi hijo, Erik.

Los muchachos imitaron el gesto que habían visto hacer al cetrero.

—Encantado de conoceros —respondió el miembro del Consejo—. Mi nombre es Wurther, pertenezco al clan de los Bromterkar. Con el permiso de los demás miembros del Consejo dejaré el resto de presentaciones para mañana. Ya os hemos entretenido demasiado.

Los ancianos asintieron en silencio.

—Gracias de nuevo, señor —respondió Árkhelan.

Se despidieron del Consejo con una nueva inclinación de cabeza y salieron al exterior precedidos por Mánkel.

El oficial, tras recibir algunas indicaciones de parte del Consejo, acompañó a los forasteros hasta una posada cercana. Una vez allí, habló con los dueños del establecimiento antes de despedirse del grupo.

—Mañana os proveeremos un alojamiento más adecuado —les informó—, espero que no os importe pasar la noche aquí.

—En absoluto —respondió Árkhelan en nombre de todos—. Transmitidle al Consejo nuestro agradecimiento. Y muchas gracias por todo lo que has hecho por nosotros.

—Sí, muchas gracias —se unieron los demás.

—De nada, ha sido un placer —repuso Mánkel con una sonrisa.

Tras dejar los caballos, y a Luna y Sombra en los establos, siguieron a los posaderos hasta las habitaciones que les habían asignado.

—Si necesitan alguna cosa, nos tienen a su disposición —se despidió el dueño con una leve reverencia.

—Gracias —dijeron todos a la vez.

—Es increíble —opinó Gunnar cuando se quedó a solas con sus amigos—, ¿y estos son «los bárbaros»? No había visto a gente tan educada en mi vida. Menos mal que ha sido tu padre el que ha hablado todo el tiempo —le dijo a Erik—, porque si yo hubiera tenido que abrir la boca lo habría pasado fatal.

—Pues sí —estuvo de acuerdo el muchacho—, a mí también me ha llamado la atención tanta pomposidad. Espero que nos ayuden en nuestra misión.

—Lo bueno es que, si deciden no ayudarnos —intervino Kodran—, nos lo dirán con tanta educación que hasta nos quedaremos contentos.

Durante la cena, los muchachos volvieron a comentar lo sorprendidos que estaban por las maneras tan corteses con las que les habían tratado.

—La hospitalidad se considera una virtud casi sagrada en estas culturas —les explicó Markus—. Acoger a otra persona bajo tu techo o, como en este caso, en tu ciudad significa que te haces responsable de su seguridad y de su bienestar. Y, cuando uno acepta esa invitación, está demostrando una gran confianza y respeto hacia su invitado.

—¿Y hace falta ser tan fino al hablar? —preguntó Kodran—. Yo soy incapaz de expresarme así sin decir alguna tontería.

—Tú eres incapaz de expresarte de ningún modo sin decir alguna tontería —intervino Gunnar sin poder reprimirse.

—Se debe principalmente a dos razones —contestó Árkhelan sin dar a tiempo a Kodran a vengarse del comentario de Gunnar—. La primera es que venimos de parte de la familia real, así que, de algún modo, estamos recibiendo el tratamiento que se le debe a la reina. Y la segunda razón es que, como están tan aislados, su manera de expresarse no evoluciona como en otros sitios.

—¿Qué crees que dirán mañana cuando les contemos el motivo de nuestra visita? —preguntó Erik.

El muchacho sabía que ya había lanzado esta cuestión en distintas ocasiones, pero el nerviosismo y el temor de lo que podría ocurrir en caso de que se negaran a ayudarles le movían a buscar algún tipo de seguridad en su padre.

—Lo más lógico es que haya disparidad de opiniones dentro del Consejo —contestó Árkhelan—. Supongo que habrá algunos clanes a los que les interesará más nuestra propuesta que a otros. La duda es cuántos nos apoyaran y cuál será la postura de los que no lo hagan.

—¿A qué te refieres? —inquirió el muchacho.

—No es lo mismo que no quieran participar en esta misión porque la consideren arriesgada a que se opongan a cualquier tipo de intervención por parte de ninguno de sus clanes. De todos modos —siguió hablando el ex general—, creo que lo mejor será que de todas estas negociaciones nos encarguemos Markus y yo. No creo que haga falta que estemos todos presentes.

—¿Pues sabes lo te digo? —contestó Erik con una sonrisa—. Que me parece que esta va a ser la primera vez que no me importe que nos mantengáis al margen.

Capítulo XIV

Mánkel llegó a la posada poco después de que hubieran desayunado. Al parecer, el Consejo había responsabilizado al oficial de la atención de los forasteros.

—¿Habéis descansado bien? —se interesó.

—Anoche casi lloré de la emoción ante la idea de volver a dormir en una cama —intervino Kodran.

Todos rieron.

—Esta tarde os acompañaré hasta vuestro nuevo alojamiento —les informó Mánkel—. ¿Estáis listos para ir a ver al Consejo?

Ante la respuesta afirmativa, el oficial se puso en marcha para acompañarles hasta Dur Grossen Haust, donde ya los estaban esperando. Durante el trayecto, Árkhelan le comentó la decisión que habían tomado de ser Markus y él los que hablaran con el Consejo.

—No creo que haya ningún problema —contestó Mánkel—. Mientras vosotros habláis con los miembros del Consejo, Erik, Kodran y Gunnar pueden darse una vuelta por la ciudad. Si quieren que alguien les acompañe, le puedo pedir a alguno de mis soldados que vaya con ellos.

—Muchas gracias, pero no hace falta que molestemos a nadie —fue la respuesta de Erik cuando el oficial repitió al muchacho el ofrecimiento que había hecho a su padre—. Ya tenemos experiencia en visitar ciudades nosotros solos —añadió, recordando la semana transcurrida en la capital de Altenbruk.

—Por cierto —dijo Mánkel en tono jovial—, tengo entendido que ayer conocisteis a mis tres chicos. —Los muchachos se miraron sin entender a qué se refería—. Y, además, creo que les disteis un buen susto. Habían dejado al ganado solo mientras se dedicaban a sus juegos, hasta que escucharon a los perros ladrando en señal de alarma.

—¿¡Son hijos tuyos!? —exclamó Markus sorprendido por la coincidencia.

—Sí.

—Son unos chicos encantadores —añadió Árkhelan—. Estuvimos charlando un rato con ellos y nos llevamos una muy buena impresión.

—Sí, la verdad es que no puedo quejarme —contestó Mánkel satisfecho.

A pesar de que iban a ser Árkhelan y Markus los que hablaran con los representantes de los Siete Clanes, los muchachos también entraron en la sala donde les esperaban, para presentar sus respetos a los miembros del Consejo antes de visitar la ciudad.

—Volved a mediodía —le indicó Árkhelan a Erik cuando este salía de la estancia.

—De acuerdo, suerte.

Una vez en la plaza, los muchachos miraron a su alrededor buscando un lugar por el que empezar su recorrido.

—¿Dónde vamos? —preguntó Gunnar.

—Por allí es por donde vinimos —recordó Kodran—, así que podemos ir hacia allá y vemos algo nuevo —sugirió, indicando unas calles en el lado opuesto de la plaza.

—En marcha —dijo Erik, empezando a andar.

Caminaron a paso lento sin un rumbo fijo. Parecía como si el cansancio de los días anteriores hubiera caído de golpe sobre ellos. Sus músculos estaban agarrotados, les dolían las piernas y les costaba razonar con lucidez.

—Espero que tu padre y Markus estén mejor que nosotros —comentó Kodran—, porque si no, ya me contarás cómo van a convencer a los del Consejo.

Mientras paseaban por el mercado, a Erik le pareció distinguir un rostro conocido.

—¿No es ese...? ¿Cómo se llamaba?

—¿Quién? —preguntó Gunnar—. ¡Ah, sí! Darren.

El muchacho, al escuchar su nombre se giró. Cuando vio a los tres chicos, su rostro se iluminó con una gran sonrisa.

—Me alegro de volver a veros —saludó acercándose a los tres amigos.

—Y nosotros —contestó Kodran—. Así que Mánkel es tu padre.

—Sí. Ayer cuando llegó a casa nos contó que había visto a un grupo de forasteros y que los había acompañado hasta la Casa Grande. Como tampoco viene mucha gente por aquí, no fue difícil deducir que se trataba de vosotros. Le contamos que os habíamos visto llegar...

—Y que os pillamos dejando a las ovejas solas —apostilló Kodran.

—Sí —reconoció Darren sonriendo—. Es muy aburrido estar todo el rato vigilándolas.

—¿Hoy no sacáis al rebaño? —intervino Erik.

—Han ido mis hermanos, yo me he quedado para comprar algunas cosas.

—¿Van ellos solos? —inquirió Gunnar algo sorprendido.

—Claro, ya son mayores y, además, por la zona por la que vamos no hay ningún peligro, por eso es tan aburrido. Creo que tus lobos son los únicos que han pasado por allí en los últimos treinta años —explicó, dirigiéndose a Erik—. Por cierto, ¿dónde los has dejado?

—En los establos de la posada en la que nos hemos alojado —contestó el muchacho—. No me ha parecido buena idea pasearlos por toda la ciudad.

—Te hubieras hecho muy popular, de eso no hay duda —comentó Darren sonriendo.

—Creo que ya somos bastante populares y esto acaba de empezar —intervino Kodran.

Ante la mirada de extrañeza de Darren, los muchachos le contaron la sensación que habían tenido mientras su padre les escoltaba hasta la Casa Grande. Aunque el chico no les preguntó la razón de su visita al Consejo, Erik decidió darle una explicación superficial que justificara tal hecho.

—Nuestro país está pasando por una situación delicada y es posible que vuestro pueblo nos pueda ayudar a superar nuestras dificultades.

—Espero que así sea —contestó el muchacho prudentemente—. Tengo que volver a casa, mi madre está sola con la pequeña y necesita que le ayude.

—No sabía que tuvieras una hermana —comentó Gunnar.

—Tengo dos hermanas: Nora es un año menor que yo, y Milgret solo tiene tres años. Mi madre está esperando el sexto, y por eso necesita ayuda. Mi hermana Nora suele estar en casa, pero hoy ha tenido que ir a cuidar a mi tía, que está enferma. Así que me ha tocado a mí encargarme de la compra y de cuidar a la pequeña —explicó el chico antes de despedirse.

—Supongo que volveremos a vernos —dijo Erik.

—Eso espero —contestó Darren.

—Dales recuerdos a tus hermanos —añadió Gunnar.

—Descuida, adiós.

Los muchachos le vieron alejarse entre la multitud.

—¡Qué casualidades tiene la vida! ¿Eh? —exclamó Kodran divertido.

—Pues sí —estuvieron de acuerdo sus amigos.

Poco antes del mediodía, los muchachos ya estaban en la puerta de Dur Grossen Haust esperando a Markus y Árkhelan. Mientras charlaban, apareció Mánkel y, enseguida, le contaron su encuentro con Darren.

—Si os quedáis por aquí el tiempo suficiente —comentó el oficial—, les diré a mis hijos que os acompañen a la playa. Hay algunas cuevas en la costa que seguro que os gustarán.

Markus y Árkhelan no tardaron en salir. Erik se fijó en sus rostros, intentando adivinar cómo había ido la primera reunión, pero le fue imposible sacar nada en claro.

—¿Cómo ha ido? —les preguntó cuando llegaron hasta ellos.

—Bien, ya os contaremos —fue la breve respuesta de su padre—. ¿Os apetece comer algo?

Regresaron a la posada, donde les sirvieron un exquisito estofado típico de esas tierras, como les explicó la cocinera.

Eran los únicos comensales, y los posaderos, después de comprobar que sus huéspedes no necesitaban nada más, les dejaron solos.

—¿Entonces...? —inquirió Erik.

—Les hemos contado con todo lujo de detalles el motivo de nuestra visita —contestó Árkhelan—. Como no hemos querido omitir nada, hemos tardado más de una hora en explicar todo lo ocurrido durante los últimos meses.

—Aun así, cuando hemos terminado, nos han hecho bastantes preguntas —intervino Markus—. Se nota que están acostumbrados a escuchar y no se les escapa nada.

—¿Y qué han dicho? —preguntó Kodran.

—Creo que deberíais haceros a la idea de que vamos a estar aquí una buena temporada —sugirió Árkhelan.

—¿Por qué? —quiso saber Erik—. Quiero decir, que estamos encantados de poder pasar un tiempo aquí —aclaró—, nos tratan de maravilla y estamos mucho mejor que en las montañas, pero, ¿tanto les va a costar tomar una decisión?

—La cultura de los Dursmanni es distinta a la nuestra —explicó Markus—. Sus formas de proceder no tienen nada que ver con lo que estáis acostumbrados, tienen otra concepción del tiempo y no les gusta apresurarse. Además, no les estamos pidiendo que nos vendan unas cabras para llevárnosla de recuerdo a nuestra aldea. Se trata de un asunto muy serio que puede poner en peligro todo lo que nos rodea en estos momentos.

—Así es —corroboró Árkhelan—. Estamos pisando un terreno muy inestable y no conseguiremos nada si intentamos acelerar los acontecimientos. ¡Vaya! —exclamó de repente al ver la expresión de los muchachos, que, evidentemente, habían recordado el derrumbamiento del paso que casi le había costado la vida a Markus—. Creo que no he elegido una comparación demasiado afortunada.

—Al revés —le corrigió el cetrero—, refleja muy bien lo que nos puede ocurrir si damos un mal paso. Aun así, podemos decir que la reunión de hoy ha sido bastante alentadora.

—¿Sí? ¿Por qué? —inquirió Gunnar con curiosidad.

—Ninguno de los representantes de los Siete Clanes ha mostrado una oposición frontal a nuestra propuesta —explicó Markus.

—Tampoco se han manifestado a favor —añadió Árkhelan.

—Entonces ¿qué han dicho? —preguntó Kodran—. ¿O se han quedado callados?

—No, han hablado y mucho —respondió el ex general—, pero son personas muy prudentes y saben medir sus palabras. Por eso os he dicho que vamos a estar aquí bastante tiempo, no va a ser fácil lograr que tomen una decisión.

—¿Y disponemos de ese tiempo? —planteó Erik.

—No nos queda otro remedio —concluyó Árkhelan—, o conseguimos la ayuda de los Dursmanni, o nuestros planes se irán al traste.

Los días siguientes confirmaron las palabras de Árkhelan. Durante la semana que siguió a su llegada a la ciudad de los Dursmanni, Markus y el ex general fueron convocados por el Consejo en un par de ocasiones para responder a algunas preguntas. Los representantes de los Siete Clanes estaban deliberando sobre la conveniencia de acceder o no a la petición que se les había realizado, y no querían dejar ninguna duda sin resolver.

—Lo que más les preocupa —explicó Markus a los muchachos una noche mientras cenaban—, es si será necesario combatir. Saben que nuestra intención es devolver el trono al príncipe Harald de un modo pacífico y que, si queremos disponer de un ejército numeroso, es precisamente para no tener que vernos obligados a luchar. Pero, aun así, son muy reacios a enviar a su gente a participar en una posible guerra civil. Abandonaron las tierras de sus antepasados huyendo de los continuos enfrentamientos con las tribus vecinas en los que se veían obligados a luchar. Por eso no les resulta fácil aceptar nuestra propuesta.

—¿Entonces? —inquirió Erik.

—A la vez —intervino Árkhelan—, comprenden que nuestra oferta es muy generosa; permitiría que muchas familias pudieran mejorar su forma de vida, y también ayudaría a que los Dursmanni se integraran de un modo definitivo en el reino de Altenbruk, que es algo que llevan años intentando. Y no solo eso, saben que, si el Duque de Nordland ocupa el trono de un modo definitivo, su situación puede empeorar drásticamente. Les subirán los impuestos, les obligarán a participar en las campañas militares que, sin duda, comenzarán...

—Es decir —concluyó Kodran—, que en realidad es mejor para ellos que el príncipe Harald ocupe el trono.

—Así es —afirmó Markus.

—Pues entonces, ¿a qué esperan?

—Se están enfrentando al gran dilema que muchas veces se plantea: intentar solucionar un posible problema, sabiendo que existe la probabilidad de que las cosas salgan mal y se consiga lo contrario de lo que se buscaba; o quedarse quieto, con la esperanza de que, de algún modo desconocido, ese problema no llegue a hacerse realidad.

—Pues no sé qué es lo que decidirán —dijo Erik—, pero a mí eso de cruzar los dedos y cerrar los ojos no me parece una buena idea.

—A nosotros tampoco —contestó su padre—, sino no estaríamos aquí, pero son ellos los que deben decidir.

—¿Y tienen que estar todos de acuerdo? —inquirió Gunnar—. ¿O basta con que acepte la mayoría?

—Por lo que nos han explicado —respondió Markus—, para los asuntos ordinarios basta con que estén de acuerdo cuatro de los siete miembros del Consejo. Pero, las pocas veces que se presenta un asunto tan serio, es necesario que haya unanimidad.

—¿¡Unanimidad!? —exclamaron los tres muchachos.

—¿Tienen que ponerse todos de acuerdo? —preguntó Kodran.

—A no ser que el concepto haya cambiado —comentó Markus con su ironía habitual—, juraría que eso es lo que significa unanimidad.

—¿Y no bastaría con que los jefes de unos cuantos clanes reclutaran a gente de entre los suyos? —propuso Erik—. Es un pueblo numeroso, seguro que bastaría con el apoyo de cuatro o cinco familias.

—Ya lo hemos planteado —reconoció Árkhelan—, pero lo prohíben sus leyes. Cualquier acción militar debe ser aprobada por todo el Consejo. De ese modo se evita que ningún clan intente hacerse más poderoso que otro poniendo en peligro a toda la población.

—¿Tenéis alguna idea de cuántos miembros nos apoyan? —preguntó el muchacho algo desanimado.

—No podemos reunirnos con ellos a solas —explicó Markus—, así que únicamente podemos basarnos en nuestras impresiones, pero, por lo que hemos hablado Árkhelan y yo —continuó, mirando al ex general que asintió levemente—, nos parece que ahora mismo hay tres o cuatro miembros que apoyan nuestro plan.

—Bueno, entonces solo falta la otra mitad —comentó Kodran.

—Sí, pero es la mitad más difícil —reconoció Árkhelan.

La segunda semana trajo consigo algunas novedades. Por una parte, los chicos, cansados de vagar por la ciudad sin nada que hacer, decidieron acompañar a Darren y sus hermanos en el cuidado del rebaño. No es que esta fuera una tarea llena de actividad, pero, al menos, podían estar a su aire sin llamar la atención continuamente por el hecho de ser forasteros, o por llevar a Luna y Sombra consigo. Además, Gregor y Shanon tenían una gran capacidad inventiva y no paraban de idear juegos y formas de pasar el tiempo de un modo entretenido.

—Nos dijo vuestro padre que nos teníais que acompañar a la costa, para enseñarnos unas cuevas —recordó Gunnar una mañana mientras almorzaban.

—¡Claro! —exclamó Gregor—. ¡Las Cuevas de Úriator! Seguro que os gustan. No son muy profundas, pero sí muy bonitas.

—¿Cuándo podemos ir? —se interesó Kodran.

—Le preguntaré a mi padre —intervino Darren—, pero si no le parece mal, mañana podríamos recoger el rebaño un poco antes y bajar a la costa a primera hora de la tarde.

Ahora que ya tenían más confianza, Shanon siguió el consejo de Markus y le preguntó a Erik si le dejaría montar a Darko. Erik, tras consultar con Darren, accedió a la petición del muchacho y contempló asombrado la gran destreza con la que este montaba al poderoso caballo negro. También hacían competiciones de tiro con arco en las que, aunque siempre ganaba Erik, Darren demostró poseer una excelente puntería.

Tal y como había anunciado, Darren consiguió el permiso de su padre, y los seis chicos se dirigieron a la costa, distante solo quince minutos a caballo de la cabaña en la que ahora se hospedaban Árkhelan, Markus y los tres amigos.

Darren montaba el caballo de su padre, llevando a Gregor consigo. Erik y Shanon iban sobre Darko y, por primera vez desde que Árkhelan se lo había regalado, Erik montó en la grupa, dejando que fuera el muchacho quien llevara las riendas.

—Le has caído bien —comentó Erik al comprobar el comportamiento dócil de Darko.

—¡Es el mejor caballo que he visto en mi vida! —exclamó Shanon sin esconder su asombro.

Al acercarse a la costa, comprobaron que se trataba de una zona abrupta y rocosa. Tuvieron que dejar los caballos amarrados a unos árboles para descender por la estrecha senda, que daba acceso a la pequeña playa que se distinguía desde lo alto del acantilado.

—¡Me encanta este olor! —dijo Gunnar aspirando la brisa marina con los ojos cerrados.

Las gaviotas revoloteaban juguetonas, precipitándose sobre la superficie a la caza de algún pez incauto. A pesar de que el día era tranquilo y soleado, el mar se mostraba embravecido y las olas rompían contra las rocas con un continuo estrépito.

—¿Os apetece un baño? —preguntó Kodran, mientras empezaba a desvestirse.

—Ni se te ocurra —le reconvino Shanon—, es muy peligroso. Hay muchas corrientes y, si pierdes pie, las olas te llevarán hacia dentro y ya no podrás volver.

—Y si vuelves —añadió Darren—, lo más posible es que acabes incrustado contra las rocas. Pero si aun así quieres intentarlo...

—Vale —exclamó Kodran volviendo a vestirse—, creo que dejaré lo del baño para otro día.

—¿Dónde están las cuevas? —preguntó Erik mirando a su alrededor.

—Ahí delante —le indicó Darren con un gesto.

Erik miró en la dirección que le señalaba el muchacho, pero solo vio la pared de roca por la que habían bajado y una pequeña abertura de menos de un metro de diámetro.

—¿Te refieres a eso? —preguntó extrañado—. Creía que habíais dicho que eran grandes y amplias —objetó, recordando la conversación mantenida en el camino.

—No seas impaciente —le recriminó Darren antes de encaminarse la pared rocosa.

Una vez junto a la entrada, el muchacho sacó las antorchas que había traído consigo y las repartió entre los otros chicos.

—Yo iré delante —anunció—. Como os dijimos, no son muy profundas, así que no hay peligro de perderse, pero sí que hay un par de pasos en los que debéis tener cuidado; la roca siempre está húmeda y es muy resbaladiza.

Dicho esto, encendieron las antorchas y fueron entrando de uno en uno por la estrecha grieta. Los primeros metros tuvieron que hacerlos a gatas de una manera bastante incómoda, al tener una mano ocupada con la tea llameante; pero, al girar la primera curva del angosto pasadizo, el claustrofóbico túnel se convertía en una sala de grandes dimensiones, a la que se accedía por una pequeña rampa de roca desgastada.

—¡Esto es...! —comenzó a exclamar Gunnar.

—Te gusta, ¿eh? —inquirió Gregor sonriente.

—Es increíble —sentenció el muchacho a falta de otra palabra que describiera mejor lo que estaba contemplando.

Se encontraban en una sala de grandes dimensiones en la que las rocas adoptaban formas caprichosas. Las estalactitas y estalagmitas adquirían un aire tenebroso a la luz de las antorchas. En algunos puntos, había columnas de roca fina que unían el techo con el suelo. El olor a humedad era muy intenso y abundaban los charcos allá donde las rocas creaban una pequeña hondonada.

—¿Continuamos? —les invitó Darren.

—¿Aún hay más? —preguntó Kodran.

—Sí, hay tres salas grandes unidas por pequeños pasadizos como el del principio —le explicó Shanon.

La segunda sala era un poco más pequeña que la anterior, aunque de igual belleza. Al tener el techo más cerca, pudieron comprobar que, ajenos a los seis visitantes, un grupo de murciélagos descansaba boca abajo, con sus patas bien enganchadas a la roca.

Finalmente, Darren los condujo a la última sala. El pasadizo que la unía con la anterior, ascendía continuamente, así que, al salir del pequeño túnel, se encontraron en la parte superior de la estancia. Enseguida se dieron cuenta de que no necesitaban las antorchas; los rayos de sol se colaban por una infinitud de agujeros invisibles y conferían una tonalidad anaranjada similar al de un templo al atardecer.

Los muchachos descendieron con cuidado, observando todo en silencio. Al llegar al centro de la cueva, Darren se asomó al borde de la roca sobre la que se habían reunido, y animó a los demás a hacer lo mismo. Cinco o seis metros más abajo, el agua del mar había conseguido filtrarse hasta formar una pequeña piscina de aguas trasparentes, en las que la luz del sol no solo se reflejaba, sino que más bien parecía emanar con destellos azules y verdosos.

—¿Os gusta? —preguntó Darren de modo innecesario, ya que el rostro de los muchachos reflejaba claramente sus impresiones.

—No había visto nada igual en mi vida —reconoció Erik.

—Yo tampoco —se unieron Gunnar y Kodran.

—Deberíamos irnos —anunció Darren tras unos segundos de silencio—. La marea subirá pronto y cerrará la salida.

—¿Quieres decir que nos quedaríamos aquí encerrados? —preguntó Gunnar algo inquieto.

—No es peligroso —repuso enseguida Gregor—, el agua no cubre la sala y, además, podríamos salir por donde hemos entrado. Pero, si salimos ya, nos ahorraremos todo el camino de vuelta.

—Pues no se hable más —intervino Kodran.

Saltando de roca en roca, consiguieron llegar a la parte inferior de la cueva, en la que una abertura aún más pequeña que la que habían cruzado para entrar, les condujo de nuevo a la playa.

Ya había empezado a atardecer y el sol brillaba con menos intensidad, aun así, pasaron unos segundos con la mano sobre los ojos hasta que sus pupilas se acostumbraron a la claridad.

—¿Eso de ahí es la entrada? —preguntó Erik, señalando una grieta en el muro a tan solo diez metros de distancia.

—Sí —afirmó Darren.

—Y con todo lo que hemos andado, ¿solo hemos avanzado esta distancia? —preguntó Gunnar.

—Sorprendente, ¿eh? —dijo Shanon.

—Bueno, un poco. Ahí dentro no era fácil orientarse ni saber si estás avanzando hacia un lado o hacia otro.

—Deberíamos volver a casa —comentó Darren.

—Sí, es cierto —corroboró Erik—. Muchas gracias por habernos traído aquí, es un sitio precioso.

—De nada —contestó el muchacho satisfecho—. Espero que algún día podamos visitar vuestro poblado.

—Eso sería estupendo —contestó Gunnar, encantado con la idea.

—Sí, sería estupendo por muchos motivos —añadió Kodran, provocando que los tres hermanos le miraran esperando una explicación.

—Motivos que os contaremos más adelante —rectificó el muchacho, encaminándose a la senda que subía hasta el lugar en el que les esperaban los caballos.

—Y luego dice que el bocazas soy yo —susurró Gunnar al oído de Erik antes de seguir a su amigo.

Capítulo XV

Por lo que les contaban Markus y Árkhelan, parecía que las deliberaciones del Consejo avanzaban a paso lento, pero en la dirección adecuada para los intereses de familia real.

—Solo hay un miembro que parece oponerse frontalmente —les había comentado el cetrero una noche—; un tal Krieger, del clan de los Grunenbald.

—¿Y cambiará de opinión? —preguntó Erik.

—No lo sé, confío en que, si logramos convencer al resto, él acabará cediendo.

Sin embargo, las reuniones de los días siguientes hicieron que Markus dudara de su afirmación. Tras las primeras sesiones en las que los miembros del Consejo solo hablaban con Árkhelan y el cetrero para aclarar algunas dudas, había llegado el momento —debido a la importancia de la decisión que debían tomar—, en el que los dos ex-militares presenciaban las deliberaciones de los representantes de los Siete Clanes, para poder aportar las razones que vieran convenientes.

—Ya hay cuatro miembros que se han declarado a favor de ayudarnos, otros dos están indecisos, pero parece que acabarán apoyándonos, pero esa mula terca de Krieger... —se quejó Markus la noche en la que se cumplía su tercera semana en la tierra de los Dursmanni.

—¿Y por qué se opone? —preguntó Gunnar.

—Cada día es por una razón diferente —contestó el cetrero, claramente malhumorado—. Cualquiera diría que su único interés es perjudicarnos.

—¿Y qué beneficio puede aportarle eso? —inquirió Kodran.

—No lo sé —reconoció el cetrero al no encontrar ningún argumento razonable.

—¿Es posible que esté del lado del Duque de Nordland? —preguntó Erik.

—No te creas que no lo he pensado —contestó Markus—, pero, según nos han dicho, nadie ha salido de estas tierras desde que les llegó la noticia del asesinato del rey. Al conocer las extrañas circunstancias en las que esto había tenido lugar, el Consejo pensó que lo mejor para los Dursmanni sería quedarse quietecitos hasta que se serenara la situación, no fuera que a alguien se le ocurriera involucrarles en la trama.

—Una sabia decisión —juzgó Árkhelan—. Es fácil pensar que Nordland podría haber intentado comprar su apoyo para hacerse con el control del país si se hubiera producido algún tipo de revuelta del pueblo o del ejército. Así que, para evitar la tentación, lo mejor para ellos era quedarse en casa y preocuparse por sus asuntos.

—Pero ahora están dispuestos a ayudarnos, al menos la mayoría —objetó Erik.

—Porque es la reina quien se lo pide, y ellos juraron lealtad a la Corona —repuso su padre—. El juramento no les obliga a ayudarnos, pero sí a no hacer nada que vaya contra los intereses del legítimo heredero.

—Entonces —intervino Gunnar—, a qué puede deberse tanta resistencia por parte de ese tal Krieger.

—No estoy seguro —contestó Árkhelan dubitativo—, pero lo que parece evidente es que todavía no ha mostrado sus auténticas razones. Sus argumentos son insustanciales, los otros miembros del Consejo se los rebaten cada vez que habla. No sé cómo pero me parece que quiere sacar algún beneficio de la situación.

—¿Y no es posible que haya estado en contacto con Nordland desde antes del asesinato del rey? —intervino Erik.

—Sí, posible es —afirmó Markus—, pero tendríamos que demostrarlo de algún modo.

—Pues creo que eso va a estar complicado —opinó Kodran.

—Sí, yo también lo creo —coincidió Markus—, por eso lo único que podemos hacer es continuar hablando con el Consejo y rezar para que ocurra un milagro.

La cuarta semana amenazaba con transcurrir sin novedades. Los chicos continuaban con su rutina de acompañar a los tres hermanos en sus tareas. La relación entre los muchachos era cada día más confiada. Pese a la diferencia de edad, Shanon y Gregor habían congeniado muy bien con los tres amigos, y Darren parecía haber estado con ellos desde siempre. De un modo similar, también se había estrechado la relación entre Mánkel y los dos ex militares. El oficial de la guardia de los Dursmanni sentía un gran respeto por Markus y Árkhelan; comprendía que eran hombres de honor que habían arriesgado todo cuanto tenían por el bien de su país. Poco a poco, le habían ido informando de las razones de su viaje, y le pedían asesoramiento a la hora de tratar con el Consejo.

Fue Mánkel quien les explicó que no era de extrañar que Krieger se opusiera a su propuesta. Al parecer, el clan de los Grunenbald nunca había sentido una especial estima por la familia real. Era bien sabido que Artos, el hijo de Krieger, había mantenido contactos con sir William en el pasado, aunque, por lo que decían él y su padre, llevaban más de un año sin hablar con él ni con nadie de su séquito.

—Hace unas semanas —les explicó Mánkel—, poco antes de que vosotros llegaseis, Artos estuvo «desaparecido» durante varios días.

—¿Desparecido? —preguntó Markus extrañado.

—Sí, normalmente se deja ver con frecuencia, es un fanfarrón ostentoso. Su familia es de las más ricas y le gusta vestir con ropajes caros y adornarse con todo tipo de joyas. Pero, como os decía, de repente desapareció.

—¿Y a dónde fue? —inquirió Árkhelan sospechoso.

—A ninguna parte —contestó Mánkel con cierto tono de incredulidad—, estuvo todo ese tiempo en su casa, víctima de una repentina y extraña enfermedad.

—¿Entonces? —preguntó el cetrero.

—Lo curioso es que no permitieron que ninguno de sus amigos le visitara y no se supo nada de él hasta que volvió a mostrarse tan sano y petulante como siempre.

—¿Y tú qué crees que ocurrió en realidad? —indagó el ex general.

—¿Yo? —Mánkel pareció dudar unos instantes—. Bueno, yo no lo sé, tan solo soy un oficial y miembro de la familia de los Bromterkar. Nuestro clan y el de los Grunenbald nunca se han llevado demasiado bien, así que es posible que no esté siendo muy objetivo...

—No te preocupes —le tranquilizó Markus—, es simple curiosidad, nos interesa saber lo que piensas; no hace falta que pruebes tus teorías. Y, además, no le diremos a nadie que nos lo has dicho tú.

—Es solo una suposición —comenzó Mánkel algo más seguro, aunque sopesando cada una de sus palabras—, pero a mí no me extrañaría nada si me enterase de que había ido a Altenbruk para hablar con sir William.

Markus y Árkhelan intercambiaron una rápida mirada.

—¿Es eso posible? —preguntó el ex general.

—Hubo un barco que salió de aquí justo antes de que Artos se pusiera enfermo —explicó Mánkel—. Puede que Krieger lo arreglara todo para que su hijo viajase a vuestro país de incógnito. Ya os he dicho que dinero no le falta.

—¿Y para regresar? —inquirió Markus—. ¿También hubo otro barco que hizo el trayecto de Altenbruk aquí por esas fechas?

—No, ningún barco ha salido o llegado desde entonces. Pero eso no quiere decir nada —argumentó Mánkel ante el gesto de sus interlocutores—, pudo regresar por las montañas, igual que hicisteis vosotros.

—Es una ruta complicada —comentó Árkhelan.

—Puede que no me gusten demasiado los Grunenbald, y Artos en concreto no goza de mi mejor opinión, pero hay algo indiscutible, son unos expertos montañeros. Poseen una fisonomía y un sentido de la orientación innatos. Sus antepasados vivieron siempre en las montañas y Artos ha heredado todas las habilidades de su gente. Aun así —continuó Mánkel—, como os he dicho antes, esto no son más que suposiciones.

—Es cierto pero, si tuvieras razón, eso explicaría la actitud de Krieger —contestó Markus pensativo.

—El problema es que vais a necesitar algo más que suposiciones si queréis hablar de esto con el Consejo —objetó el oficial.

—Veremos qué pasa... Lo que esta claro es que empieza a faltarnos tiempo —concluyó Árkhelan.

Los días continuaron su curso, ya hacía un mes que habían salido de las montañas y llegado a la tierra de los Dursmanni. El clima era cada vez más cálido y la primavera se extendía por todas partes con su manto florido.

Las conversaciones con el Consejo parecían haber alcanzado un punto muerto. Todos los miembros a excepción de Krieger eran partidarios de colaborar en la tarea de devolver el trono al príncipe Harald. Incluso los otros representantes de los Siete Clanes habían intentado convencer al cabeza de los Grunenbald para que aprobase la propuesta. Pero todos los intentos fueron vanos, y no parecía que fuera posible desbloquear la situación.

—¿Qué estarán haciendo los otros? —se preguntó Gunnar en voz alta una tarde mientras regresaba a la cabaña con sus amigos.

—¿A quién te refieres? —inquirió Kodran.

—A los que se quedaron en Altenbruk.

—Pues supongo que estarán realizando su misión —se aventuró Erik—. Espero que tengan más suerte que nosotros.

Los muchachos estaban al corriente de las decisiones del Consejo. Sabían que la situación era crítica y que no parecía haber solución posible.

—Pues si están todos de acuerdo menos Krieger, que pasen de él y hagan lo que creen que deben hacer —propuso Kodran ante las explicaciones de Markus.

—Eso va contra su ley —repuso el cetrero.

—Pues que la cambien.

—No es tan fácil.

—¿Por qué no? Son ellos los que dictan las leyes.

—Sí, y por eso mismo no creo que quieran modificarlas. Esas leyes fueron instauradas para momentos como este. Las decisiones importantes hay que tomarlas en tiempos de tranquilidad, y no cuando nos acucian los problemas.

—Pues en esta ocasión se les está volviendo en contra —insistió el muchacho.

—Es cierto, pero no por eso las van a cambiar.

Transcurrió otra semana, quedaban poco más de dos meses para que el príncipe Harald alcanzara la mayoría de edad, y, tras intentar de todas las formas posibles que Krieger cambiara de opinión y comprobar que no había ningún tipo de avance, Árkhelan y Markus informaron a los muchachos de que se acercaba el momento de regresar a Altenbruk para buscar una alternativa al plan inicial.

El ex general se dio una última semana de plazo para intentar conseguir la ayuda de los Dursmanni. Si al finalizar ese periodo no lo habían logrado, cruzarían las montañas para regresar a su país.

—¿Y qué haremos allí? —había preguntado Erik cuando les expusieron el plan.

—Reclutar voluntarios hasta formar el ejército que necesitamos.

—Eso es imposible —objetó el muchacho—. Si os descubrieron cuando aún no conocían nuestra existencia, ahora que ya saben lo que estamos haciendo no habrá manera de realizar esa tarea sin que nos apresen.

—¿Se te ocurre una idea mejor? —le planteó su padre en un tono tranquilo pero firme.

—Pidamos ayuda al rey Kirsten —propuso Erik sin mucha convicción.

—Sabes que eso es inviable. Una cosa es que dé refugio a la reina o colabore con nosotros de un modo pasivo. Si el ejército de Ingerland entrara en nuestro país, Nordland tendría la excusa perfecta para afianzarse en el trono y acusar a la reina de conspiradora y al príncipe Harald de traición.

—Tiene que haber alguna manera de convencer a Krieger —dijo el muchacho expresando más un deseo que una certeza.

Dos días antes de que se cumpliera el plazo marcado por Árkhelan, Darren y sus hermanos guiaron a los muchachos por el bosque hasta un lugar conocido como Drumenvel.

—«El pozo de los sueños» —les había traducido Gregor.

Se trataba de un paraje de gran belleza, como ya les habían anunciado los tres hermanos. Un arroyo caudaloso descendía ágilmente por la montaña y llegaba a una abertura en el suelo en la que se introducía, desapareciendo por completo, para emerger quince metros más abajo en forma de un continuo chorro. El agua escapaba de la montaña precipitándose al vacío, y continuaba después su camino hasta desembocar en el mar, un par de millas más abajo.

Debajo de la cascada, se había formado una pequeña poza de siete u ocho metros de anchura y bastante profundidad. Nada más llegar allí, y tras escuchar los comentarios de aprobación de los muchachos, Darren se dirigió a Kodran.

—Aquí sí que puedes bañarte sin problemas —le invitó.

No hizo falta que lo repitiera, en cuestión de segundos los seis chicos estaban dentro del agua, esforzándose por mantenerse a flote y resistir el frío. Sin previo aviso, Darren se acercó a la orilla y comenzó a escalar por uno de los laterales. Al llegar a una roca plana situada casi a la misma altura que el origen del chorro, avisó a los chicos para que se apartaran y se lanzó en picado.

—¿¡Estás loco!? —le recriminó Gunnar cuando salió a la superficie—. ¡Podrías haberte empotrado contra las rocas!

—No te preocupes, lo he hecho un montón de veces. Hay profundidad más que suficiente para poder saltar, ¿os animáis?

—No, gracias —contestó Kodran.

—¿Qué os pasa? —insistió Darren en tono desafiante—. No sabía que los de Hartland fueran tan gallinas.

—¡Serás...! —protestó Erik divertido, agarrándolo por el cuello y sumergiéndolo unos segundos.

—Lo que tú quieras —continuó el muchacho, cuando escapó de su agresor—. Pero yo he saltado y vosotros no —concluyó sonriente.

—Ahora verás —dijo Erik acercándose a la roca por la que había escalado Darren.

—Erik, no le hagas caso —le recomendó Gunnar—, está demasiado alto.

—No lo vas a convencer, Gunnar —le informó Kodran saliendo del agua—, basta con que le digas que no se atreve a algo para que lo haga. Siempre ha sido así y aún no ha aprendido.

Erik, mientras tanto, había llegado a la piedra desde la que debía saltar. Al mirar hacia abajo, estuvo a punto de perder el equilibrio: desde el agua la altura parecía menor, pero visto desde arriba...

—Si no te atreves, puedes dejarlo —le gritó Darren.

—Estúpido, has vuelto a picar —se dijo Erik en voz baja al comprobar que se había dejado llevar por el orgullo.

El muchacho miró a sus amigos, y les guiñó un ojo mientras decía:

—Gregor, hazme un favor, cuenta hasta tres.

—Uno, dos...

—¡Y tres! —gritó Erik mientras se lanzaba al vacío.

Gunnar cerró los ojos instintivamente y a Kodran se le tensó el rostro al ver a su amigo en el aire. Erik había tomado demasiado impulso al lanzarse de cabeza, y el peso de sus piernas le había llevado a girarse más de la cuenta. Al llegar al agua, su espalda golpeó contra la superficie produciendo un estruendoso chapoteo.

Los tres hermanos se llevaron las manos a la cabeza y aguantaron la respiración involuntariamente, mientras en sus rostros se dibujaba una mueca de dolor.

—¡Vaya planchazo! —exclamó Shanon.

Darren se lanzó a la poza para auxiliar a Erik, pero este ya había emergido y se acercaba a la orilla con movimientos torpes.

—¿Estás bien? —preguntó el muchacho tímidamente.

Erik no le respondió de inmediato. En cuanto llegó a la orilla, se dejó caer en el suelo boca abajo; su espalda estaba completamente roja por el impacto. Permaneció algunos segundos más en silencio, dejando escapar algún que otro quejido y, cuando se hubo recuperado un poco, ladeó la cabeza y dijo:

—Bueno, qué, ¿me he atrevido o no?

Todos rieron aliviados.

—Sí —reconoció Darren—, ya veo que valor no te falta, otra cosa es habilidad.

—Nunca había saltado de tan alto —se excusó el muchacho—. Y nunca volveré a hacerlo —concluyó en voz más baja.

Algunos minutos después, cuando Erik ya estuvo completamente recuperado, los muchachos se acercaron a sus caballos para sacar la comida que habían traído consigo. Al rebuscar en las alforjas, Kodran comprobó que la daga que había encontrado durante su trayecto por las montañas seguía ahí guardada.

—Se me había olvidado que la llevaba —confesó el muchacho observando el arma.

—Y luego dices que yo soy despistado —le espetó Gunnar de inmediato.

—A ver —pidió Gregor.

—Mira, es bonita, ¿eh?

—Sí —reconoció el muchacho—. ¿Dónde la...?

—¿¡De dónde la has sacado!? —preguntó Darren en un tono que alarmó a los muchachos.

—La encontré... entre las rocas, mientras... cruzábamos las montañas —contestó Kodran vacilante—. ¿Qué ocurre?

Capítulo XVI

Erik se había olvidado del molesto escozor que aún recorría su espalda, y se aferraba al cuerpo de Darko con las rodillas mientras este hacía resonar sus cascos contra el suelo en un galope frenético.

—¡Papá! ¡Markus! —gritó el muchacho al entrar en la cabaña—. ¡Papá!

—¿¡Qué pasa!? —preguntó Árkhelan alarmado saliendo de su habitación.

Erik tardó unos instantes en recuperar el aliento y ser capaz de hablar con normalidad.

—¿Qué ha ocurrido? —inquirió Markus, alertado también por los gritos.

—Estábamos en el bosque con los hijos de Mánkel —comenzó a decir el muchacho atropellando las palabras en su intento de informarles lo más rápido posible—. Cuando íbamos a comer, Kodran ha sacado la daga que encontró en las montañas y, al verla, Darren le ha preguntado qué de dónde la había cogido, Kodran se lo ha dicho y, después, Darren nos ha contado que esa daga es de Artos —concluyó Erik de un tirón.

Markus y Árkhelan intercambiaron una mirada rápida.

—¿Está Darren seguro de que eso es así? —preguntó Markus.

—Completamente —respondió Erik sin vacilar—. Le hemos preguntado una y otra vez, diciéndole que se trataba de algo muy importante, y no ha dudado en asegurar que es la daga de Artos. Al parecer, se la regaló su padre cuando cumplió la mayoría de edad, y él la ha exhibido desde entonces. Usted mismo dijo que era una daga de gran calidad y muy cara —recordó Erik dirigiéndose a Markus—. No debe de haber muchas parecidas y, además —añadió con una sonrisa de satisfacción, mientras extraía la daga de entre sus ropas—, tiene el sello de los Grunenbald grabado en la empuñadura.

—¡Es cierto! —exclamó Markus, recordando el escudo que yacía junto a la sede de Krieger.

—Esto demuestra que Artos cruzó las montañas —sentenció Erik—. Tenéis que denunciarlo al Consejo.

—Puede que sea así —respondió Árkhelan—, pero tendremos que ser muy cuidadosos a la hora de utilizar esta información.

—Pero...

—Erik —le interrumpió su padre—, no olvides que nosotros solo somos unos forasteros mientras que Krieger y su hijo pertenecen a un clan muy poderoso dentro de la tribu de los Dursmanni. No podemos acusarles sin más, aunque tengamos esta prueba, habrá que actuar con prudencia.

—¿Dónde están los otros? —se interesó Markus.

—Viniendo hacia acá, no creo que tarden mucho.

—Habrá que decirles que no hablen de esto con nadie. Lo mejor será que se queden aquí mientras nosotros hablamos con el Consejo —opinó el cetrero.

—Tendremos que avisar a Mánkel para que no se preocupe —añadió Árkhelan—. Además, nos vendrá bien que nos eche una mano en este asunto.

—¿Queréis que vaya a buscarle mientras vienen los demás? —se ofreció Erik deseoso de ayudar.

—Buena idea —aprobó Markus—, pero no le cuentes nada. Dile solo que nos gustaría hablar con él.

—De acuerdo.

Erik tuvo que hacer uso de todo su autodominio para contener el nerviosismo que le embargaba. Afortunadamente, Mánkel se encontraba en su casa, y no pareció extrañarse cuando el muchacho le pidió que fuera a ver a su padre y a Markus.

—¿Qué tal lo habéis pasado en Drumenvel? —se interesó el oficial.

—Muy bien —contestó Erik.

El muchacho, aliviado por el derrotero que había tomado la conversación, contó su accidentado salto, provocando la risa de Mánkel.

—¿Seguro que estás bien? —se interesó divertido.

—Sí, sí —afirmó Erik quitándole importancia al asunto—. Creo que esta vez ya he aprendido la lección.

Cuando llegaron a la cabaña, comprobaron que los muchachos estaban ocupados tomando unos dulces que les habían preparado las señoras que se encargaban de las tareas domésticas. Árkhelan y Markus fueron al encuentro del oficial y le pidieron que les acompañara a una habitación de la planta superior.

Mientras esta reunión tenía lugar, los muchachos charlaron entretenidos, recordando anécdotas de los días anteriores.

—Tendréis que volver a visitarnos —dijo Gregor en lo que parecía más una orden que una petición.

—Mientras hagamos el viaje en barco, por mí no hay problema —contestó Kodran.

Erik, que, aunque participaba en la conversación, estaba atento a cualquier sonido procedente del piso de arriba, se puso en pie de un salto al escuchar unos pasos que bajaban por la escalera. Los chicos interrumpieron lo que estaban diciendo y miraron expectantes.

—¿Ocurre algo? —preguntó Markus divertido al ver cómo les observaban.

—No, no, que va —contestó Kodran acercándose a la mesa para coger otro dulce.

—Erik, ¿puedes venir un momento, por favor? —le pidió su padre.

—Sí, claro —contestó el muchacho, dirigiendo una mirada significativa a sus amigos.

Cuando salieron a la calle, Árkhelan miró a su alrededor y, al comprobar que no había nadie cerca, habló en tono confidencial.

—Mánkel nos ha sugerido que, antes de explicar lo ocurrido a todo el Consejo, hablemos primero con Wurther, el representante de su clan.

—Es mejor que sea él quien maneje este asunto —explicó el oficial—. Todos los miembros del Consejo le respetan, y no dudo de que sabrá utilizar nuestra información.

—Bien —repuso Erik—, ¿queréis que esperemos aquí hasta que volváis o podemos ir a dar una vuelta?

—Íbamos a pedirte que nos acompañaras —intervino Markus—, pero si prefieres quedarte...

—No, no, no —le interrumpió el muchacho—. Os acompaño.

Mánkel les guió hasta la casa del cabeza del clan de los Bromterkar. El anciano no ocultó su sorpresa ante la inesperada visita, pero enseguida hizo gala de su cortesía habitual, preocupándose porque se encontraran lo más cómodos posibles antes de permitirles hablar.

—¿A qué debo el honor de tan agradable visita? —preguntó, invitándoles a abordar el asunto que les había llevado hasta allí.

Tras agradecer a su anfitrión el haberles recibido con tanta prontitud, Árkhelan le informó del descubrimiento que habían realizado poco antes, y de las conclusiones a las que les conducía. El anciano escuchó atentamente sin interrumpir en ningún momento, aunque la expresión de su rostro se fue tornando cada vez más seria.

—No queremos precipitarnos en nuestras actuaciones —concluyó Árkhelan—, y por eso hemos venido aquí, para pedirle consejo sobre el modo en el que debemos proceder.

El anciano miró a Árkhelan pensativo, sus ojos reflejaban tristeza mientras asentía ligeramente con la cabeza.

—Sería muy doloroso acusar injustamente de traición a una de nuestras familias —dijo al fin—. Pero aún lo será más si estáis en lo cierto. —Wurther se detuvo unos instantes—. Durante estos últimos días no he parado de preguntarme por qué Krieger se opone con tanta vehemencia al plan que todos hemos aceptado. Creo que, en el fondo, todos sospechábamos que podía existir algún motivo oculto para su actitud —continuó a media voz—, pero ninguno estaba dispuesto a dudar de la honorabilidad de uno de nuestros representantes, al menos sin una prueba firme. No debemos aventurarnos a emitir un juicio antes de escucharles —concluyó Wurther—, pero me temo que va a ser difícil que puedan aportar una explicación convincente.

Aún faltaban más de dos horas para la reunión del Consejo, y Wurther sugirió que sería preferible que Mánkel y sus acompañantes llegaran a Dur Grossen Haust una vez que esta hubiera dado comienzo.

—Antes de que contéis lo sucedido —explicó el anciano—, me gustaría hacerle algunas preguntas a Krieger, y será más fácil que me responda si no sospecha que están relacionadas con vosotros.

Se despidieron de Wurther, agradeciéndole su hospitalidad y colaboración, y decidieron regresar a la cabaña y esperar hasta que llegara el momento de acudir a la Casa Grande.

Los tres hermanos seguían allí, tal y como les había indicado su padre. Shanon y Gregor habían pasado casi todo el tiempo con Gunnar, jugando con los lobos. Darren, sin embargo, se había quedado charlando con Kodran, escuchando el relato de la invasión de los bárbaros a la aldea de Hartland. El muchacho, absorto en la narración, pareció volver a la realidad cuando Erik y los demás entraron en la sala.

—¿Cómo ha ido? —se interesó Kodran.

—Aún no lo sabemos —contestó Erik.

Árkhelan y Markus se dirigieron al piso superior, invitando a Mánkel a acompañarles. Erik subió con ellos y, una vez arriba, les pidió permiso para informar a Darren de su misión y de lo que estaba ocurriendo.

—No hubiéramos sabido que la daga era de Artos de no ser por él —argumentó el muchacho.

—Esta tarde se va a decidir todo para bien o para mal —opinó Árkhelan—, así que no creo que haga falta seguir manteniendo un secreto tan estricto. ¿Mánkel? —preguntó, pidiendo la opinión del oficial.

—Darren es un chico prudente —opinó—, si a vosotros os parece bien, yo no tengo ninguna objeción que poner.

—De acuerdo —contestó Erik, dirigiéndose a las escaleras.

Mientras Gunnar seguía fuera con los pequeños, el muchacho, tras anunciar el permiso otorgado por su padre, fue contando todo lo ocurrido desde el asesinato del rey. Darren no salía de su asombro, e intervenía de vez en cuando con alguna pregunta, más fruto de la sorpresa que de la necesidad de aclaración.

—Así que es posible que todo se arregle gracias a que te has dado cuenta de que esa era la daga de Artos —concluyó Erik.

—Eso es muy generoso por tu parte —contestó Darren entre risas—, pero ha sido simple casualidad.

—Te asustaría saber cuántas cosas importantes han dependido de una simple casualidad —sentenció Kodran en un tono solemne, que divirtió a los muchachos.

Finalmente llegó la hora esperada, y se pusieron en camino hacia Dur Grossen Haust. En esta ocasión, siguiendo las indicaciones de Wurther, no irían solo Árkhelan y Markus, sino que los tres muchachos también asistirían a la reunión del Consejo.

—Así podrán preguntaros a vosotros si lo estiman conveniente —aclaró Markus.

Al llegar a la Casa Grande, comprobaron que los miembros ya habían entrado, y esperaron fuera mientras Mánkel pedía al alguacil que informara a Wurther de su presencia. Algunos minutos más tarde, cuando los muchachos ya habían comenzado a impacientarse, les informaron de que el Consejo había pedido que les llamaran.

—Llegó la hora de la verdad —comentó Markus por lo bajo.

—Creo que me va a dar algo —susurró Erik visiblemente inquieto.

—Respira hondo y mantente firme —le aconsejó el cetrero con una sonrisa—. No tenemos nada que perder.

—Eso es verdad —reconoció el muchacho justo antes de entrar en la sala de reuniones.

Habían pasado cinco semanas desde la última vez que los muchachos habían estado en presencia del Consejo, y volvieron a sentirse igual de cohibidos que en aquella ocasión. Les costaba mantener la mirada alta y debían esforzarse para no manifestar su nerviosismo de un modo desproporcionado. Erik, superada la timidez inicial, comenzó a recorrer la sala con la vista, preguntándose cuál de los ancianos allí sentados sería Krieger.

—Buenas tardes —les saludó Wurther con su voz cálida y acogedora—. He informado a los otros miembros de vuestro interés por comparecer una vez más ante el Consejo, aunque no les he contado el motivo de vuestra visita ya que considero que sois vosotros los que debéis hacerlo. Así que, si tenéis la amabilidad.

Como en anteriores ocasiones, fue Árkhelan quien se adelantó a tomar la palabra. El ex general, abordó el tema con diplomacia y rigor, limitándose a constatar los hechos sin emitir juicio alguno. Erik, mientras tanto, observaba los rostros de los representantes de los Siete Clanes, intentando adivinar el efecto de las palabras de su padre.

—¿Quién es Krieger? —preguntó al oído de Markus que estaba junto a él.

—El segundo por la izquierda —contestó el cetrero en voz apenas audible.

Erik dirigió hacia allí la mirada y un escalofrío recorrió su cuerpo al ver la expresión de furia contenida en los ojos del representante de los Grunenbald.

—No hemos venido a realizar acusación alguna, pero sí que agradeceríamos recibir una contestación que explique la presencia de esta daga en las montañas que separan vuestras tierras de nuestro país —concluyó Árkhelan, enseñando el arma que hasta ese momento había custodiado Mánkel.

Los segundos de silencio que siguieron a este discurso incrementaron aún más la tensión que parecía inundar la sala. Parecía que nadie estaba dispuesto a tomar la palabra. Los miembros del Consejo se miraban entre sí, aunque Krieger era el destinatario final de toda la atención.

—Muchas gracias, ¿deseas añadir algo más? —preguntó entonces Wurther. Ante el gesto negativo de Árkhelan, continuó—: El Consejo agradecerá que el honorable representante del clan de los Grunenbald intervenga para aportar cualquier información que pueda esclarecer el asunto que se acaba de plantear. —Krieger pareció no escuchar estas palabras. Permaneció en silencio con la mirada fija en Árkhelan mientras sus manos se aferraban crispadas a los brazos de su asiento—. ¿Deseáis decir algo? —insistió.

Krieger abrió la boca en una mueca de desprecio y, cuando habló, sus palabras sonaron como el gruñido de un oso amenazante.

—*Blossang krek stankuger!!*

—¿Qué ha dicho? —preguntó Gunnar en voz baja.

—No lo sé, pero no creo que haya sido muy halagador —contestó Kodran en el mismo tono.

—«¡Malditos cerdos arrogantes!» —les tradujo Mánkel en un susurro.

—¿Ves? —dijo Kodran.

Krieger pareció no conformarse con este insulto y, poniéndose en pie, se acercó lentamente al grupo mientras seguía profiriendo improperios en su idioma. Wurther y los demás miembros del Consejo también se habían levantado y le pedían que volviera a su sede.

—¿¡Queréis deshonrar a mi familia!? —retó finalmente el Grunenbald cuando se encontró frente a Árkhelan.

—Queremos saber la verdad —contestó el ex general sin inmutarse.

—¡¡No somos vuestros esclavos!! ¡¡Cerdos, cobardes...!! —le espetó Krieger que parecía haber perdido el control sobre sí mismo.

Los muchachos observaban intimidados. Nadie parecía capaz de detener al jefe de los Grunenbald, que continuaba con sus insultos y gestos amenazantes.

—Krieger, serénate —le dijo Wurther tomándolo del brazo.

—¡¡No me toques!! —le espetó con un gesto brusco—. ¡¡No os acerquéis a mí!! —Continuó volviéndose hacia el resto del Consejo con gesto desafiante—. ¡Sois todos unos traidores, dispuestos a rendiros a las peticiones de un país que nos ha tratado como esclavos! Los Grunenbald nunca serviremos a los herederos de ese rey cobarde.

—Pero sí a su hermano —intervino Árkhelan.

—¡¡Con Nordland en el trono, se conquistarán nuevas tierras y podremos ocupar el lugar que merecemos!!

—¿Es eso lo que os ha prometido? ¿Nuevas tierras? ¿Un lugar de privilegio en su gobierno? ¿Riquezas, títulos...? ¿Habéis traicionado a la familia real y a vuestro pueblo a cambio de esos beneficios? —inquirió Árkhelan.

—¡Los Dursmanni somos un pueblo de guerreros, pero solo los Grunenbald nos hemos mantenido fieles a nuestros antepasados! Los demás clanes se rindieron al servilismo y a la humillación —añadió con una mirada de desprecio—. Hemos acabado con el rey Sigurd y Nordland ha reconocido nuestros derechos. Ha llegado la hora de que recuperemos nuestro honor y vosotros no lo impediréis.

—Así que es cierto —intervino Wurther—, habéis pactado con sir William traicionando a vuestro pueblo.

—¡Vosotros no sois mi pueblo! —repuso Krieger en un tono cargado de odio antes de encaminarse hacia la puerta.

—No vas a ir a ninguna parte —dijo entonces Wurther con una firmeza que sorprendió a los presentes—. Guardias, acompañad al señor Krieger a una sala del piso superior y aseguraos de que permanece allí hasta que el Consejo tome una decisión al respecto. —Los soldados, que habían entrado en la sala al escuchar los gritos, parecieron dudar unos instantes—. ¿Algún problema? —inquirió.

—No, señor —contestaron con seguridad acercándose al representante de los Grunenbald, que se había quedado paralizado al escuchar la orden dictada en su contra.

—¿Vas a detenerme? —preguntó Krieger con una mezcla de indignación e incredulidad—. No puedes hacer eso. Soy representante de un clan y miembro de este consejo, no tienes autoridad sobre mí.

—Yo no voy a detenerte —le corrigió Wurther—, es el Consejo el que debe tomar esa decisión. Eso es lo que nunca has comprendido, somos miembros de diferentes familias pero formamos un solo pueblo. Estoy seguro de que la mayoría de los Grunenbald reprueban lo que has hecho. No creo que traicionar la palabra de nuestros antepasados y actuar a espaldas del Consejo sea lo que ellos esperaban de su representante. Oficial —dijo entonces dirigiéndose a Mánkel—, envíe un destacamento a casa del señor Krieger, y pídanle a su hijo Artos que se presente ante el Consejo. Creo que hay algunas preguntas a las que debe responder.

—¿¡Vais a interrogar a mi hijo como si fuera un criminal!? —bramó Krieger.

—Eres tú el que le ha metido en esto —le recriminó Wurther—, no nos culpes a nosotros de las consecuencias de tus decisiones. ¡Lleváoslo! —ordenó a los guardias.

Escucharon los gritos y amenazas del detenido hasta que Mánkel cerró la puerta de la sala de reuniones cuando salió para obedecer la orden que acababa de recibir. Volvieron a transcurrir unos segundos de silencio mientras los presentes asimilaban la situación que habían presenciado.

Lentamente, el representante del clan de los Bromterkar avanzó hacia el centro de la estancia para ocupar de nuevo su asiento. En su rostro se reflejaba el sufrimiento causado por la situación recién vivida.

—En nombre del Consejo os pido disculpas por lo ocurrido —dijo con voz apagada.

—No tenéis de qué disculparos —contestó Árkhelan—, vosotros no sois los responsables de lo que hayan hecho otras personas. Siempre nos habéis tratado con extremada corrección y os estamos muy agradecidos.

—Ahora somos nosotros los que debemos estaros agradecidos. De no ser por vuestro descubrimiento, nuestro pueblo podría haberse encontrado en una situación muy comprometida, colaborando con el Duque de Nordland en su intento de hacerse con el trono de Altenbruk —repuso Wurther—. Vinisteis a nuestras tierras para pedirnos ayuda en nombre de la familia real —continuó—, nuestras leyes no nos han permitido tomar la decisión que todos considerábamos adecuada, pero lo que acaba de ocurrir cambia la situación de un modo radical. El representante de los Grunenbald ya no forma parte de este Consejo y él era el único que se oponía a que os ayudáramos. Pero, antes de poder afrontar definitivamente este asunto que tanto os urge, debemos hablar con Artos y decidir cuál va a ser nuestra respuesta ante estos hechos tan deplorables. No os preocupéis, somos conscientes de que ya os hemos hecho esperar demasiado, y no retrasaremos nuestra decisión más de lo estrictamente necesario. Y, ahora, si nos disculpáis —concluyó.

—Muchas gracias —se despidió Árkhelan, abandonando la sala junto a los demás.

—Pues no ha sido tan difícil —opinó Kodran cuando se encontraron a solas, de vuelta a la cabaña.

—Yo pensaba que pondría alguna excusa para explicar por qué la daga estaba allí, o que diría que mentíamos o yo que sé —añadió Gunnar.

—Supongo que las preguntas que Wurther quería hacerle a Krieger antes de que nosotros llegáramos estaban relacionadas con eso —opinó Markus—. Y, además, yo creo que en el fondo Krieger estaba deseando decir la verdad.

—¿Para que le detuvieran? —inquirió Gunnar escéptico.

—Claro que no —repuso el cetrero—. Lo más seguro es que esa posibilidad ni se le pasara por la mente. El orgullo niebla la vista y hace que perdamos perspectiva. Él lleva años siendo el jefe de su clan, piensa que puede hacer lo que quiera y que nadie tiene autoridad sobre él. Por eso se ha atrevido a pactar con Nordland sin el permiso del resto de clanes.

—¿Y para qué quiere sir William un pacto con los Dursmanni? —preguntó Erik.

—Ya lo has oído —intervino Árkhelan—. Sus intenciones son conquistar nuevos territorios, y para eso necesita un ejército fuerte. Cuantos más aliados tenga, mejor.

—Pues no le va a hacer ninguna gracia cuando se entere de que sus «aliados» van a ser sus peores enemigos —opinó Kodran.

—No, no le va a hacer ninguna gracia —corroboró Markus.

—Aún no han confirmado que nos vayan a ayudar —intervino Gunnar.

—Cierto, pero no creo que tarden en hacerlo —repuso el cetrero.

—Se acerca el momento —comentó Erik.

—Sí —afirmó Árkhelan—, en menos de dos meses el príncipe Harald ocupará el trono que arrebataron a su padre.

—¿Y qué pasará con sir William? —inquirió Kodran.

—Nos preocuparemos por él más adelante —contestó el ex general—, ya tenemos demasiadas cosas en las que pensar.

Capítulo XVII

Cuando llegaron a la cabaña, los muchachos acompañaron a Darren y sus hermanos hasta su casa. Mientras caminaban por las calles ya oscuras, Erik informó a Darren de lo ocurrido durante su reunión con el Consejo.

—¿Qué va a pasar ahora? —preguntó el muchacho.

—Confío en que el Consejo decidirá ayudarnos.

—¿Y si es así?

—Pues comenzarán los preparativos para nuestra misión —le explicó Erik—. No es tan fácil desplazar un ejército de quinientos soldados; hay que pensar en el transporte, las armas, la comida...

—Quiero ir con vosotros.

Erik no supo qué responder. Miró al muchacho con una sonrisa agradecida y finalmente habló.

—Tendrás que convencer a tu padre y no sé si te resultará posible. Eres el mayor, tu madre está embarazada...

—Lo convenceré —dijo Darren con seguridad.

Mientras volvían a su cabaña, tras despedirse de los tres hermanos, Erik le contó a Gunnar y Kodran la conversación que había tenido con Darren.

—La verdad es que no sé si quiero que nos acompañe o no —confesó el muchacho—. Estaría muy bien tenerlo a nuestro lado, pero si le pasara algo...

—Siempre estás igual —intervino Kodran—, parece que quisieras pelear todas las batallas tú solito, para que nadie más se ponga en peligro.

—Preferiría que no hubiera ninguna batalla, ni misión de rescate, ni nada por el estilo. Y tampoco es que a mí me haga mucha gracia tener que participar en todo este lío; pero implicar a gente que no tendría por qué arriesgarse... No sé, no me gusta, qué quieres que le haga.

—Tienes que respetar las decisiones de los demás igual que quieres que tu padre respete las tuyas —dijo Gunnar para sorpresa de sus amigos.

—Bien dicho —se limitó a comentar Kodran con una sonrisa.

—Supongo que tienes razón —reconoció Erik—, pero aun así...

Markus y Árkhelan estaban esperándoles, así que, nada más llegar, se sentaron a la mesa dispuestos a reponer fuerzas tras un día tan cargado de emociones. Al poco de empezar, escucharon a alguien llamando a la puerta. Markus se levantó de inmediato para recibir al inesperado visitante.

—¡Mánkel! ¡Qué sorpresa! —dijo el cetrero, invitándole a pasar.

—Siento molestaros —se disculpó el oficial—, ya veo que estáis cenando, pero imaginaba que querríais saber cómo ha ido la reunión de Artos con el Consejo.

—Claro, no sabes cómo te lo agradecemos —repuso Markus—. Siéntate, nos lo contarás mientras cenas con nosotros.

Los muchachos se apresuraron a prepararle un sitio y le sirvieron una copa de vino, que Mánkel bebió agradecido.

—Veo que os cuidan bien —comentó con una sonrisa.

—Demasiado bien —intervino Gunnar—. Creo que he engordado varios kilos en estas semanas. ¡No se te ocurra decir ni una palabra, Kodran! —añadió en tono desafiante.

—¿Yo? —inquirió el aludido con fingida inocencia— . No pensaba decir nada, no sé por qué se te ha ocurrido algo así.

Mánkel rió divertido; había llegado a conocer bien a los muchachos y le gustaba comprobar lo bien que se llevaban, a pesar de sus continuas bromas.

—¿Cómo ha ido la reunión? —preguntó Erik con curiosidad. Todos callaron, interesados en lo que Mánkel pudiera contarles.

—La verdad es que ha sido todo muy sencillo —contestó el oficial—. Cuando hemos llegado a la casa de Krieger, Artos estaba en la entrada hablando con unos amigos. Con mucha delicadeza, le he pedido que me acompañara; no quería alarmarle ni a él ni a sus amigos, así que no le he dado demasiados detalles sobre los motivos por los que el Consejo solicitaba su presencia. Él no parecía sospechar nada, y nos ha acompañado sin oponer resistencia; quizá pensaba que su padre quería pedirle algo.

—Al entrar en la sala de reuniones y ver vacía la silla de Krieger —continuó explicando—, el muchacho se ha alarmado visiblemente. Wurther ha intervenido para tranquilizarle, diciéndole que su padre estaba bien, pero que el Consejo quería hacerle algunas preguntas y habían preferido que no se encontrara presente. Artos suele ser bastante engreído y autosuficiente pero, al verse solo delante de los jefes de los otros seis clanes, ha perdido su aplomo y no ha tardado ni cinco minutos en reconocerlo todo: viajó a Altenbruk en uno de los barcos de mercancías; Krieger sobornó al capitán para que le dejara ir sin decir nada al resto de la tripulación. Una vez en vuestro país, se dirigió a la capital, donde se reunió en secreto con el Duque de Nordland para sellar un acuerdo que les daría a los Grunenbald un rango superior al resto de familias de los Dursmanni. Concluido esto, volvió a través de las montañas, y tuvo la mala fortuna de perder su daga en el viaje sin darse cuenta; de hecho, no parecía haberla echado de menos en todo este tiempo.

—Pues es una daga muy valiosa —intervino Gunnar.

—Lo sé, pero, por lo visto, Artos no es demasiado cuidadoso con sus cosas —explicó Mánkel—. El hecho es que ha confesado todos y cada uno de los detalles, y que ahora ya no hay duda alguna sobre la traición urdida por Krieger.

—¿Contaba con el apoyo de su clan? —inquirió Markus.

—No, actuó sin consultarles. Solo él y su hijo estaban al tanto, y, de hecho, no creo que hubiera informado a Artos de no ser porque lo necesitaba para que fuera a reunirse con sir William. Al parecer, Krieger llevaba más de un año en contacto con el Duque de Nordland; se reunieron alguna vez y mantenían una correspondencia fluida pero, después del asesinato del rey, al interrumpirse las comunicaciones con Altenbruk, se vio obligado a enviar a su hijo para sellar el pacto y no perder los privilegios que sir William le había prometido.

—¿Y qué va a pasar con Krieger y Artos? —se interesó Gunnar.

—Serán desterrados —contestó Mánkel—. Dentro de unos días, un barco los llevará al norte y no podrán regresar nunca más.

—Pero... —empezó a decir el muchacho.

—En el fondo es un castigo bastante benévolo —explicó el oficial—. Hay varias familias emparentadas con los Grunenbald que siguen viviendo en el norte, así que no creo que les falte acomodo. Además, se les permite llevarse sus pertenencias, y ya sabéis que son una familia bastante acaudalada.

—¿Se irán Krieger y Artos solos? —preguntó Kodran.

—Pueden acompañarles todos aquellos que lo deseen; imagino que sus familiares más cercanos irán con ellos, pero no creo que haya muchos otros que quieran volver a las tierras del norte, más aún cuando Krieger actuó sin pedirles su opinión.

—¿Y qué ha decidido el Consejo sobre lo nuestro? —intervino Erik.

—Aún nada —contestó Mánkel—, pero han convocado una reunión para mañana temprano. De todos modos, a mí no me cabe duda alguna de cuál va a ser la decisión que van a tomar —añadió confiado.

—Eso esperamos —dijo Árkhelan—, pero hasta que no nos lo confirmen no podemos estar seguros.

—Tranquilos, ya veréis como todo sale bien. Creo que va siendo hora de que vuelva a casa sino quiero dormir en la calle —comentó Mánkel poniéndose en pie—. Vendré mañana para acompañaros a la Casa Grande.

—Muchas gracias por todo —repuso Árkhelan.

—Hasta mañana —se despidieron.

Los muchachos se fueron pronto a la cama, agotados por los acontecimientos de ese intenso día. Al acostarse, Erik sintió un ligero malestar en su espalda y se extrañó al no comprender a qué podía deberse.

—¡Ah, claro! —exclamó en voz baja cuando recordó el accidentado salto de esa mañana durante la excursión a Drumenvel con Darren y sus hermanos. Sonrió al rememorar la escena, encogiéndose involuntariamente al pensar en el instante en el que había chocado contra el agua.

—Parece mentira que solo hayan pasado unas horas —fue su última reflexión antes de sumirse en un profundo sueño.

Aún no eran las nueve de la mañana y ya se encontraban en la puerta de Dur Grossen Haust. El Consejo llevaba casi una hora reunido y los muchachos no paraban de preguntarse cuál era la causa de esa tardanza.

—Si el único que se oponía era Krieger y ya no está, ¿por qué tardan tanto? —dijo Kodran, expresando lo que todos pensaban.

—Ya sabéis lo ceremoniosos que son —les tranquilizó Markus—; es normal que tarden.

Pocos minutos después, uno de los alguaciles se acercó a ellos para pedirles que le acompañaran hasta la sala de reuniones. Los muchachos intercambiaron una mirada rápida y aspiraron con fuerza, tratando de controlar su nerviosismo.

Ya en la sala, tras los saludos y muestras de cortesía habituales, Wurther tomó la palabra.

—El comandante Mánkel nos ha dicho que os ha puesto al corriente de nuestra conversación con Artos y de la decisión del Consejo de desterrarle junto a su padre, así que, a menos que tengáis alguna pregunta al respecto, creo que podemos omitir este asunto y centrarnos en lo que hemos decidido hace solo unos minutos.

—No tenemos ninguna pregunta —intervino Árkhelan.

—Bien —continuó Wurther—. Hace ya seis semanas, nos pedisteis nuestra colaboración para asegurar que el príncipe Harald pudiera ser coronado rey de Altenbruk cuando llegue la fecha señalada. Esta colaboración consistiría en una dotación de quinientos soldados con toda su intendencia. A cambio, nosotros recibiríamos tierras, ganados y otros bienes.

Wurther se detuvo y miró a Árkhelan, esperando su confirmación.

—Así es.

—El Consejo ha decidido que, tras el lamentable descubrimiento de ayer, y lo que eso hubiera supuesto en caso de llevarse a cabo, no nos sentimos dignos de recibir ningún beneficio ni de gozar de privilegio alguno.

Los muchachos se miraron extrañados.

—Os daremos lo que necesitáis sin condición alguna —concluyó el anciano.

—¿¡Van a ayudarnos sin recibir nada a cambio!? —preguntó Erik antes de darse cuenta. El muchacho enrojeció inmediatamente, había lanzado la pregunta de un modo involuntario y ahora todas las miradas estaban clavadas en él—. Perdón, yo... —comenzó a disculparse.

—No te preocupes —le interrumpió Wurther con una sonrisa acogedora—, comprendo tu sorpresa. Pero no nos sobreestiméis, nuestra decisión no es fruto de la generosidad, sino un intento de reparar una conducta inaceptable.

—No hay nada que debáis reparar —intervino Árkhelan—, y no tenéis porque renunciar a lo que es justo. Sabemos lo que va a suponer para vuestro pueblo darnos la ayuda que os hemos pedido, y no estamos hablando solo de la carga económica, sino también del riesgo que asumís.

—La única recompensa que queremos a cambio de nuestra colaboración es que la familia real y todo el país de Altenbruk sepan que los Dursmanni son un pueblo pacífico y honorable, fiel a su palabra y respetuoso con sus vecinos —contestó Wurther con decisión—. Somos conscientes de que, por desgracia, aún son muchos los que desconfían de nosotros por descender de las tribus del norte.

—No es nuestro caso, ni el de la reina —repuso Árkhelan con firmeza.

—Lo sé. El Consejo se reafirma en su decisión —zanjó el anciano—. Nuestros generales se reunirán con vosotros para concretar todo lo referente a la preparación del ejército y la fecha de vuestra partida.

—Os estamos muy agradecidos —dijo Árkhelan antes de abandonar la sala junto a los demás.

—Ya está —dijo Kodran cuando salieron a la plaza—, y sin recibir nada a cambio. No me lo puedo creer.

—Sí, la verdad es que es lo último que me esperaba —concedió Markus—. Pero no seré yo quien se queje.

—Es un pueblo sorprendente —opinó Árkhelan—, lástima que haya personas como Krieger que manchen la reputación de toda una tribu.

—Y, ahora, ¿qué? —inquirió Erik.

—Ya lo has oído —repuso su padre de inmediato—. Prepararnos para volver a Altenbruk.

—¿Cuánto tiempo crees que necesitaremos? —insistió el muchacho.

—Supongo que con unos días sería suficiente para tenerlo todo listo, pero puede que tardemos bastante más en marcharnos.

—¿Y eso?

—Va a ser muy difícil no llamar la atención una vez que crucemos la frontera —contestó el ex general—. Cuanto menos tiempo de reacción tenga sir William, mejor para nosotros; así que, ahora que ya tenemos todo lo que necesitamos, apuraremos los plazos al máximo.

—¿Y...?

—Y para saber el resto tendrás que esperar —concluyó Árkhelan con una sonrisa.

Capítulo XVIII

Pasaron cuatro días durante los cuales Markus y Árkhelan salían de la cabaña a primera hora de la mañana y no regresaban hasta el atardecer. Por más que los muchachos les preguntaban por los avances de los preparativos, los dos ex militares parecían resistirse a saciar su curiosidad.

—Lo sabréis todo en su momento —solía ser la respuesta habitual.

—¿Cuándo? ¿El mismo día en que vayamos a marcharnos? —preguntó molesto Kodran una de esas noches.

—No te preocupes —repuso entonces el cetrero con una sonrisa maliciosa—, te prometo que te avisaré al menos con un día de antelación.

—¡Pues no le veo la gracia! —explotó el muchacho entre las risas de sus amigos.

Finalmente, una tarde, cuando los muchachos ya habían renunciado a conocer cualquier tipo de información, Markus y Árkhelan les pidieron que se sentaran y escucharan atentamente lo que les iban a decir. Los chicos obedecieron al instante, esforzándose por mostrarse tranquilos.

—Aunque llevan años viviendo en paz —comenzó Árkhelan—, se nota que los Dursmanni proceden de un pueblo de guerreros. En unos pocos días han conseguido lo que a otros les hubiera costado semanas de preparativos. Aun así, tal y como os dijimos, nos vamos a ver obligados a retrasar nuestro regreso unas cuantas semanas.

—¿¡Semanas!? —exclamaron los tres chicos a la vez.

—Pensábamos que solo iban a ser unos días —se excusó Erik.

—Eso es porque no prestáis demasiada atención cuando os decimos algo —intervino Markus—. Faltan casi dos meses para el cumpleaños del príncipe Harald, es decir, para el día en el que alcanzará la mayoría de edad y podrá ocupar el trono heredado de su padre. El viaje hasta la ciudad no nos llevará más de cuatro o cinco días. Pero, según lo que planeamos tiempo atrás, antes de dirigirnos a la capital, pasaremos por algunas poblaciones para ponerles al corriente de todo lo ocurrido y de lo que vamos a hacer.

—Pues se van a llevar un susto de muerte cuando nos vean aparecer —comentó Erik.

—Sí, puede que tengas razón —reconoció Árkhelan—. Ya buscaremos la manera de alarmarles lo menos posible. El hecho es que partiremos de aquí diez días antes del cumpleaños del príncipe.

—Es decir, que aún nos quedaremos...

—Otras seis semanas —intervino Markus.

—¿Y qué vamos a hacer durante todo este tiempo? —inquirió Gunnar.

—Prepararnos para combatir en caso de que haga falta —contestó el cetrero—. Es cierto que los Dursmanni descienden de un pueblo de guerreros, pero llevan años viviendo en paz y solo unos pocos oficiales han entrado en combate alguna vez. Aprovecharemos el tiempo que tenemos para ultimar el adiestramiento de todos los que nos van a acompañar... Y eso os incluye a vosotros.

—Se acabó la buena vida —dijo Kodran en tono lastimero.

—¡Y yo que me quejaba cuando Markus empezó a entrenarnos con la espada! —exclamó Erik al terminar una de las sesiones de adiestramiento—. Casi echo de menos aquellas tardes aprendiendo movimientos, combatiendo entre nosotros...

—Cortando troncos, cavando zanjas... —añadió Gunnar.

—Levantando piedras, atravesando zarzas... —se sumó Kodran.

—Vale, vale. —Rio Erik—, no lo echo de menos. Pero es que estos entrenamientos son agotadores.

—Sí —afirmó Gunnar—. Y solo llevamos un par de semanas, aún nos faltan...

—Mejor no pensemos en lo que falta y vayamos día a día —intervino Kodran—. Lo curioso de este asunto es que, en principio y si todo va bien, no hará falta combatir.

—Pero debemos estar preparados por si algo no va bien —apuntó Gunnar.

—Lo sé y por eso entiendo que Markus nos machaque con unas sesiones inhumanas, pero...

—Preferirías no darle ese gustazo —intervino Erik.

—Correcto —reconoció Kodran—. Es que parece que disfrute viendo como nos matamos para hacer todos los ejercicios.

—¿Cómo que «parece»? —dijo Gunnar—. Estoy seguro de que está disfrutando, lo que pasa es que aquí se guarda los comentarios que nos hacía cuando nos entrenaba en su granja porque hay desconocidos delante, que están igual de hechos polvo que nosotros. Si estuviéramos solos ya verías tú como no se callaba.

—Pues, por eso mismo, lo mejor es no quejarse; aparentar que lo soportamos perfectamente y que no estamos sufriendo lo más mínimo —propuso Kodran en tono conspirador.

—Vale, pues hazlo tú si quieres —contestó Erik llevándose las manos a la espalda—, porque yo no tengo fuerzas para disimular.

—Ni yo —reconoció Gunnar.

—Bueno, ya se me ocurrirá otro modo de fastidiarle —dijo Kodran sonriendo.

Tras mucho insistir, Darren había conseguido que su padre le permitiera participar en las sesiones de adiestramiento. El oficial, aunque veía con buenos ojos que el muchacho se ejercitara en el manejo de las armas y que soportara los duros entrenamientos, sabía que, al ceder en este punto, estaba accediendo de un modo implícito a que su hijo formara parte del ejército que iba a viajar a Altenbruk. Esta fue la razón por la que en un principio respondió negativamente cuando Darren sugirió la posibilidad de entrenarse junto a sus nuevos amigos; pero, ante la insistencia del muchacho y sus muchos argumentos, había acabado por rendirse sintiendo una mezcla de orgullo y desazón.

—Es solo un muchacho —había objetado Sara, su mujer.

—Ya tiene dieciséis años —fue la respuesta de Mánkel que intentaba convencerse a sí mismo de que había hecho lo correcto—, además, solo está entrenándose nadie ha dicho que vaya a tomar parte en la misión.

—Es tan cabezota como tú —respondió Sara con una sonrisa cariñosa—. Después de soportar todo este adiestramiento, no vas a conseguir que se quede en casa mientras el resto os lanzáis a la aventura.

—Pero...

—Prométeme que cuidarás de él.

Mánkel miró a su mujer sin poder ocultar la admiración que sentía por ella. Jamás se quejaba, educaba a sus hijos con una mezcla de ternura y fortaleza difícilmente igualable, y aceptaba las decisiones que entendía como razonables por mucho que le dolieran.

—Te lo prometo.

—Bien. Necesitamos más leña para la cocina, y también hay que ir al pozo a por agua —dijo Sara volviendo a sus tareas habituales.

Solo faltaban tres semanas para emprender el regreso a Altenbruk, y Erik tenía la impresión de que algo no marchaba del todo bien; Árkhelan parecía preocupado, aunque no había comentado nada al respecto. Markus también estaba más serio de lo habitual, y no era extraño verlos a los dos conversando solos o, cada vez con más frecuencia, con Mánkel.

El muchacho había intentado averiguar si había surgido algún problema nuevo, pero sus pesquisas fueron infructuosas; tanto su padre como el cetrero continuaban con su costumbre de mantener a los chicos al margen mientras fuera posible.

—¿Por qué no nos decís lo que pasa? —preguntó mientras cenaban, incapaz de contenerse por más tiempo—. Estamos tan metidos en esto como vosotros, y no somos unos chiquillos en los que no se pueda confiar. Sabemos que algo va mal, pero insistís en actuar como si estuviéramos ciegos o fuéramos tontos.

Árkhelan y Markus se miraron con una mezcla de sorpresa y diversión.

—No creo que se trate de algo gracioso —comentó Erik molesto.

—No, no lo es —repuso su padre—. Sabíamos que iba a llegar este momento, aunque hemos intentado evitarlo.

—Sí —intervino el cetrero—, y lo cierto es que has aguantado más de lo que esperábamos.

—Entonces, ¿nos vais a decir qué es lo que pasa?

—Sí —contestó Árkhelan—, pero si no te importa, primero terminaremos de cenar.

Gunnar y Kodran, que habían observado todo en silencio, lanzaron una mirada significativa a su amigo, que simuló limpiarse con la servilleta para ocultar una sonrisa triunfal.

—Desde que decidimos venir aquí —comenzó a decir el ex general ante la mirada atenta de los tres chicos—, hay un detalle importante de nuestro plan que no teníamos claro cómo íbamos a afrontar. Nunca me ha gustado emprender un camino sin tener la seguridad de que voy a poder finalizarlo. Me gusta tenerlo todo controlado desde el principio, y no dejar ni un solo resquicio a la improvisación, pero, en algunas ocasiones —y esta es una de ellas—, las circunstancias limitan nuestras posibilidades y hay que conformarse con hacer lo que se puede, sin tener la certeza de si seremos capaces de continuar avanzando o no.

—¿Y cuál es el problema ahora? —preguntó Erik—. Tenemos el ejército que necesitábamos.

—Sí, esa parte de la misión va según lo previsto —corroboró Árkhelan.

—¿Entonces?

—Tenemos que encontrar la manera de comunicarnos con Galvián para informarle de que todo está preparado —intervino Markus—. Como comprenderéis, una vez que el príncipe Harald salga del palacio de Ingerland y vuelva a Altenbruk, ya no habrá marcha atrás; así que Galvián no emprenderá el viaje de vuelta hasta que le confirmemos que nuestras negociaciones con los Dursmanni han tenido éxito.

—Antes de que me detuvieran —explicó Árkhelan—, era relativamente fácil mantenerse en contacto con él; pero, teniendo en cuenta la situación en la que nos encontramos, no va a ser sencillo llevar un mensaje hasta el palacio de Ingerland.

—¿Por qué? —objetó Erik—. Ahora es aún más fácil que cuando estábamos en Altenbruk, ¿no? Lo único que hay que hacer es navegar hasta la costa de Ingerland y luego viajar a la capital.

—La costa de Ingerland es tan abrupta como esta —le corrigió Markus—, así que solo hay un puerto de acceso, y está fuertemente vigilado. Si existen ciertos prejuicios contra los Dursmanni en nuestro país, no quiero contarte lo que opinan de ellos en Ingerland. No hay modo alguno de que les dejaran dar un paso más allá del puerto.

—Podemos ir nosotros —propuso el muchacho.

—Es imprescindible que tu padre vaya al mando del ejército cuando volvamos a Altenbruk —aclaró el cetrero—. La gente tiene que ver que no es un ejército de «bárbaros», sino aliados dirigidos por uno de nuestros generales. Podría ir yo...

—Pero ¿qué ocurriría si me pasara algo a mí? —planteó Árkhelan interrumpiéndole—. Es necesario que alguien pueda sustituirme de inmediato. Además, existe un acuerdo entre Altenbruk e Ingerland por el que la defensa de ese puerto depende de los dos países. Esa fue la condición que puso el rey Sigurd para permitir el libre acceso de Ingerland a nuestro reino. Así que no es absurdo pensar que habrá soldados de Altenbruk capaces de reconocernos a Markus o a mí, por lo que nos capturarían nada más desembarcar y el mensaje no llegaría a su destino.

—La verdad es que cuando he dicho «nosotros», me refería a Gunnar, a Kodran y a mí —explicó Erik con una sonrisa—. No somos de los Dursmanni y los soldados no nos conocen. Además, de este modo Galvián no tendrá ninguna duda de que el mensaje es verdadero.

—Es cierto —corroboró Gunnar.

—Sí, Erik tiene razón —añadió Kodran—, debemos ir nosotros.

Markus miró a Árkhelan con una leve sonrisa.

—Sabíamos perfectamente que ibais a contestar esto —dijo el ex general—. Y esa es la razón por la que hemos tardado tanto en deciros lo que estaba ocurriendo.

—Papá, por favor, no empecemos como siempre. Ya sabes que...

—Si os lo hemos contado —le interrumpió Árkhelan—, es porque nosotros tampoco hemos encontrado otra solución, así que tendréis que ir vosotros.

—¿¡En serio!? —exclamaron los tres muchachos a la vez.

—Bueno, si preferís echaros atrás, todavía estáis a tiempo —dijo Markus con una sonrisa de complicidad.

—¡Ni pensarlo! —zanjó Erik con el asentimiento de sus amigos.

—De acuerdo —accedió Árkhelan, claramente satisfecho por la actitud de los chicos—, concretaremos los detalles mañana. Zarparéis dentro de cuatro días —les anunció.

—¿Por qué tan pronto? —preguntó Erik extrañado—. No es que me parezca mal —aclaró enseguida—, pero es que aún falta casi un mes para que os pongáis en marcha.

—Cuanto antes lleguéis a Palacio e informéis a Galvián, más tiempo tendrá él para prepararlo todo —repuso el ex general.

—No nos falléis —añadió Markus—. El futuro de Altenbruk está en vuestras manos.

—Menos mal que está usted aquí para tranquilizarnos —repuso Kodran con su ironía habitual.

Capítulo XIX

Los muchachos acudieron a los entrenamientos como todas las mañanas. Su nueva misión no exigía grandes preparativos, por lo que decidieron continuar con su ritmo de vida habitual.

Aprovechando uno de los descansos, los chicos informaron a Darren de las novedades.

—Nos iremos el jueves —concluyó Kodran.

—Pasaremos a despedirnos de tu familia antes de marcharnos —añadió Gunnar.

Darren permaneció en silencio unos instantes.

—¿Puedo ir con vosotros? —preguntó con cierta timidez.

—¿¡A Ingerland!? —exclamó Erik sorprendido.

—Sí.

—Bueno, verás, no sé si es lo más conveniente —comenzó a objetar el muchacho—. Qué van a decir tus padres. Además, si vinieras con nosotros, es posible que tuviéramos algún problema al llegar al puerto...

—¿Qué tipo de problema? —inquirió Darren.

—Por lo que nos han dicho —intervino Gunnar buscando las palabras adecuadas—, la vigilancia es muy estricta y no permiten entrar a, bueno, solo pueden acceder...

—¿Prohíben la entrada a los Dursmanni? —preguntó el muchacho.

—Bueno, al puerto no, pero sí más allá. En Altenbruk es distinto —se apresuró a añadir Gunnar.

Darren dudó un momento y luego volvió a hablar.

—¿Y si no se dan cuenta de que soy un Dursmanni?

—Hombre —dijo Kodran—, yo no sé cómo serán los soldados que vigilen el acceso al puerto, pero digo yo que tendrán un mínimo de inteligencia y un par de ojos cada uno.

—Me cortaré el pelo —repuso Darren, agarrando su larga cabellera rubia—, y llevaré ropa vuestra. No tienen por qué fijarse en mí si voy con vosotros tres. A no ser que no queráis que os acompañe —añadió dubitativo.

—Claro que nos gustaría que nos acompañases —repuso Erik de inmediato—, eres nuestro amigo y, además, toda ayuda es bienvenida, pero no depende de nosotros. No sé qué dirán mi padre y Markus, igual les parece que tu presencia puede poner el peligro la misión, o simplemente no quieren que se arriesgue más gente de la necesaria. Y tus padres...

—Necesitáis mi ayuda —dijo Darren con seguridad.

Los muchachos le miraron sin entender.

—¿Cómo vais a llegar hasta Ingerland?

—Supongo que nos llevaran en barco —contestó Erik, cayendo en la cuenta de que aún desconocían los detalles de su misión.

—¿Y quién va a tripular ese barco? —continuó indagando Darren.

—Pues supongo que...

—¿Y qué pasará cuando lleguéis a puerto a bordo de un barco lleno de marineros Dursmanni? —inquirió sin esperar la respuesta—. ¿No creéis que sospecharan algo o, al menos, les llamará la atención?

—Es posible —reconoció Erik dubitativo.

—Lo mejor sería que llegarais a bordo de una pequeña nave gobernada por pocos marineros. Hay esquifes suficientemente seguros como para llegar hasta Ingerland que solo necesitan una tripulación de cuatro o cinco personas. Con uno de esos podríais pasar inadvertidos.

—¿Y quién sería el patrón de esa nave? —preguntó Erik, a pesar de que intuía cuál iba a ser la respuesta.

—Estás hablando con el capitán Darren —repuso el muchacho con una gran sonrisa—, capaz de convertiros en marineros en solo dos días.

—Por mí no hay problema —intervino Kodran—, pero no sé qué dirán nuestros jefes.

—Eso déjalo en mis manos —zanjó Darren sin vacilar.

Durante el regreso a la cabaña, tras acompañar a Darren hasta su casa, los muchachos hablaron sobre la propuesta de su amigo.

—Es muy amable por su parte —dijo Gunnar—, pero no creo que a tu padre y a Markus les parezca bien.

—Tienes razón —afirmó Erik—. Aunque es cierto que lo de viajar en una embarcación pequeña puede ser una buena idea. Quizá ya lo hayan previsto así.

—A ver qué nos cuentan hoy —intervino Kodran—. Pobre Darren, se va a llevar una decepción cuando hable con Markus. Espero que al menos sea delicado cuando rechace su ayuda.

—No creo ni que llegue a hablar con él —opinó Gunnar—. Seguro que sus padres le prohíben intentarlo.

—Pues él parecía muy seguro de conseguirlo —comentó Erik.

—Porque no conoce a Markus y a tu padre —razonó Kodran—. Le van a decir un «no» más grande que las montañas del norte.

—¿¡Les has convencido!? —exclamó Kodran incrédulo cuando Darren les dio la noticia—. ¡No me lo puedo creer! ¿Qué les has dicho?

—Lo mismo que a vosotros —contestó el muchacho con una ligera sonrisa.

—¿Y han aceptado así como así? —inquirió Erik igual de sorprendido que su amigo.

—Bueno, he tenido que insistir un poco, haciéndoles ver las ventajas de mi plan y desventajas de cualquier otra opción.

—¿Y tus padres qué han dicho? —quiso saber Gunnar.

—Al principio se han opuesto, hasta que les he convencido de que es más seguro para vosotros que os acompañe.

—¡Vaya! —exclamó Gunnar abrumado.

—No tienes por qué hacerlo —intervino Erik—. De hecho no tendrías ni que participar en todo este jaleo. Tu padre también va a formar parte del ejército, vais a dejar a tu madre sola...

—No está sola —le interrumpió Darren—. Nora le ayudará en la casa, y Shanon y Gregor pueden hacerse cargo del ganado.

—¿Y qué opina ella al respecto? —inquirió Kodran.

—Bueno, supongo que no le hace mucha gracia —reconoció Darren—, pero no se opone. De hecho, ha sido más difícil convencer a mi padre que a ella.

Los muchachos se miraron entre sí.

—Siempre estaremos en deuda contigo y con tu familia —dijo Erik en nombre de los tres.

—Eso dímelo cuando lleguemos al puerto y consigamos pasar sin que nos detengan.

Darren pasó los dos días siguientes enseñando a los muchachos los conocimientos básicos para manejar la pequeña embarcación que debía transportarles hasta el puerto de Ingerland.

—¿Y aquí vamos a ir nosotros y nuestros caballos? —había preguntado Kodran escéptico cuando vio el esquife por primera vez.

—Es un viaje corto, no más de cinco o seis horas, así que tampoco necesitamos demasiado espacio —había contestado Darren.

—No es la comodidad lo que me preocupa, sino acabar en el fondo del mar. ¿Tú crees que esto soportará tanto peso?

—Pues, claro —zanjó el muchacho con seguridad.

La primera mañana la dedicaron a familiarizarse con los nombres y utilidades de cada uno de los elementos de la embarcación. Darren fue distribuyendo tareas, de modo que cada uno tuviera que adquirir solo unos pocos conocimientos.

—Es una pena que no tengamos más tiempo —había comentado la tarde antes de partir hacia Ingerland—. Se os da bastante bien, podríais llegar a ser unos buenos marineros.

—Podemos continuar con las lecciones cuando todo esto acabe —propuso Gunnar.

—Buena idea —aceptó el muchacho encantado.

Estaba previsto que partieran al amanecer y tenían que ultimar algunos preparativos, así que emprendieron el camino de vuelta a primera hora de la tarde.

—No sé por qué —comentó Gunnar después de despedirse de Darren—, pero en esta ocasión estoy más tranquilo. Casi no me inquieta el plan de mañana.

—Eso es porque ya estás hecho todo un guerrero —intervino Kodran palmeándole la espalda.

—No me refería a eso —repuso el muchacho sonriendo—. Lo que quiero decir es que esta vez no lo veo como algo peligroso.

—Bueno, la verdad es que una vez que hayamos salido del puerto no tiene por qué haber ningún problema —argumentó Erik—. Yo creo que por eso nos dejan ir a nosotros. Piensan que esta misión es más segura que la suya.

—Puede que sea cierto —accedió Kodran—, pero es una misión delicada. Si, por lo que sea, no conseguimos llegar al palacio...

—No quiero ni pensar lo que podría ocurrir —añadió Erik poniéndose serio de repente.

La cena transcurrió con sorprendente normalidad. Aunque todos sabían que no volverían a verse hasta que el príncipe Harald regresara a Altenbruk, ni Árkhelan, ni Markus, ni los muchachos quisieron convertir las últimas horas en una triste despedida.

Habían repasado los detalles innumerables veces, todos recordaban el mensaje que debían transmitir a Galvián, y no quedaba ni un solo preparativo por culminar, así que prefirieron disfrutar de sus últimas horas juntos charlando animadamente.

Antes de irse a dormir, Erik aprovechó que su padre se había quedado rezagado en la planta baja, para hablar a solas con él.

—¿No te acuestas? —preguntó el muchacho en tono casual.

Árkhelan le miró fijamente con una mezcla de cariño y preocupación.

—Tened mucho cuidado, Erik.

—Claro, lo tendremos, como siempre.

—Es verdad —reconoció el ex general—, no consigo acostumbrarme a que lleves meses jugándote la vida en misiones arriesgadas.

—Tampoco es para tanto —objetó el muchacho—, al menos en esta ocasión. Me parece que lo que vais a hacer vosotros es más peligroso que lo nuestro... Y no sé por qué —añadió sonriendo—, pero algo me dice que, quizá, esa sea la razón por la que no habéis opuesto resistencia a que vayamos a Ingerland.

—Ya te dije cuáles son las razones por las que no podemos ir ni Markus ni yo —repuso Árkhelan—. Además, será mejor que no os confiéis. No sabemos qué ha hecho sir William en estos meses. Es consciente de que se acerca el momento en el que el príncipe Harald podrá reclamar el trono, y seguro que no va a quedarse esperando a ver qué ocurre.

—¿Y qué puede hacer? —inquirió el muchacho.

—No lo subestimes. Ahora mismo tiene suficiente poder y medios a su alcance como para complicarnos las cosas. Puede que haya introducido espías en Ingerland para que le informen de cualquier movimiento extraño en el palacio. No sabemos si se ha enterado o no de lo que estamos haciendo. Puede que hayan capturado a alguno de los de nuestro grupo y que le hayan obligado a hablar...

—Pero, como tú mismo has dicho —intervino Erik—, eso no lo podemos saber.

—Correcto, y por esa razón, no debemos descartar ningún peligro. No quiero que os asustéis —añadió al ver el gesto preocupado del muchacho—, pero sí que seáis muy precavidos. Una vez que hayáis entrado en el país, dirigíos al palacio directamente. No os detengáis más de lo imprescindible y no habléis con nadie. Recordad que estáis en un país extranjero y que Darren va con vosotros. Podéis llamar la atención con excesiva facilidad.

—De acuerdo —contestó el muchacho.

—Y dale un beso muy fuerte a Nela, Robert y Bera de mi parte —finalizó Árkhelan en un tono mucho más íntimo—. Hace ya mucho que no los veo.

—Descuida, lo haré. Me voy a dormir, mañana hay que madrugar —dijo apresuradamente, temiendo que la emoción le jugara una mala pasada.

—Buenas noches —le despidió Árkhelan, observándole mientras desaparecía escaleras arriba.

Un viento gélido azotaba los rostros de los muchachos mientras cargaban sus cosas en la embarcación. El puerto estaba completamente desierto a excepción de los muchachos y la pequeña comitiva que había venido a despedirlos.

—Ya está todo listo —informó Darren, frotándose las manos para entrar en calor.

—El viento os es favorable —comentó Mánkel en un tono que no consiguió disimular su emoción—. Debéis partir antes de que cambie. Ten mucho cuidado —añadió en un medio susurro mientras abrazaba a su hijo.

—No te preocupes, todo va a salir bien —contestó el muchacho, esforzándose por mantenerse tranquilo.

—Claro que sí.

—Cuide de Luna y Sombra —le pidió Erik a Markus antes de embarcar.

—Esto empieza a convertirse en una costumbre —respondió el cetrero sonriendo.

—Me los llevaría conmigo, pero creo que ya no cabe nada más a bordo. Y, además, algo me dice que a Kodran no le haría mucha gracia.

—Nos veremos en la frontera —se despidió Markus.

—«El día de la marcha final» —añadió Kodran en tono solemne, ganándose un cachete del cetrero.

Soltaron las amarras y avanzaron los primeros metros impulsándose con unos grandes remos; segundos después, una fuerte ráfaga hinchó las velas acelerando el ritmo con una sacudida. Los caballos resoplaron inquietos, y Erik se acercó a ellos para tranquilizarlos.

—No pasa nada, bonitos, dentro de poco estaremos cabalgando en tierra firme —les dijo en voz baja.

—Eso espero —añadió Kodran, mirando a su alrededor con desconfianza.

El amanecer les sorprendió cuando aún no habían perdido de vista el puerto. Los muchachos clavaron los ojos en el horizonte, entrecerrándolos mientras usaban sus manos como visera.

—¿Qué os parece? —preguntó Darren al ver el rostro extasiado de sus amigos.

—¡Es precioso! —exclamó Gunnar sin dudar.

—Sí que lo es —corroboró Kodran—. No os imagináis las ganas que tengo de que pase todo esto y podamos disfrutar de momentos así, sin preocuparnos por lo que va a ocurrir poco más tarde.

Gunnar y Erik asintieron en silencio.

—Vamos, es hora de que demostréis cuánto habéis aprendido —intervino Darren, antes de empezar a dar indicaciones.

La temperatura aumentó sensiblemente conforme pasaron las horas. No había nubes en el cielo y el sol calentaba con fuerza.

—¿Cómo sabremos que hemos llegado si nunca hemos estado allí? —le preguntó Gunnar a Darren poco antes del mediodía.

—Muy sencillo —contestó este mientras manejaba el timón—. Solo hay un puerto en toda la costa, el de Ingerland. Cuando dejemos de ver solo rocas y montañas, y divisemos algún barco amarrado, es que se acabó nuestro viaje.

—¿Necesitas alguna aclaración más o lo has entendido a la primera? —inquirió Kodran con una sonrisa maliciosa.

—¡Lástima que no hayamos traído a los lobos con nosotros! —repuso Gunnar molesto—. Seguro que no hubieras estado tan graciosín con ellos a bordo.

—Me parece que estamos llegando —intervino Erik desde la proa—, así que será mejor que dejéis vuestras discusiones y nos centremos en lo que tenemos que hacer ahora.

Gunnar y Kodran avanzaron, esquivando los muchos obstáculos que había por toda la cubierta, hasta llegar junto a su amigo. Enseguida comprobaron que Erik estaba en lo cierto: no eran capaces de calcular la distancia que les separaba de su destino, pero lo que estaba claro era que el viaje estaba llegando a su fin; tras superar el último saliente, había aparecido ante ellos una flota entera de grandes barcos, cuyos mástiles desnudos recordaban a un bosque en otoño.

—No pensaba que fuera a haber tanta gente —comentó Kodran cuando ya distinguían el muelle con nitidez.

El puerto de Ingerland bullía en actividad: personas, animales, carros... Aún no se encontraban lo suficientemente cerca como para escuchar el jaleo que sin duda estaba produciendo el vaivén de muchedumbres, pero bastaba contemplar la escena unos segundos para captar el ritmo frenético de ese hervidero humano.

—¿Y por qué no hay un puerto así en Altenbruk? —inquirió Gunnar al recordar la costa desierta que habían recorrido antes de cruzar las montañas.

—Por miedo a las tribus del norte —contestó Erik—. Markus me explicó que durante años los comerciantes habían visto cómo muchos de sus bienes eran requisados por guerreros que se dedicaban a la piratería. Llegó un momento en el que ya no había nadie dispuesto a arriesgarse, así que tuvieron que buscar una alternativa. Como las relaciones con Ingerland siempre habían sido buenas, muchos optaron por traer aquí sus mercancías.

—¿Y tienen que cruzar todo el país con carros? —le interrumpió Gunnar.

—Algunos hacen eso, pero la mayoría lo llevan en barcas por el río Rösendort, que desemboca cerca de aquí. Markus me dijo que hay un puerto un poco más al norte del puente por el que cruzamos para entrar en Ingerland, aunque no creo que sea tan grande como este.

—No, no lo creo —dijo Kodran—. Pero eso explica que haya tanta actividad aquí; un solo puerto para dos reinos... En fin, mejor para nosotros, así nos resultará más fácil pasar inadvertidos.

—Esperemos que sea así —intervino Gunnar con gesto de preocupación.

Darren acercó el esquife hasta uno de los muelles. Al aproximarse al embarcadero, un muchacho de once o doce años, que esperaba allí sentado, les indicó que le lanzaran un cabo, y, segundos después, se encontraban perfectamente amarrados y preparándose para desembarcar.

—Necesitáis ayuda —se ofreció el chico, deseoso de ganarse una propina.

—Sí, muchas gracias —aceptó Erik dándole unas monedas por anticipado.

Una vez hubieron desembarcado a los caballos y su poco equipaje, los muchachos debieron responder a las preguntas de uno de los soldados que atendía el puesto de vigilancia. Para su tranquilidad, no tardaron en comprobar que, debido a la gran cantidad de gente que pasaba por allí a diario, los controles de seguridad no eran tan minuciosos como habían temido.

—Pues sí que ha sido fácil —comentó Kodran al finalizar los trámites.

—No cantes victoria tan pronto —le recomendó Erik—, te recuerdo que aún seguimos en el puerto.

Sin tiempo que perder, los muchachos buscaron el camino que les condujese tierra adentro. Caminaban los cuatro juntos; Darren se había recortado su larga melena rubia, y llevaba las ropas que le había cedido Kodran. Aun así, cualquier observador atento podría adivinar su procedencia.

—Cuando pasemos por esa puerta, agacha la cabeza y camina entre los caballos —le recomendó Erik mientras se acercaban a una de las salidas del recinto portuario.

Un grupo de guardias vigilaban el flujo de gente, prestando atención sobre todo a los que salían del puerto. Por los uniformes que llevaban, los muchachos supieron que varios de esos soldados pertenecían al ejército de Altenbruk.

El camino se estrechaba al acercarse a la puerta, obligando a los transeúntes a marchar de dos en dos durante los últimos metros. Erik caminaba junto a Kodran, llevando a Darko de las riendas. Tras ellos, iban Gunnar y Darren; este último andaba con la vista fija en el suelo y claros síntomas de nerviosismo.

—¡Alto! —ordenó uno de los oficiales cuando los muchachos se disponían a cruzar la puerta.

Los cuatro chicos obedecieron intentando mantener la calma. El oficial, acompañado por uno de sus soldados, se acercó a ellos y, tras echar una rápida ojeada a los caballos, se dirigió a Erik para interrogarle.

—¿De dónde venís? —inquirió en un tono educado aunque autoritario.

—De Altenbruk —contestó el muchacho sin desviar la mirada.

—¿Vais los cuatro juntos?

—Sí.

El militar volvió a observarlos con más atención. Su mirada se detuvo en Darren y empezó a acercarse a él.

—¡Capitán! —llamó una voz a sus espaldas.

—¿Sí? —inquirió el oficial sin girarse.

—El comandante Hethor desea verle.

El militar resopló con desgana.

—Dile que iré enseguida.

—Disculpe, señor —objetó el soldado—, pero ha insistido en que era urgente.

—¿Urgente? —cuestionó el oficial en un susurro—. ¿Qué querrá ahora ese...? Está bien —cedió—. Vamos allá. Adelante —añadió, autorizando el paso a los muchachos.

Los chicos salieron del puerto en silencio, caminando despacio para no llamar la atención, aunque hubieran deseado montar en sus caballos y alejarse al galope antes de que pudiera surgir cualquier contratiempo.

—Dios bendiga al comandante Hethor —dijo al fin Kodran, provocando la risa de sus amigos.

—¿Cómo te encuentras? —se interesó Gunnar dirigiéndose a Darren.

—Bien, bien —repuso el muchacho sonriente—. Aunque ha habido un momento en el que creía que me iba a desmayar.

—De todos modos —intervino Kodran—, ¿qué es lo peor que hubiera podido ocurrir?

—Casi nada —contestó Erik con cierta ironía—, que nos hubieran retenido, que hubieran averiguado cómo hemos llegado hasta el puerto, que hubieran comprobado que nuestra embarcación es como la de los Dursmanni...

—Vale, vale —le detuvo Kodran.

—¿Cuánto tardaremos en llegar al palacio? —preguntó Gunnar.

—Por lo que me dijo mi padre —respondió Erik—, un par de días; siempre que no haya ninguna complicación.

—Nunca he cabalgado tanto tiempo —comentó Darren.

—Pues, chico, me temo que vas a recordar mucho este viaje durante los próximos días —intervino Kodran—. Sobre todo cuando te sientes —añadió con una sonrisa.

Capítulo XX

Faltaban pocas semanas para que comenzara el verano, los días eran largos y cálidos, y la vegetación variada y frondosa. Los muchachos cabalgaban casi sin descanso, deteniéndose solo para las comidas y, alguna que otra vez, en atención a Darren que, aunque no se había quejado en ningún momento, era evidente que estaba sufriendo las consecuencias de tantas horas a caballo.

—No hace falta que paremos por mi culpa —había protestado el chico en uno de los descansos—. Puedo aguantar hasta que se vaya el sol.

—No te preocupes, solo serán unos minutos y, además, a nosotros también nos conviene parar un poco. Llevábamos muchas semanas sin cabalgar tanto tiempo seguido —le había tranquilizado Gunnar.

Aunque Kodran hubiera preferido pasar las noches en alguna de las muchas posadas que había junto a los caminos, juzgaron más prudente internarse en el bosque y dormir al raso.

—Hace un tiempo perfecto para dormir al aire libre —había argumentado Erik, mientras se acomodaban—. ¿Para qué queremos una posada pudiendo disfrutar de la luna y las estrellas?

—Te ha faltado lo del ulular de las lechuzas —le espetó Kodran recordando un razonamiento similar de Gunnar—. Además, se puede disfrutar de la luna y las estrellas, y luego irse a dormir a una cama.

La segunda noche que pasaron a la intemperie pareció dar la razón a las palabras de Kodran. Faltaban pocas horas para el amanecer, cuando una lluvia fina pero constante despertó a los muchachos, que buscaron refugio bajo un sauce de grandes ramas y espeso follaje.

—«¿Para qué queremos una posada pudiendo disfrutar de la luna y las estrellas?» —preguntó el muchacho en tono irónico, mientras le daba un codazo a Erik.

El aludido se limitó a sonreír y a devolverle el codazo a su amigo.

La lluvia cesó cuando el día comenzaba a clarear. Los muchachos tomaron un rápido desayuno y emprendieron la marcha con la esperanza de llegar a palacio antes del atardecer.

Ante la insistencia de Kodran, se detuvieron a comer en un mesón situado a las afueras de una pequeña aldea.

—Yo estoy dispuesto a dormir o a comer mal, pero las dos cosas, pudiendo evitarlo, ¡eso sí que no! —había sido su razonamiento.

Erik aprovechó la ocasión para informarse sobre la distancia a recorrer hasta la ciudad.

—Menos de tres horas y habremos llegado —le comentó a Darren cuando este se disponía a montar en su caballo.

—Bien —respondió este—, aunque creo que ya estoy empezando a acostumbrarme.

La cercanía de su destino estimuló el buen humor de los chicos, que no pararon de reír y bromear hasta que divisaron las primeras construcciones de la capital del reino de Ingerland.

Erik tuvo que esforzarse para refrenar su impaciencia y no galopar por las calles. En cuanto entraron en la ciudad, el muchacho se puso a la cabeza del grupo y les fue guiando hasta alcanzar su destino.

Al llegar a la puerta del castillo, desmontó y se acercó a los guardias que custodiaban la entrada. Antes de que comenzara a hablar, el muchacho escuchó cómo alguien gritaba su nombre.

—¡Erik!

Giró la cabeza para ver de quién se trataba, y pudo distinguir una figura que corría hacia él y le abrazaba con fuerza.

—¡Robert! —dijo el muchacho, correspondiendo al abrazo—. ¿Cómo estás? No esperaba verte aquí.

—Esta mañana hemos salido de caza y acabamos de regresar. He matado un ciervo con mi arco —le informó orgulloso.

—¿En serio? Bueno, tendrás que contármelo con todo detalle, pero creo que antes habrá que informar de nuestra llegada para que nos dejen pasar —dijo Erik al ver que los guardias los observaban con curiosidad.

—Se lo diré a Galvián —se ofreció Robert, antes de salir corriendo hacia el interior del castillo.

—Espera... —comenzó a decir Erik, pero su hermano ya había desaparecido.

—¿Podemos ayudarte en algo? —preguntó uno de los guardias acercándose.

—Sí, bueno, creo que ya no hace falta. Esperaré junto a mis amigos —repuso mientras se daba la vuelta.

—Parece que Robert se mueve por aquí como si estuviera en su casa —comentó Gunnar cuando Erik llegó hasta ellos.

—Sí, y además ha cazado un ciervo con su arco.

—Eso ya es más de lo que pueden decir algunos —intervino Kodran dirigiéndole una mirada maliciosa a Gunnar.

Poco después, se encontraban en el interior del palacio, acompañados de Galvián, que no ocultaba su alegría por volver a encontrarse con los muchachos.

—Aún no he podido avisar a la reina de vuestra llegada —les informó—, pero estoy seguro de que deseará recibiros lo antes posible.

Unos sirvientes condujeron a los chicos hasta sus habitaciones. Erik sonrió cuando comprobó que volvía a ocupar la misma estancia de las veces anteriores.

—No se les pasa nada —dijo para sí, mientras dejaba las cosas en su cuarto.

Inmediatamente fue a los dormitorios vecinos, en los que esperaba encontrar a sus hermanos, pero se llevó una pequeña decepción al hallarlos vacíos.

«Seguramente Robert habrá ido a avisar a Nela y a Bera», pensó mientras volvía a su habitación para asearse y cambiarse de ropa antes de ser recibido por la reina.

—¿Qué te parece?

—Jamás pensé que pudiera existir algo así —reconoció Darren observándolo todo con evidente asombro.

Galvián había acompañado a los muchachos al mismo salón en el que habían esperado Erik y sus hermanos cuando llegaron al palacio, meses atrás.

—¿Y qué tal tu habitación? —inquirió Kodran—. Cómoda, ¿verdad? Aunque, claro, desde la cama no se pueden contemplar la luna ni las estrellas...

—Kodran, eres un pesado —le espetó Erik sonriente, mientras observaba la armadura que custodiaba la puerta.

—¿Has podido saludar a tus hermanas? —se interesó Gunnar.

—Aún no, supongo que las veré antes de cenar.

Los muchachos se apartaron de la puerta al escuchar unos pasos acercándose por el pasillo.

—Su majestad la reina Alexandra y el príncipe Harald os esperan —les informó Galvián.

Erik no pudo reprimir una sonrisa cuando entraron en el gran salón donde habían sido recibidos en anteriores ocasiones. En solo unos meses su vida había dado un vuelco absoluto, y ya casi se había acostumbrado a situaciones con las que ni se hubiera atrevido a soñar.

—Majestad, alteza —saludó Galvián cuando llegaron ante la reina y el príncipe.

Los chicos hicieron una reverencia y esperaron en silencio.

—No os podéis imaginar la alegría que sentimos al veros de nuevo —dijo la reina—. Ha pasado mucho tiempo sin que recibiéramos noticias vuestras y estábamos preocupados. Pero, antes de que nos contéis vuestras peripecias, creo que deberíais presentarnos a este joven que os acompaña.

—Majestad, este es Darren, hijo del comandante Mánkel del ejército Dursmanni —intervino Erik—. Tanto él como su familia nos han acogido y ayudado durante nuestra estancia en sus tierras, y, además, ha sido él quien ha pilotado el barco que nos ha traído hasta vuestro reino, arriesgándose por nosotros.

Darren enrojeció levemente y no se atrevió a levantar la vista.

—Un digno miembro del valiente pueblo Dursmanni —manifestó la reina, provocando en el muchacho una turbación aún mayor.

—Gracias, majestad —consiguió decir Darren con voz tenue.

—Gracias a ti por tu ayuda. Y, ahora —continuó la reina—, decidnos, ¿están bien todos los componentes de vuestro grupo?

—Sí, majestad, Markus y mi padre están bien.

—¿Y los demás?

Erik dudó unos instantes, pero enseguida recordó que en el palacio de Ingerland desconocían todos los detalles de su viaje, y no sabían que solo Árkhelan, Markus y los muchachos habían cruzado las montañas del norte, mientras el resto había permanecido en Altenbruk.

—Creo que lo mejor será que os cuente todo lo ocurrido desde que nos marchamos de aquí —sugirió el muchacho.

—Claro, pero, en tal caso, será mejor que os sentéis —les invitó la reina señalando unas cómodas sillas situadas junto a la pared.

—Gracias.

Una vez acomodados, Erik comenzó a relatar todo lo ocurrido en los casi seis meses que habían pasado desde su anterior estancia en Ingerland. Al ir desgranando la historia, el muchacho sintió como si despertaran en su pecho sentimientos que había conseguido acallar: el dolor al conocer la destrucción de su casa, la inquietud ante lo desconocido, la ira al encontrarse con los soldados que habían arrasado su hogar, el sufrimiento al pensar que Markus había muerto, la desesperanza ante la negativa de los Dursmanni...

Kodran y Gunnar, comprendiendo el estado de su amigo, le ayudaron tomando la palabra en un par de ocasiones, cuando percibieron que le costaba continuar. La reina, el príncipe Harald y Galvián, escuchaban atentamente. Darren, aunque ya conocía mucho de lo relatado, se conmovió al captar con mayor intensidad el sufrimiento que habían soportado los muchachos.

—Y por eso estamos aquí —finalizó Erik—, para que sepáis que todo marcha según lo previsto y que tenemos que prepararnos para cuando llegue el día.

La reina clavó su mirada en el muchacho, sus ojos transmitían agradecimiento y comprensión de un modo tan intenso que Erik se sintió como un chiquillo arropado por su madre.

—Gracias —dijo la soberana a media voz—. Somos afortunados por contar con personas como vosotros. Vuestra lealtad, vuestra fortaleza y vuestra generosidad son los mayores tesoros de nuestro reino.

—Solo hemos cumplido con nuestro deber —repuso Erik azorado ante tales palabras de agradecimiento.

—No, hijo mío, no —le corrigió la reina cariñosamente—. Habéis ido mucho más allá del deber. Pero no quiero entreteneros más —añadió—. Ya habrá tiempo para hacer planes y estrategias. Ahora, lo urgente es que cenéis bien y podáis descansar. Por cierto, supongo que ya habrás visto a tus hermanos.

—Solo a Robert. Mis hermanas no estaban en sus habitaciones, así que...

—Pues, entonces, no sé qué hacéis aquí —le interrumpió la reina con fingida severidad—. Deseo que os sintáis como en vuestra casa. Sé que mi hermano, el rey Kirsten, querrá veros, pero le diré que es mejor que espere a mañana.

—Muchas gracias, majestad —se despidieron los muchachos con una nueva reverencia.

—¡Eriiiiiik! —gritó Bera mientras corría al encuentro de su hermano, haciendo resonar sus zapatos contra el suelo de mármol.

—¡Ven aquí, pequeñaja! —La acogió conmovido, lanzándola por los aires para después abrazarla.

—Te he echado mucho de menos —le recriminó ella, enroscándose al cuello de su hermano mayor.

—Y yo también a vosotros. Pero deja que te vea —repuso Erik bajándola al suelo y retrocediendo unos pasos—. Estás hecha toda una princesa —opinó, provocando una sonrisa ruborizada en la pequeña—. ¿Dónde está Nela?

—Justo detrás de ti —contestó una voz a su espalda.

El muchacho se volvió de inmediato, dispuesto a abrazar a su hermana, pero se quedó paralizado al ver lo cambiada que estaba.

—Nela —dijo soltando el aire que había contenido sin querer—, estás... preciosa.

La muchacha enrojeció ostensiblemente y tardó unos instantes en reaccionar, pero enseguida correspondió al abrazo de su hermano, llenándose de gozo por el tan esperado reencuentro.

—¿Cómo está papá? —preguntó cuando se separaron.

—Perfectamente, y el tío Markus también. Papá me pidió que os dijera que está deseando volver a veros.

—Yo también tengo muchas ganas de verle —reconoció Robert, que acababa de llegar.

—Ya queda poco —le consoló Erik, revolviéndole el pelo.

—¿Cuándo podremos volver a casa?

Erik sintió una punzada de dolor ante la inocente pregunta de Bera. Sus hermanos aún no se habían enterado de la destrucción de su hogar, y ese no era el momento para que lo hicieran. El muchacho intentó disimular su turbación y contestó a la pequeña, tratando de que su voz sonara normal.

—Muy pronto, dentro de unas pocas semanas, si todo va bien.

Algo en la mirada de Nela le dijo que tendría que darle todo tipo de explicaciones más tarde.

—¿Dónde están los otros? —siguió preguntando la pequeña.

—Creo que están esperándonos para cenar, así que será mejor que vayamos para allá, ¿venís?

—Bera y yo tenemos que cambiarnos de vestido —objetó Nela—. Id vosotros, enseguida os alcanzamos.

—¿Cambiaros de vestido? —inquirió el muchacho sorprendido—. Pero si vais muy elegantes.

—Muy elegantes para pasear por el patio del castillo, pero no para cenar —aclaró la muchacha, llevando a Bera de la mano hasta su habitación.

—Se cambian de vestido veinte veces al día —le informó Robert—. No hay quién las entienda.

—Bueno, son cosas de chicas —repuso Erik—, es mejor mantenerse al margen.

Durante la cena, Darren se vio obligado a contestar las innumerables preguntas de Robert y Bera. El muchacho, lejos de sentirse incómodo por el interrogatorio, parecía divertido por la situación y fue respondiendo a todas las cuestiones con exquisita paciencia.

—No te preocupes, estoy acostumbrado —tranquilizó a Nela que intentaba contener la curiosidad de los pequeños—. Ser el mayor de cinco hermanos tiene sus ventajas.

Al finalizar, los chicos se retiraron a sus dormitorios dispuestos a reparar los efectos de la noche anterior. Erik, tras dar las «buenas noches» a Robert y Bera, llamó a la puerta de la habitación de Nela, resignado a contestar a sus preguntas.

—Creía que ibas a refugiarte en tu dormitorio —comentó ella en tono irónico.

—Nos conocemos demasiado, Nela, y sé que te has dado cuenta, así que... para qué retrasar lo inevitable. Venga, pregunta.

—Muy bien, ¿cuál es el problema? ¿Por qué te has sobresaltado cuando Bera ha dicho lo de volver a casa? —obedeció ella.

—Porque no hay ninguna casa a la que podamos volver —contestó Erik con franqueza.

Nela le miró extrañada, pero, de repente pareció adivinar lo ocurrido.

—¡Oh, Dios mío! —exclamó llevándose las manos a la boca—. ¿La han destruido?

Erik asintió antes de acercarse a ella.

—¿Cómo lo sabes? ¿Habéis pasado por la aldea?

—No —contestó el muchacho, abrazando a su hermana por los hombros—. Nos encontramos con los padres de Gunnar y Kodran, y ellos nos lo dijeron. También han destruido la granja de Markus.

Nela le miró con los ojos arrasados en lágrimas.

—Pobre Markus —dijo en un medio susurro—. ¿Se lo dijiste a papá?

—Sí, y a Markus también. No se lo tomaron tan mal como esperaba —reconoció el chico—. Construiremos una casa mejor y más grande, Nela —intentó confortarla.

—Es posible —aceptó ella—, pero es que era nuestra casa.

—Lo sé.

—¿Ha ocurrido algo más? —se interesó la muchacha, y en sus ojos se adivinaba el miedo a una respuesta afirmativa.

—No, todos están bien —contestó Erik juzgando que no era el mejor momento para contarle lo cerca que había estado Markus de caer por un barranco.

Cuando los muchachos salieron del comedor, tras un abundante desayuno, vieron a Galvián esperándoles junto a su escudero Konrad.

—Se acabó la tregua —declaró Kodran en un susurro.

—¿Habéis descansado bien? —se interesó el oficial.

—Sí, muchas gracias —fue la respuesta unánime.

—Me alegro de que así sea. El rey Kirsten quiere saludaros y, después, me gustaría hablar con vosotros con más tranquilidad.

—¿Debemos informar de todo al rey? —preguntó Erik.

—Imagino que solo querrá daros la bienvenida. Su majestad es muy atento con sus huéspedes. No creo que os pida ningún tipo de explicación.

—¿Y si nos pregunta? —insistió el muchacho.

—Estoy seguro de que sabréis responder con educación y prudencia.

—Pues tenía razón Galvián —comentó Gunnar tras ser recibidos por el rey.

—Es un poco raro, ¿no? —dijo Kodran—. ¿Cómo es posible que nos deje estar en su palacio sin interesarse por lo que hemos venido a hacer?

—Yo creo que sabe perfectamente por qué estamos aquí —se aventuró a decir Erik—, pero quiere mantener una postura aparentemente neutral.

—¿Neutral? —inquirió Kodran—. Han matado al rey de Altenbruk, que era el marido de su hermana, y no está claro que vayan a permitir que su sobrino acceda al trono. ¿Cómo se puede ser neutral en una situación así?

—Juraría que he dicho «aparentemente neutral» —repuso Erik—. El simple hecho de que la familia real esté aquí ya indica que no es neutral, y que estemos nosotros es toda una declaración de intenciones; pero una cosa es lo que se puede intuir y otra lo que se puede demostrar. No nos pregunta nada porque no quiere que se le pueda acusar de inmiscuirse en los asuntos de un reino que no es el suyo.

—Pero, como tú has dicho, la familia real está aquí y nosotros también —objetó Gunnar.

—¿Qué hay de extraño en que un hombre acoja a la familia de su hermana tras un lance tan doloroso como la muerte de su marido? ¿Y nosotros? Somos invitados personales de la reina —declaró Erik con una mirada significativa.

—Eso no se lo cree nadie —opinó Kodran en tono escéptico.

—Te lo repito, no depende de lo que creas, sino de lo que puedas demostrar, así funciona la diplomacia.

—Pues menuda...

—¿Cómo os ha ido? —inquirió Galvián acercándose a los muchachos.

—Con mucha diplomacia —contestó Kodran, desconcertando al oficial.

Galvián condujo a los muchachos hasta un salón desconocido para ellos. La pared del fondo estaba completamente cubierta por un enorme mapa, que captó la atención de los cuatro chicos.

—¿Eso es Altenbruk? —inquirió Gunnar.

—Altenbruk, Ingerland y los reinos del sur —aclaró Galvián.

—Mirad, aparecemos los Dursmanni —comentó Darren al ver el nombre de su gente escrito con grandes trazos.

—Nunca había visto un mapa así —reconoció Erik, contemplándolo con admiración.

—Ni yo —agregó Kodran—, pero nos lo hemos recorrido casi enterito. Salimos de aquí —indicó señalando la aldea de Hartland—, luego estuvimos en la ciudad, huimos más o menos por aquí, nos perdimos y dimos un montón de vueltas por aquí —añadió lanzando una mirada maliciosa a Erik—, hasta llegar a la Gran Cordillera.

—Aquí no parece tan grande —comentó Gunnar—. Mirad, aquí es donde vimos el mar por primera vez; y luego estuvimos por estas colinas hasta que nos separamos.

Galvián observaba la escena en silencio. Le sorprendía que unos muchachos tan jóvenes hubieran sido capaces de realizar un viaje tan largo y cargado de peligros, y que lo estuvieran recordando como si no hubiera sido más que una excursión de amigos.

—Aquí no tengo ni idea de qué camino seguimos —reconoció Kodran señalando las montañas del norte—, pero tengo muy claro que no volveré a hacerlo en mi vida.

—¿No decías que ibas a venir a visitarnos? —preguntó Darren.

—Claro que sí, pero iré en barco.

—Y por último —concluyó Gunnar—, la travesía por mar y todo recto hasta aquí. No está mal, ¿eh?

—No, no está nada mal —opinó Galvián—. Habéis recorrido más millas en unas semanas que muchos hombres adultos en toda su vida. Y, ahora, si no os importa —añadió en un tono más formal—, os agradeceré que volváis a contarme con todo detalle cuáles son los planes de Árkhelan y Markus. Solo falta un mes para el cumpleaños del príncipe, tenemos que estar preparados.

Capítulo XXI

—¿Cuándo veremos a Papá? —preguntó Bera.

Ya habían transcurrido más de dos semanas desde la llegada de los muchachos a palacio. Durante ese periodo, habían continuado con sus entrenamientos. Al principio se habían ejercitado ellos solos, pero en cuanto Galvián supo lo que estaban haciendo, le pidió a Konrad que se encargara de dirigir las sesiones.

—Es un buen maestro y muy exigente —les había dicho Galvián.

—No creo que sea más exigente que Markus —se había atrevido a opinar Kodran, ante lo que el oficial se limitó a sonreír.

—Pues no sé si es más exigente, pero por lo menos lo iguala —valoró Gunnar días más tarde al finalizar uno de los entrenamientos.

Konrad, tan silencioso y discreto de ordinario, parecía transformarse al ejercer de instructor. Sus modales seguían siendo intachables, pero dirigía las sesiones con firmeza y atención. No toleraba el más mínimo error y conseguía que los muchachos dieran el máximo en cada entrenamiento.

—Erik, ¿me has oído? —insistió la pequeña—. Te he preguntado que cuándo...

—Ya falta muy poco —contestó el muchacho espabilándose.

Estaba atardeciendo, la sesión de ese día había sido especialmente agotadora. Al salir de su habitación, tras asearse y cambiarse de ropa, Erik vio a Bera esperándole para que la acompañara a dar un paseo por los jardines de palacio; con todo el cuerpo dolorido, se sentó junto a una fuente, y Bera se apresuró a acomodarse en su regazo. La chiquilla hablaba sin pausa y él no tardó en sentir un agradable sopor, pero, cada vez que empezaba a dormirse, Bera le sorprendía con alguna pregunta, obligándole a volver a la realidad.

—¿Cuánto es muy poco?

—Unas tres semanas, puede que incluso menos.

—¿¡Tres semanas!? —exclamó la pequeña, abriendo los ojos—. Eso es mucho, ¿no?

—Bera, lleváis aquí más de seis meses, tres semanas no es nada —le aclaró Erik.

—¿Te vas a marchar otra vez? —preguntó en tono lastimero.

—Sí, pero solo serán unos pocos días y después volveremos a estar todos juntos.

—¿De verdad?

—Claro que sí.

Algunos días más tarde, Galvián se acercó a los muchachos nada más finalizar el entrenamiento.

—¿Cómo ha ido? —se interesó el general.

—Muy bien —contestó Erik en nombre de todos, tratando de recuperar el aliento.

—Me gustaría hablar con vosotros cuando os hayáis recuperado.

—Entonces creo que habrá que esperar un par de semanas —comentó Kodran.

—Desgraciadamente, no tenemos tanto tiempo —repuso el oficial sonriendo—. ¿Qué tal dentro de una hora?

Los muchachos llegaron a la sala de reuniones antes de la hora señalada por Galvián. Mientras esperaban, volvieron a estudiar el gran mapa de la pared, leyendo en voz alta el nombre de algunas poblaciones desconocidas para ellos.

—¿Estáis planeando algún viaje? —preguntó el general cerrando la puerta tras de sí.

—¿Viaje? —repitió Kodran—. Cuando esto acabe, pienso quedarme en la aldea todo el tiempo que pueda. Bueno, solo me moveré para ir a visitaros —rectificó al ver la mirada de Darren.

—¿Alguna novedad? —inquirió Erik.

—No, todo marcha según lo previsto, al menos de momento. Quedan once días para la coronación del príncipe —explicó Galván—, si no ha surgido ningún contratiempo o cambio de planes, Árkhelan, Markus y el ejército Dursmanni se pondrán en marcha mañana. Al menos eso es lo que habían planeado, ¿no es así?

—Sí —corroboró Erik—. Mi padre nos dijo que volverían a Altenbruk diez días antes de la fecha señalada.

—Desde el momento en el que desembarquen, nuestra misión habrá dejado de ser secreta y ya no habrá vuelta atrás. Nosotros abandonaremos el palacio el día anterior al cumpleaños del príncipe, para llegar a la frontera a primera hora de la mañana del día siguiente. Nuestro grupo no será muy numeroso, aunque contaremos con el apoyo de la guardia del rey Kirsten.

—¿Nos va a acompañar la guardia real? —preguntó Gunnar extrañado—. Creía que el rey intentaba permanecer al margen de todo este asunto.

—Y así es pero, mientras estemos en Ingerland, es lógico que el rey vele por su sobrino. Sin embargo, la guardia real no cruzará la frontera.

—Bueno, eso no debería ser un problema —argumentó Kodran—, porque si todo va bien, habrá un ejército esperándonos allí.

—Tú lo has dicho —señaló Galván—, «si todo va bien». Hay demasiadas cosas que no podemos controlar, y no sabemos si esta misión tendrá éxito o no. Lo que está claro es que, en caso de fracasar, las consecuencias serán muy graves para todo el que esté implicado. —El general se detuvo unos instantes—. Lo que quiero deciros con esto —continuó— es que no es necesario que forméis parte de la comitiva que acompañará al príncipe. Ya os habéis arriesgado bastante.

Los muchachos se miraron sorprendidos.

—¿Nos está prohibiendo que vayamos con usted? —preguntó Erik.

—No puedo prohibíroslo, solo estoy diciendo lo que creo que deberíais hacer.

—Hemos arriesgado todo lo que somos y tenemos, llevamos meses preparándonos para este momento, ¿¡y cree que nos vamos a quedar aquí esperando a ver qué pasa!? —inquirió Erik con escepticismo.

Galvián miró a los muchachos uno a uno, y descubrió en todos la misma determinación. Cuando volvió a clavar sus ojos en Erik, esbozó una leve sonrisa.

—No, no lo creo, pero podré decirle a tu padre que lo he intentado —confesó.

El nerviosismo de los muchachos iba en aumento conforme pasaban los días. Su decisión no había variado, pero cada vez eran más conscientes de los riesgos que iban a asumir.

—¿Qué es lo peor que puede pasar? —preguntó Gunnar una tarde.

—Hombre, lo peor, lo peor, no lo sé, pero puede haber muchas complicaciones —se adelantó a contestar Kodran—. El ejército de los Dursmanni podría retrasarse...

—O ni siquiera aparecer —intervino Erik—. También existe la posibilidad de que nos ataquen antes de llegar a la frontera, o incluso después de cruzarla.

—¿No estás exagerando un poco? —inquirió Gunnar—. No creo que el Duque de Nordland se atreva a ordenar un ataque contra el príncipe.

—Ya ordenó que asesinaran al rey —repuso Erik.

—Sí, pero eso lo hizo en secreto. Una vez que crucemos la frontera, estaremos protegidos por un ejército de más de quinientos soldados. La única manera de hacernos frente sería enviando otro ejército, y eso no lo puede hacer en secreto.

—Gunnar —dijo Erik, mirando fijamente a su amigo—, sir William sabe tan bien como nosotros que, si el príncipe Harald llega a ser coronado, él tendrá que dar explicaciones sobre todo lo que ha hecho durante este tiempo; entre otras cosas, detener a gente inocente solo por ser leal al rey Sigurd. Y es posible que eso sea lo que menos le preocupe. Sabe que la familia real está al tanto de su traición y, aunque no lo puedan probar, lo que está claro es que él ya no va a tener ninguna influencia en la corte. ¿Cuánto tiempo crees que pasará antes de que alguno de sus compinches le delate a cambio de algún beneficio? Sir William no es querido por nadie, solo temido. En cuanto pierda su poder está acabado, y él lo sabe.

—Así que no dudes de que hará todo lo que esté en su mano para impedir que nuestra misión tenga éxito —concluyó el muchacho—. Si nos derrota, si asesina al príncipe, seguirá en el poder y ya encontrará la manera de justificar ese crimen.

—Eso no puede ocurrir —dijo Gunnar.

—Bueno, para eso estamos nosotros, ¿no? —comentó Darren, que había escuchado en silencio.

—Sí, aunque, afortunadamente, también hay otras muchas personas —repuso Kodran.

El último día en el palacio transcurrió con una inesperada tranquilidad. Los preparativos habían llegado a su fin, todas las decisiones estaban tomadas y las órdenes habían sido transmitidas.

Konrad no había previsto entrenar a los muchachos, pero estos insistieron en tener la última sesión esa mañana.

—Necesitamos estar ocupados para que el nerviosismo no nos vuelva locos —había razonado Kodran.

Aun así, el escudero solo les permitió realizar algunos ejercicios sencillos que no requerían demasiado esfuerzo.

—Guardad vuestras energías para el viaje —replicó ante la insistencia de los chicos, que querían eliminar toda su tensión a base de carreras y golpes.

Erik pasó la tarde con sus hermanos, paseando por los jardines y organizando juegos para Robert y Bera. Había invitado a sus amigos a que les acompañaran, pero estos, juzgando que su presencia alteraría la intimidad familiar, se excusaron con diferentes razones.

Mientras los pequeños correteaban sin parar, persiguiéndose por entre los setos y grandes maceteros, Erik aprovechó para mantener una última conversación con Nela.

—Tened mucho cuidado —se le escapó a la muchacha cuando Erik le contó algunos detalles del viaje.

—Tranquila, todo va a ir bien. Volveremos dentro de unos días para llevaros a la aldea.

—Eso suena tan bien...

—Sí, aunque allí no vas a tener sirvientas, ni damas de compañía, ni a las princesas para conversar sobre temas propios de damiselas...

—No lo voy a echar de menos, Erik —le interrumpió ella—. Bueno, a las princesas sí —rectificó—; son muy simpáticas y nos hemos hecho muy amigas. Pero, por lo demás...

—Yo también estoy deseando volver —reconoció el muchacho—. Construiremos una nueva casa, compraremos animales, sembraremos nuestros campos y todo volverá a ser como antes... Al menos de momento.

—¿A qué te refieres? —preguntó Nela con curiosidad.

—¿Cómo? Ah, a nada en concreto...

—Erik —insistió ella.

—No sé si es el momento para...

—¡Erik!

—Vale, vale —cedió divertido—. Bueno, verás, nos estamos haciendo mayores: tú acabas de cumplir diecisiete años y yo dieciocho —recordó sonriendo.

La semana anterior habían celebrado los cumpleaños de Nela y Erik —solo cuatro días separaban estas dos fechas. La reina, que había sabido de esta circunstancia con cierta anterioridad por un comentario de Gunnar a Galvián, quiso mostrar su agradecimiento a los hijos de Árkhelan, y al resto de muchachos, organizándoles una celebración digna de un palacio real, y obsequiando a los dos hermanos, y también a sus amigos, con bonitos presentes.

—Así que ya va siendo hora de pensar en el futuro —continuó Erik.

—«Nos estamos haciendo mayores»; «pensar en el futuro» —repitió Nela—. ¿Me equivoco si digo que todo esto tiene algo que ver con Karen?

—No, no te equivocas en absoluto. Llevo más de medio año sin verla, y no puedes imaginarte lo mucho que la echo de menos. Los viajes, los peligros y todo lo que nos ha ocurrido en este tiempo me ha ayudado a valorar lo que tengo, especialmente a la gente que quiero y que me quiere —añadió pensativo—. En cuanto volvamos a la aldea, voy a pedirle a Karen que se case conmigo —confesó de un tirón. Nela le miró sorprendida—. ¿Te parece mal? —preguntó el muchacho ante la ausencia de comentarios de su hermana.

—¿Mal? ¿¡Cómo va a parecerme mal, Erik!? Es maravilloso y estoy seguro de que a ella le va a entusiasmar la idea. Es solo que no me lo esperaba, al menos tan pronto —puntualizó.

—Bueno, no nos vamos a casar ya —aclaró el chico—. Tendremos que construirnos una casa, y yo tendré que hablar con papá sobre el trabajo, y seguro que hay otras muchas cosas que arreglar primero; pero sí que quiero decírselo cuanto antes.

—Me alegro por vosotros. Sé que seréis muy felices —dijo Nela con sinceridad.

—Gracias —respondió el muchacho, mirando a su hermana—. ¿Y qué hay de ti? —se atrevió a plantear, tras unos instantes de duda.

Había intentado hablar con su hermana sobre lo que les contó Kodran en las montañas, pero Nela no se había mostrado dispuesta a tratar el asunto en ninguna de las ocasiones.

—Erik, no empecemos —le pidió.

—Nela, no es justo que asumas una carga que no tienes porque...

—Es mi obligación, Erik —le interrumpió con brusquedad.

—No es cierto. Robert y Bera son tan hermanos míos como tuyos. Si tú te niegas a continuar con tu vida por ellos, entonces yo haré lo mismo.

Nela le miró sorprendida.

—¿Y qué pasa con Karen?

—Tendrá que esperar o buscarse a otro.

—No digas tonterías, Erik.

—No son tonterías, o al menos no es distinto de tu razonamiento. Mira, Nela: Kodran es mi amigo, un gran amigo, y sé que está enamorado de ti —dijo el muchacho, provocando una mirada rápida de su hermana—. Si tú no sientes nada por él, yo no tengo nada que decir. Eres libre de elegir a quien quieras. Pero, lo que no puede ocurrir; lo que no puedes hacerle a él ni a ti, es lo que estás haciendo. No es justo. —La muchacha permaneció callada con la vista fija en el suelo. Aunque no podía verle el rostro, Erik supo que estaba llorando y se enfadó consigo mismo por ello—. Nela, lo siento —comenzó a disculparse—. Es nuestro último día juntos y no quisiera estropearlo. Sabes que solo quiero lo mejor para ti y si te insisto es porque estoy convencido de que te equivocas, y no me gustaría que te arrepintieras cuando ya fuera demasiado tarde. Mañana nos iremos y... —dudó unos instantes—, aunque siempre os digo que volveremos en unos días y que todo va a salir bien, lo cierto es que puede que no sea así. —La muchacha lo miró alarmada a través de las lágrimas que brotaban de sus ojos azules—. No quiero asustarte, Nela —intentó calmarla—, lo que trato de decirte es que solo me preocupa vuestro bien. Y, en tu caso, vas camino de echar a perder tu vida.

—¿¡Y qué quieres que haga!? —le espetó ella con una mezcla de enfado y sufrimiento.

—Quiero que lo intentes, solo que lo intentes —contestó Erik a media voz. —Nela volvió a bajar la cabeza y su respiración se fue relajando poco a poco—. ¿Puedo hacerte una pregunta? —inquirió con cautela. —La muchacha asintió de un modo casi imperceptible—. ¿Sientes algo por Kodran?

Pasaron unos segundos en los que Erik pensó que su hermana no iba a responder.

—Sí —dijo al fin en un susurro.

—¿Y no crees que él merece una oportunidad?

Nela miró a su hermano a los ojos. Ya no había lágrimas y se intuía una leve sonrisa.

—¿Crees que él todavía...?

—¿¡Que si todavía está enamorado de ti!? ¿Es que no has visto cómo te mira? ¡Vamos, Nela! ¿Dónde está ahora el sexto sentido y la intuición femenina? —cuestionó Erik divertido.

—Puede que solo funcionen con los demás —contestó ella con voz más firme.

—¿Entonces...?

—Entonces, ¿qué?

—¿Me dejas que hable con Kodran y le diga que aún hay posibilidades?

—Erik, os vais mañana, ¿no crees que es mejor esperar hasta que todo esto haya acabado?

—Nela —contestó el muchacho con repentina seriedad—, vamos a arriesgar nuestra vida en esta misión. Puede que no pase nada, pero también puede que haya momentos peligrosos. Vamos a necesitar todo nuestro coraje para no flaquear ni dejarnos llevar por el pánico. Y créeme si te digo que no hay nada que infunda más valor que un corazón esperanzado.

—Caramba —comentó la muchacha tras unos instantes—, no sabía que fueras tan romántico.

—¿¡Romántico!? —preguntó Erik sorprendido—. Puede ser —admitió—, supongo que se me habrá pegado del tío Markus —concluyó sonriente.

Capítulo XXII

Erik se levantó antes de que amaneciera. Llevaba horas despierto, dando vueltas en la cama, a la espera de que el sueño volviera a sumergirlo en su oscuridad nebulosa. Por más que lo intentaba, no conseguía controlar sus pensamientos, y el vaivén de imágenes y recuerdos le zarandeaba interiormente, provocándole una incómoda sensación de mareo.

—No puedo más —dijo en un susurro al incorporarse.

A la luz de las velas, repasó todo lo que había preparado la tarde anterior. En realidad su equipaje iba a limitarse a un pequeño fardo con algo de ropa, y a lo que llevara puesto; ya recogería lo demás cuando todo acabara.

Al terminar de vestirse, se acercó a la silla sobre la que había dejado sus armas: el arco y la coraza que le regaló el viejo Johann tras ganar el torneo de las diez millas, y la espada con la que Markus obsequió a cada uno de sus alumnos. A excepción del incidente con los inexpertos salteadores, Erik no se había visto obligado a utilizar las armas desde que los bárbaros del norte habían atacado la aldea, más de un año atrás.

—Ojalá no haga falta utilizarlas en esta ocasión —pensó el muchacho mientras contemplaba el filo de la espada a la luz de los primeros rayos de sol.

Cogió sus cosas y salió de la habitación, dispuesto a dar una vuelta por el patio del castillo hasta que llegara la hora de reunirse con sus amigos y el resto de la comitiva. Sin embargo, al salir al pasillo, le llegó el sonido de una conversación a media voz procedente de la planta inferior. Intentando no hacer ruido para no despertar a sus hermanos, que seguían durmiendo en las habitaciones vecinas, Erik se encaminó hacia las escaleras, distinguiendo cada vez con más claridad lo que decían esos susurros.

—No he podido dormir casi nada —comentaba Gunnar—. Y te aseguro que eso es muy raro en mí.

—Sí, a mí me ha pasado lo mismo —repuso Darren.

—Pues ya somos tres —añadió entonces Erik, acercándose a sus amigos.

—Cuatro —le corrigió Kodran, apareciendo por una escalera lateral.

—Pues algo me dice que esta noche tampoco vamos a dormir demasiado —predijo Erik.

—Ya dormiremos cuando todo esto acabe —se consoló Darren.

Nela había despertado a los pequeños para que pudieran despedirse de los muchachos. Bera, todavía adormilada, se abrazó a las rodillas de Erik, que la tomó en brazos para darle un beso. Robert, con la gravedad propia de sus nueve años, se acercó, con la mano extendida, para despedirse de su hermano.

—Cuida de las chicas —le encomendó Erik.

—Claro —asintió el muchacho.

Mientras Erik intercambiaba unas últimas palabras con Nela, los pequeños se despidieron de los otros muchachos, que esperaban junto a sus caballos.

—Adiós, Darren —dijo Bera—. Entonces, ¿me prometes que me llevarás a tu poblado? —exigió recordando un comentario del Dursmanni.

—Si tu padre te da permiso, cuenta con ello.

—Y a mí también —se unió Robert de inmediato.

—Por supuesto —respondió Darren sonriente.

Después les tocó el turno a Gunnar y Kodran, que también se vieron obligados a acceder a las exigencias de la pequeña.

—Tened mucho cuidado —le pidió Nela a su hermano mientras le abrazaba.

—Creo que es la primera vez que me dices esto —repuso Erik—. Descuida —añadió—, ya sabes que soy un hombre prudente y que no me gusta meterme en líos.

—Permíteme que lo dude —contestó ella sonriente.

Los dos hermanos se acercaron al resto del grupo.

—Encantada de haberte conocido, Darren —se despidió Nela—. Y muchas gracias por todo lo que tú y tu pueblo estáis haciendo por nosotros.

—No hay nada que agradecer —repuso el muchacho—. Cuento con que tú también vendrás a visitarnos.

—Sííí —intervino Bera de inmediato.

—Me encantará —declaró Nela sonriente.

Tras despedirse de Gunnar, la muchacha se acercó tímidamente a Kodran. Sabía que Erik había hablado con su amigo, y no estaba muy segura de lo que debía decir en esos momentos.

—Adiós, Nela —se despidió el muchacho.

—Adiós —repuso ella con los ojos bajos y voz temblorosa—. Nos vemos a la vuelta —añadió levantando la vista.

Erik, aunque simulaba estar atendiendo a lo que Bera les decía a Gunnar y Darren, no perdía detalle de lo que ocurría unos metros a su derecha. Casi de reojo, pudo ver la última mirada que intercambiaron Nela y Kodran, y una amplia sonrisa de satisfacción se dibujo en su rostro.

—¡En marcha! —ordenó Galvián.

Más de veinte jinetes escoltaban la carroza del príncipe. Los miembros de la guardia real de Ingerland, ataviados con su uniforme de gala, flanqueaban el carruaje, cabalgando erguidos y con la mirada al frente.

Los muchachos marchaban en el grupo de cabeza junto a Galvián. Erik llevaba puesta su coraza, y, ante las preguntas del general, tuvo que relatar el modo en el que la había conseguido, sin que sus amigos le permitieran ahorrarse ningún tipo de detalles.

—Creía que la reina iba a venir con nosotros —comentó Gunnar cuando ya llevaban un par de horas de camino.

—Esa era su intención —contestó Galvián—, pero, afortunadamente, accedió a mis peticiones.

—¿No va a estar en la ceremonia de coronación de su hijo? —inquirió Kodran.

—Estará en la ceremonia pública que tendrá lugar el próximo domingo.

—¿¡El próximo domingo!? —exclamaron los cuatro muchachos a la vez.

—Pero...

—Si me escucháis un momento, os lo explicaré —les interrumpió Galvián—. Primero tiene lugar la ceremonia privada: un acto oficial por el que se reconoce el derecho del príncipe a acceder al trono, y él acepta la responsabilidad del cargo.

—¿Es cierto que si el príncipe Harald no está en la ciudad el día que cumple dieciséis años pierde su derecho al trono? —preguntó Erik, recordando lo que le había contado Markus tiempo atrás.

—Según las leyes de Altenbruk, al morir el rey, su primer descendiente varón hereda la corona. Si es menor de edad, como ocurrió en el caso que nos atañe, la corona pasa temporalmente al siguiente en la línea de sucesión. Pero, si al llegar el día en el que el primer heredero alcanza la edad para acceder al trono, este no reclama su derecho en persona...

—Sir William será coronado rey definitivamente —concluyó Kodran.

—Así es.

—¿Y si todo va bien y llegamos a la ciudad mañana —planteó Erik—, el príncipe Harald se convertirá ya en rey o tendrá que esperar al domingo?

—Como os acabo de explicar —contestó Galvián pacientemente—, mañana tendrá lugar la ceremonia privada, que se realiza delante de los testigos pertinentes y tiene validez legal.

—Es decir...

—Que desde ese momento, el príncipe ya será la máxima autoridad del país, aunque todavía no lleve los distintivos reales.

—¿Qué distintivos? —inquirió Gunnar.

—El anillo, la corona y la espada —contestó Galvián—. Todo tiene su simbología: al acceder al trono el futuro rey se compromete a servir a su país con su inteligencia y a defenderlo con su vida. Esos distintivos se le entregan en una gran ceremonia, oficiada por el arzobispo en la catedral.

—Y será el próximo domingo —añadió Kodran.

—Correcto. Para entonces, si todo ha ido bien, la situación estará controlada y la familia real podrá regresar a Altenbruk.

—¿Y nosotros podremos asistir? —quiso saber Gunnar.

—Debéis asistir —le corrigió Galvián—, y no me cabe la menor duda de que os corresponderá un puesto de honor por los servicios que habéis prestado.

Realizaron la primera parte del trayecto sin ningún incidente. De vez en cuando se cruzaban con algunos viajeros, que, sorprendidos ante semejante despliegue, se apartaban del camino para dejar paso a la comitiva, mientras la contemplaban con curiosidad.

Los soldados de la guardia real se mantenían en actitud vigilante; continuamente había algún pequeño grupo inspeccionando los alrededores.

—¿Cree que nos van a atacar? —preguntó Erik en tono confidencial.

—Creo que debemos estar preparados para cualquier cosa —respondió Galvián—. El Duque de Nordland sabe que estamos en camino, de eso no me cabe la menor duda. Hace ya semanas que el príncipe envió una carta a los nobles manifestando su intención de regresar a Altenbruk para heredar el trono de su padre. Así que sir William ha tenido tiempo de sobra para hacer sus planes. Aun así —añadió—, si va a atacarnos supongo que esperará a la noche; es cuando seremos más vulnerables.

—¿Dónde vamos a dormir? Bueno, mejor dicho, ¿dónde vamos a pasar la noche? —rectificó el muchacho—. Porque dudo mucho que vayamos a dormir algo. No iremos a parar en la primera posada que veamos por el camino, ¿no?

—No te preocupes, esta mañana ha salido un destacamento con la misión de preparar el sitio en el que... pasaremos la noche.

Poco antes de que oscureciera, la comitiva se detuvo en una posada, a las afueras de una aldea de campesinos. Inmediatamente, se abrió la puerta del local y apareció Konrad, acompañado de los dueños del establecimiento.

—¿Todo en orden? —preguntó Galvián desmontando de su caballo.

—Sí —contestó el escudero—. Somos los únicos huéspedes, y no hemos visto nada sospechoso por los alrededores.

—Buen trabajo. ¡Guardias! —llamó el general.

Sin necesidad de más indicaciones, los soldados se apresuraron a ocupar su posición. Mientras unos vigilaban la zona, el resto acudió a la carroza formando un muro protector para el príncipe. Al abrirse la puerta del carruaje, Erik se sorprendió al ver que el príncipe no viajaba solo, sino que tres soldados le acompañaban.

En cuestión de minutos, la posada se convirtió en una auténtica fortaleza, con vigilantes por todas partes y un ir y venir de exploradores. Además de los que habían viajado con ellos, los muchachos supieron que otros diez soldados habían llegado junto a Konrad.

A pesar de la insistencia y el enfado de los chicos, Galvián se negó a adjudicarles ninguna tarea de vigilancia.

—Lo mejor que podéis hacer es dormir y recuperar fuerzas para mañana. Dejad que la guardia real cumpla su misión —habían sido sus palabras.

Aun así, decidieron permanecer en pie toda la noche, atentos a lo que pudiera pasar.

—Dejaremos los caballos ensillados —indicó Erik—. Markus me dijo que es lo que hay que hacer en situaciones como esta.

—De acuerdo —accedió Kodran—, pero yo creo que no va a pasar nada. Hay más de treinta soldados patrullando la zona, ¿quién se va a atrever a acercarse por aquí?

La habitación del príncipe estaba en la primera planta; no era la más cómoda ni la más lujosa de la posada, pero Galvián la había elegido porque sus ventanas no daban al exterior sino al patio donde se encontraban las caballerizas.

A los muchachos también se les habían asignado unas habitaciones, que ellos decidieron no utilizar.

—Si piensa que vamos a estar durmiendo cómodamente, mientras todos los demás están de guardia, se equivoca por completo —fue la respuesta de Erik ante la insistencia de Konrad.

Así que, después de cenar, los cuatro amigos se sentaron en unos sillones alrededor de la chimenea apagada, y se dispusieron a pasar las horas charlando, hasta que llegara el momento de ponerse en marcha otra vez.

El silencio y la oscuridad eran casi absolutos tanto en el exterior como dentro de la posada. Galvián había ordenado que solo quedaran encendidas las velas necesarias para poder caminar sin tropezarse, ni caer por las escaleras. Los soldados hablaban en susurros para no molestar al príncipe; y los dueños del establecimiento se habían marchado a la aldea, siguiendo las indicaciones del general.

Llegó la media noche sin que nada alterara la quietud, y los muchachos comenzaron a acusar las consecuencias de la noche anterior. Gunnar fue el primero en dormirse, y Kodran, tras hacer algún comentario al respecto, no pudo evitar que se le cerraran los ojos.

—Pues sí que estamos bien —comentó Erik divertido—. Como nos vea Konrad se va a pasar semanas riéndose de nosotros. ¿No quieres dormir tú también? —le preguntó a Darren—. Ya puestos, da igual tres que dos.

—No tengo sueño —repuso el muchacho—. ¿Y tú?

—Tampoco, aunque si nos quedamos aquí sentados supongo que acabaré como estos. ¿Te apetece que demos una vuelta? —propuso Erik.

—De acuerdo.

Se levantaron despacio para no despertar a sus amigos, y caminaron a tientas por el comedor. Al pasar frente a las escaleras, vieron a dos guardias custodiándolas, les saludaron con una silenciosa inclinación de cabeza y continuaron su camino hasta la puerta principal.

Pese a la completa oscuridad, que impedía ver más allá de unos pocos metros, se adivinaba la presencia de un buen número de soldados alrededor de la posada. Galvián y Konrad permanecían de pie, de espaldas a la entrada. Erik y Darren se acercaron a ellos y les saludaron en voz baja.

—¿Dónde están vuestros amigos? —se interesó el general.

—Se han quedado dentro —contestó Erik sin dar más detalles.

—¿Va todo bien? ¿Necesitáis algo? —preguntó el escudero.

—No, no necesitamos nada —repuso enseguida el muchacho—. Hemos salido para dar una vuelta, llevábamos demasiado tiempo sentados. ¿Podemos dar un paseo por los alrededores?

—Mientras no os alejéis demasiado... —accedió Galvián—. Parece que todo está tranquilo; esperemos que siga así.

—Puede que sir William se lo haya pensado mejor y prefiera que sea su sobrino el que gobierne —comentó Erik sonriendo.

—Sí —intervino Konrad en el mismo tono—, aunque también es posible que le haya secuestrado un dragón de siete cabezas.

—Eso es más probable —juzgó Galvián.

—Volvemos enseguida —se despidieron los muchachos.

Capítulo XXIII

Erik y Darren caminaron despacio, hablando a media voz. No podían dejar de preguntarse dónde estarían sus padres en esos momentos.

—No pueden estar lejos de la frontera, aunque supongo que habrán preferido esconderse en las montañas mientras les sea posible —opinó Erik.

—¿Crees que habrán tenido algún problema? —preguntó Darren.

—No lo sé, espero que no. Un ejército de quinientos soldados, más los que se les hayan ido uniendo, no pasa inadvertido, pero tampoco es fácil detenerlo. Para ello, sir William tendría que haber enviado a todo un regimiento en su búsqueda, y no sé si será capaz de arriesgarse a tanto.

—¿Arriesgarse? —inquirió Darren extrañado.

—Sí. Casi todos los oficiales están en desacuerdo con el Duque de Nordland, pero nadie se atreve a actuar por miedo a que le castiguen. Sin embargo, si se encuentran con un ejército dispuesto a plantarle cara... Igual cambian de opinión. Así que sir William solo puede confiar en sus mercenarios, y no tiene tantos como para derrotar a los Dursmanni.

—Entonces lo lógico sería que fuera a por el príncipe —dedujo Darren.

Erik se limitó a asentir mientras miraba a su alrededor. Había soldados escondidos por todas partes. La mayoría llevaban ballestas cargadas, y permanecían de pie, ocultos tras algún árbol. También había algunos refugiados entre los matorrales, de hecho, estuvieron a punto de pisar a uno de los guardias que, sobresaltado, les apuntó amenazante hasta que los chicos se identificaron y esperaron a que él los reconociera.

Un pequeño riachuelo corría incesante a pocos metros de un lateral, bordeando la parte trasera del edificio. Antes de que oscureciera completamente, los chicos habían pasado por allí, comprobando que se podía cruzar al otro lado del arroyo saltando de piedra en piedra. Con la oscuridad de la noche, solo se escuchaba el murmullo del agua, pero era imposible distinguir el cauce, así que Erik y Darren caminaron con cuidado para no pisar las riberas fangosas, ocultas por finos matojos.

—Parece que hay menos guardias por esta zona —comentó Darren mientras caminaban por la parte de atrás de la posada.

—¿Qué? —preguntó Erik, que se había despistado observando unas luciérnagas—. Ah, sí —repuso enseguida—. Bueno, puede que estén tan bien escondidos que no los veamos.

Casi de inmediato, escucharon un ruido de pisadas al otro lado del arroyo, unos metros más atrás. Instintivamente, Erik buscó la empuñadura de su espada, y se maldijo al recordar que la había dejado en el comedor. Darren le miró expectante, desenvainando su arma, sin estar muy seguro de cómo debían actuar. Antes de que pudieran tomar una decisión, los chicos se relajaron al ver a uno de los soldados de la guardia real aparecer en la otra ribera. El guardia pareció sorprendido, pero no hizo ningún comentario. Con la vista fija en el riachuelo, fue buscando las piedras más seguras y llegó a la otra parte sin mayor dificultad.

—Ahí tienes la respuesta —le comentó Erik a Darren cuando reemprendieron la marcha.

El soldado había correspondido al saludo de los muchachos, antes de agazaparse entre los matorrales para continuar su vigilancia.

Solo habían avanzado unos metros, cuando Erik se detuvo de repente.

—¿Has visto eso? —preguntó en un susurro.

—¿El qué?

—Una luz, allá en el bosque, al otro lado del arroyo.

—No, no he visto nada —reconoció Darren mirando atentamente en la misma dirección que su amigo. ¿La ves ahora?

—No, ha sido solo un momento. Igual me la he imaginado —añadió el muchacho dubitativo.

—Bueno, tampoco tiene nada de especial que haya alguien por allí, ¿no? A lo mejor hay algún camino...

—Es más de media noche —le interrumpió Erik.

—¿Quieres que vayamos a decírselo a Galvián? —propuso Darren.

—Creo que es lo mejor. Puede que no sea nada, pero si no se lo decimos y después ocurriera cualquier cosa, me pasaría toda la vida arrepintiéndome.

—Sí, yo también. ¡Vamos!

Desandaron unos pasos hasta el lugar en el que se había apostado el guardia. Para su sorpresa, comprobaron que ya no estaba allí y comenzaron a mirar a su alrededor.

—¿Dónde se habrá metido? —preguntó Erik extrañado.

—Debe de estar patrullando la zona.

—Tenemos que avisarle antes de ir a decírselo a Galvián. Quizás haya vuelto a cruzar el arroyo.

—¿Pasamos a la otra parte para buscarle? —inquirió Darren acercándose a la orilla.

—Yo lo buscaré por allí —indicó Erik—. Tú vuelve a la puerta principal y, si lo ves por el camino, le dices lo que ha pasado.

—¿Estás seguro, Erik? ¿No quieres que te acompañe?

—No, no te preocupes. Será todo más rápido si nos separamos.

—De acuerdo —accedió Darren—. Volveré enseguida con más soldados. Quédate mi espada mientras tanto.

Erik comenzó a negarse, pero ante la insistencia de su amigo y comprendiendo que quizás era lo más prudente, acabó cogiendo el arma.

—Gracias. ¡Y, ahora, date prisa! —dijo mientras comenzaba a cruzar el riachuelo.

Darren esperó hasta que su amigo llegó a la otra ribera y, entonces, emprendió la carrera en busca de Galvián.

Entretanto, Erik había comenzado a internarse en el bosque atento a cualquier sonido. No se atrevía a llamar al soldado por miedo a que hubiera alguien más escondido entre los árboles. Tras el paseo con Darren, sus ojos se habían acostumbrado a la oscuridad y, aunque era una noche sin luna, el muchacho veía lo suficiente como para poder caminar sin tropezarse.

Juzgando que ya se había adentrado demasiado, y que seguramente el guardia no se encontraba a ese lado del arroyo, Erik dio media vuelta y caminó despacio para no hacer ningún ruido. Solo había dado un par de pasos cuando creyó detectar un ligero movimiento pocos metros a su derecha. Instintivamente contuvo la respiración y se quedó completamente estático, escudriñando la oscuridad.

Pasaron algunos segundos de silencio absoluto, durante los que el muchacho comenzó a dudar de sus sentidos.

«El sueño me provoca alucinaciones» pensó, dispuesto a reemprender la marcha.

Y, entonces, volvió a escuchar unos pasos, seguidos de olisqueos y gruñidos.

—Zorros —dijo en un susurro, al distinguir con claridad un grupo de tres animales olfateando unas rocas.

Aunque sabía que los zorros huirían en cuanto detectaran su presencia, y que no representaban ninguna amenaza, Erik decidió continuar su camino sigilosamente, intentando no llamar la atención de las raposas. Avanzó un par de pasos sin que dieran señal de haberle detectado pero, al volver a pisar, lo hizo sobre una rama, que emitió un crujido al romperse. Como activados por un resorte, los tres zorros se sobresaltaron con el ruido y se alejaron perdiéndose en la noche. Erik los vio escapar sin darle más importancia y continuó su camino.

Dos pasos más allá, algo en su subconsciente le hizo girar la cabeza hacia el lugar en el que habían estado las alimañas instantes atrás. Al acercarse, vio un bulto en el suelo, que antes había tomado por una roca, pero que ahora reconoció como algo muy distinto.

—¡Dios mío! —exclamó con voz ahogada.

Retrocedió unos pasos, desenvainando su arma y girándose en todas las direcciones, a la espera de un ataque inminente. Pero no ocurrió nada.

Sin bajar la guardia, se acercó al hombre que yacía inmóvil en el suelo. No sabía quién era ni si estaba vivo o muerto, pero el simple hecho de que se encontrara allí era una muy mala señal.

Con manos temblorosas, comenzó a zarandearlo. Ante la falta de movimiento, decidió girarlo para poder verle el rostro y comprobar si aún respiraba o si le latía el corazón. Estaba medio desnudo, y su cuerpo, humedecido por la hierba en la que yacía, resultaba frío y resbaladizo. Mientras realizaba toda esta operación, Erik tuvo que hacer grandes esfuerzos para no dejarse dominar por el pánico. Al voltearlo completamente, el muchacho se llevó las manos a la boca mientras un escalofrío recorría su cuerpo.

El pecho del cadáver era una gran mancha de sangre, alrededor de la herida abierta por una flecha, ahora quebrada. Resistiendo el impulso de levantarse y empezar a correr, Erik clavó sus ojos en el rostro sin vida. Se trataba de un hombre joven con una fina barba rojiza, y las mejillas salpicadas de pecas oscuras. El muchacho lo miró con atención renovada al darse cuenta de que le resultaba extrañamente familiar. Y, de repente, lo recordó.

Poco antes de que llegaran a la posada, uno de los soldados de la guardia del rey Kirsten se había acercado a Galvián para informarle de que todos los exploradores habían regresado sin novedad. Y, ahora, ese joven yacía en sus brazos, asesinado y despojado de su uniforme.

Varias imágenes se sucedieron en la mente del muchacho, haciéndole comprender lo ocurrido: el guardia que había aparecido al otro lado del arroyo, y que luego no habían podido encontrar; el cuerpo sin vida del soldado; y, sobre todo, Darren entregándole su espada antes de ir a buscar a Galvián.

—¡Darren! —gritó Erik, emprendiendo una carrera frenética a la búsqueda de su amigo.

Horrorizado como estaba ante la idea de que hubiera podido ocurrirle algo, no se molestó en usar las piedras para cruzar el arroyo, y lo atravesó, hundiéndose hasta las rodillas, sin notar siquiera el frío que entumecía sus músculos.

Ya en el otro lado, Erik continuó la carrera gritando el nombre del muchacho, sin importarle que su voz quebrantara el silencio de la noche.

—¡Darren! ¡Darren!

Vio cómo varios guardias se giraban, alarmados por sus gritos, pero eso no le detuvo, y continuó corriendo desesperado hasta que casi chocó con un grupo de soldados que marchaban en dirección contraria.

—¿¡Qué ocurre!? —preguntó una voz conocida.

—¡Darren! —fue lo único que Erik consiguió responder jadeando.

—Estoy aquí —contestó entonces el muchacho, apareciendo detrás de Galvián—. Íbamos hacia el lugar en el que has visto la luz —añadió, sorprendido por la actitud de su amigo.

—Rápido, el príncipe está en peligro —dijo entonces Erik, aliviado por encontrar a Darren a salvo, pero consciente de la gravedad de la situación.

—¿¡Cómo!? —exclamó Galvián.

—He encontrado a un soldado de la guardia real muerto. El asesino le había quitado el uniforme —dijo Erik dirigiéndose hacia la puerta de la posada.

El rostro del general pasó de la extrañeza al terror en una fracción de segundo, e, inmediatamente después, todos corrían de vuelta al edificio, a excepción de Konrad que, junto con un capitán de la guardia del rey Kirsten, se apresuraba a alertar a los vigilantes de un posible ataque.

Los guardias que custodiaban la entrada principal apuntaron con sus ballestas al grupo que se acercaba apresuradamente.

—Soy Galvián —gritó el general sin detenerse—. No os mováis de la puerta y que no pase nadie más —les ordenó entrando seguido de Erik, Darren y otros dos soldados.

Al llegar a las escaleras que daban acceso a las habitaciones de la primera planta, Galvián estuvo a punto de caer al tropezar con los cuerpos ensangrentados de los dos guardias que yacían en el suelo, muertos.

—¡No, no, no! —gritó el general con rabia mientras ascendía a saltos.

Al subir los últimos peldaños, escucharon gritos y choque de espadas. Sin tiempo para extrañarse, llegaron a la primera planta y continuaron su carrera hacia la habitación del príncipe. Delante de ellos, en la penumbra del pasillo, distinguieron un grupo de sombras moviéndose con brusquedad, y el brillo del metal reflejando la llama de una vela.

—¡Alto! —gritó Galvián espada en mano.

Uno de los combatientes, vestido con el uniforme de la guardia real, se giró hacia los recién llegados y en su rostro se dibujaron la sorpresa y el desprecio.

—¡Es él! —gritó Erik, intuyendo más que reconociendo al soldado que habían visto junto al arroyo.

Antes de que pudieran alcanzarle, el asesino abrió de una patada la puerta de la habitación que tenía enfrente, y se lanzó a su interior. Galvián fue el primero en seguirle, pero antes de que llegara a cruzar la puerta, escucharon un crujido estridente de cristales rotos, y el grito de rabia y dolor del fugitivo, que se había lanzado al vacío, atravesando la ventana cerrada.

—¡Atrapadle! —ordenó el general a los soldados del exterior. —El fugitivo, herido por los cristales y la fuerte caída, intentó escapar de sus perseguidores, pero se vio rodeado antes de conseguir alejarse más que unos pocos metros. Al comprender que no había escapatoria posible, tomó el cuerno que llevaba amarrado al cinto y lo llevó a sus labios—. ¡Detenedle! —gritó Galvián.

El grave sonido del cuerno duró solo el tiempo que tardó una flecha en volar desde la ballesta hasta el pecho del asesino, que, al recibir el impacto, cayó de espaldas sobre la hierba húmeda.

Galvián retrocedió unos pasos antes de girarse hacia los muchachos.

—Quedaos aquí, vuelvo enseguida —les indicó antes de correr al exterior, seguido por los dos guardias que les habían acompañado.

—¿Qué ha ocurrido? —preguntaron los cuatro chicos a la vez.

—¿Estáis bien? —preguntó Erik, acercándose a Kodran y Gunnar.

—Sí, ¿y vosotros?

—También, pero ¿cómo es que estabais aquí? —insistió Erik, tan sorprendido como aliviado al descubrir que eran sus amigos los que habían estado luchando contra el asesino.

—Estábamos en el comedor... —empezó a contar Kodran.

—Durmiendo —apuntó Erik.

—Durmiendo —reconoció el muchacho—, cuando me despertó un ruido. Al ver que estábamos nosotros solos, he despertado a Gunnar y hemos salido a buscaros, pero al llegar a las escaleras...

—Os habéis encontrado a los guardias muertos —intervino Erik.

—Sí, así que hemos subido corriendo y...

—Hemos visto cómo uno de los soldados mataba a dos de sus compañeros —continuó Gunnar.

—No era un soldado —le corrigió Erik—. Antes de venir aquí había asesinado a otro guardia y le había quitado el uniforme.

—Ah —dijo Kodran—. Bueno, el hecho es que hemos llegado justo en ese momento y hemos intentado detenerle.

—Aunque menos mal que habéis llegado vosotros —dijo Gunnar—, porque no sé si hubiéramos aguantado mucho más.

—No, menos mal que habéis llegado vosotros —repuso Erik—, si no ahora el príncipe estaría muerto.

—¿Dónde está el príncipe? —preguntó entonces Darren—. Porque no creo que siga durmiendo con todo este jaleo.

—Supongo que seguirá en su habitación —contestó Kodran—, pero, precisamente por este jaleo, lo normal es que no haya salido. Sé que Galvián le he dicho que no abra la puerta a nadie hasta que él se lo diga.

—Deberíamos informarle de lo que ha ocurrido —sugirió Erik—. Además, me parece que esto acaba de empezar —añadió con gesto de preocupación.

—¿Crees que van a atacarnos? —inquirió Gunnar.

—Saben que algo ha salido mal —contestó Erik al recordar la imagen del asesino haciendo sonar el cuerno—. Y no me cabe duda de que tenían un plan de emergencia.

Salieron al pasillo y se acercaron a la habitación del príncipe. Un profundo sentimiento de tristeza inundó a los muchachos al ver los cuerpos sin vida de los dos soldados.

—Cinco hombres muertos —comentó Erik a media voz.

Ninguno de sus amigos añadió nada, pero sus rostros reflejaban el mismo dolor.

—Por cierto —dijo entonces Kodran agachándose para recoger algo del suelo—. Te la habías dejado en el comedor —añadió entregándole a Erik su espada.

—Sí, es verdad. Gracias.

Al llegar a la puerta, Erik llamó un par de veces.

—¿Alteza? Soy Erik. ¿Estáis despierto?

—¿Qué ha ocurrido? —preguntó el príncipe de inmediato.

—Un asesino ha matado a cinco soldados y ha intentado llegar hasta aquí, pero lo hemos detenido —contestó el muchacho.

—¿Dónde está Galvián? —preguntó el príncipe desde el otro lado de la puerta.

—Está afuera, vendrá enseguida. —Erik dudó antes de seguir hablando, pero al final juzgó que era preferible decir toda la verdad, por muy preocupante que esta pudiera ser—: Es posible que haya más enemigos. De hecho, es seguro que los hay.

Escucharon un ruido metálico y la puerta del dormitorio se abrió.

—Alteza, no debería salir de su habitación —comenzó a decir el muchacho.

—Si van a atacarnos —repuso el príncipe Harald con sorprendente tranquilidad—, no tiene sentido que les espere encerrado sin hacer nada.

—¿No os habéis acostado? —preguntó Gunnar al ver al príncipe completamente vestido y armado.

—¿Crees que podría dormir tan tranquilo sabiendo que un ejército de mercenarios busca la oportunidad de acabar conmigo?

Los muchachos sonrieron ligeramente. Ahí, en la oscuridad del pasillo, el príncipe parecía uno más de ellos.

—Podemos ir al comedor hasta que Galvián nos diga qué debemos hacer —propuso Erik.

Sin haberlo planeado, los muchachos caminaron formando una escolta para el príncipe. Erik y Darren marchaban en cabeza, mientras que Gunnar y Kodran cerraban el grupo.

La posada estaba en silencio y solo se oían algunas voces procedentes del exterior. Un guardia custodiaba las escaleras y se giró extrañado al ver que bajaba gente.

—¿Dónde vais? —preguntó.

—Vamos a...

Erik no acabó la frase.

Capítulo XXIV

El estruendo de los cristales al romperse, las flechas incendiarias, los gritos salvajes de los atacantes, las órdenes desesperadas de Galvián mientras los soldados se replegaban, los alaridos de aquellos que eran alcanzados... No todo empezó a la vez, pero así lo percibieron los muchachos que, antes de darse cuenta, se encontraban entre dos murallas de fuego.

—¡Rápido! Tenemos que salir de aquí —gritó Erik, sobreponiéndose a la confusión.

Corrieron hacia la puerta principal. Las llamas aún no les cortaban el paso, aunque estaba claro que el incendio no tardaría en apoderarse de las paredes de madera.

Erik fue el primero en alcanzar la salida, pero lo que vio allí le disuadió de seguir avanzando.

En el exterior reinaba la confusión más absoluta: los soldados de la guardia real se habían parapetado tras unos barriles y carromatos, y desde allí resistían el desordenado ataque de un ejército de mercenarios. Superados ampliamente en número, los defensores resistían las embestidas gracias a la disciplina y buen manejo de las armas. A cada intento de aproximación de los atacantes, respondían con una lluvia de flechas, que hacía caer a hombres y caballos.

Cesaron los embates y, durante unos segundos, la esperanza de una retirada de sus enemigos afloró en algunos de los sitiados, pero pronto salieron de su error.

Comprendiendo la inutilidad de un ataque al descubierto, los mercenarios se habían replegado. La línea enemiga no distaba más de setenta u ochenta metros, aunque esa distancia parecía agrandarse por la oscuridad de la noche. Solo se distinguían algunas sombras en movimiento, mientras que ellos, iluminados por el fuego que continuaba extendiéndose implacable, eran un blanco fácil para sus arqueros.

—¿Qué van a hacer? —preguntó Gunnar inquieto—. ¿Esperar a que el fuego nos obligue a salir?

—Eso parece —contestó Erik. De repente su expresión cambió mientras miraba hacia sus agresores—. Pero no van a esperar mucho.

—¿¡Qué!?

Gunnar miró a través de uno de los ventanales.

Unos puntos luminosos acababan de aparecer, brillando amenazadores en la noche.

Galvián ordenó a los soldados que dispararan sus ballestas. Al hacerlo, algunos de los puntos luminosos desaparecieron, pero no bastó para detener el ataque y, antes de que pudieran lanzar una nueva andanada, las flechas incendiarias rasgaron la noche en busca de nuevas víctimas.

—¡Al suelo! —gritó Erik agachándose.

Pero, sorprendentemente, ninguno de los proyectiles pareció impactar en la casa. El muchacho se incorporó, asomándose al exterior y comprendió que los arqueros no habían apuntado a la posada.

El parapeto tras el que se habían protegido los soldados de la guardia real ardía con grandes llamas, obligando a los defensores a buscar otro refugio. Galvián miró a su alrededor, pero no había solución posible. Si entraban en la posada, acabarían sucumbiendo al fuego o morirían de asfixia. Y, luchando a campo abierto, no podrían vencer a un enemigo que, aunque mermado, seguía siendo más numeroso.

—¡Erik! —gritó el general—. ¡Tenéis que marcharos de aquí cuanto antes!

—¿¡Cómo!? —preguntó el muchacho sin comprender.

—No aguantaremos mucho tiempo —reconoció Galvián, acercándose a los muchachos—. Coged los caballos y escoltad al príncipe hasta la frontera. Es nuestra única esperanza.

Erik le miró horrorizado, comprendía que tenía razón, pero obedecer esa orden significaba aceptar el sacrificio de Galvián y del resto de soldados.

—Podemos huir todos —propuso el muchacho en tono de súplica.

—No, son más y no tardarían en cazarnos en el bosque. Debéis escapar mientras nosotros los contenemos, puede que así no os vean y tengáis alguna posibilidad de llegar a la frontera con vida.

—Pero...

—¡Erik, no hay tiempo! —le interrumpió Galvián con firmeza. El general miró a los demás muchachos y al príncipe, que habían presenciado todo en silencio. En su rostro cansado apareció una ligera sonrisa—. Alteza —dijo, mirando al príncipe Harald—, confío en que seréis un gran rey. Ha sido un honor conoceros —añadió paseando su vista por los muchachos antes de volver al exterior.

El fuego continuaba su tarea, y la humareda era cada vez más densa. En pocos minutos el techo se derrumbaría y sería imposible llegar a las cuadras.

—¡Vamos! —dijo Erik adentrándose en la posada con ojos llorosos.

Volvieron al comedor y, desde allí, accedieron al patio. El fuego iluminaba la noche y producía sombras espectrales. Los muchachos abrieron la puerta de las caballerizas, y escucharon el estruendo producido por los golpes y relinchos frutos de la inquietud de los animales. Sin tiempo que perder, ensillaron un caballo para el príncipe, agradeciendo no tener que hacer lo mismo con los suyos gracias al consejo de Markus.

—Haced que salgan todos los caballos —indicó Erik cuando volvieron a encontrarse en el patio.

Los muchachos lo miraron sorprendidos.

—Erik, no hay tiempo para eso ahora —repuso Kodran—. Dejaremos la puerta abierta y saldrán ellos solos cuando vean que están en peligro.

—Kodran, por favor, confiad en mí y haced lo que os he dicho —insistió el muchacho mientras cogía su arco y el carcaj de la silla de Darko—. Darren, ven conmigo. Alteza, quédese aquí hasta que yo se lo diga.

Sin entender muy bien lo que estaban haciendo, Gunnar y Kodran, tras atar a sus caballos a uno de los postes, volvieron a entrar en las cuadras y obligaron a todos los animales a salir de allí. Los caballos estaban muy nerviosos y reaccionaban de maneras muy distintas, pero finalmente salieron todos al patio seguidos de los muchachos.

—Ya está —dijo Kodran buscando a Erik con la mirada—. ¿Dónde...?

El chico dejó la pregunta a medias al distinguir a Erik y a Darren, con sus arcos preparados, junto a la puerta trasera de la posada. Inmediatamente comprendió el plan y, sin necesidad de más explicaciones, él y Gunnar azuzaron a los caballos hacia el exterior en cuanto Erik abrió el portón. Los animales se apresuraron a escapar de las llamas, tropezando entre ellos al intentar salir del patio todos a la vez.

Erik y Darren habían salido antes de que se produjera la estampida y, agazapados a ambos lados de la puerta, vigilaban los alrededores en busca de alguna reacción. No hizo falta que esperaran más que unos instantes; en cuanto salieron los primeros caballos, diez hombres emergieron de las sombras dispuestos a interceptar a los fugitivos.

Erik fue el primero en disparar y derribar a uno de sus atacantes. Mientras colocaba una nueva flecha, vio caer a otro mercenario y supo que Darren también los había visto. Los muchachos consiguieron abatir a otros tres hombres antes de ser descubiertos por los atacantes.

—¡Ahí están! —gritó uno de ellos señalándoles, antes de que una flecha se le clavara en el hombro.

—¡Darren, entra! —indicó Erik disparando una última vez.

Los dos muchachos corrieron al interior del patio, y se apartaron del camino al ver a sus dos amigos y al príncipe Harald con las ballestas cargadas y apuntando a la puerta. Instantes después entraron cuatro guerreros, gritando amenazadores, espadas en mano. Los dos primeros cayeron nada más cruzar el portón, pero los siguientes continuaron su avance imparables, dispuestos a descargar sus armas sobre los muchachos. Sin tiempo para volver a cargar, intentaron desenvainar sus espadas, retrocediendo instintivamente. Los dos mercenarios ya casi los habían alcanzado cuando, simultáneamente, se retorcieron en un gesto de dolor, antes de caer al suelo sin vida, alcanzados por las flechas de Erik y Darren.

—Rápido, a los caballos —indicó Erik montando en Darko de un salto.

En cuanto salieron al exterior, el muchacho vio al mercenario que había herido en el hombro poniéndose en pie con dificultad. Al ver acercarse a los jinetes, se apartó del camino y buscó refugio en los matorrales.

—Hay que acabar con él antes de que avise a los otros —gritó Kodran que cabalgaba justo detrás de Erik.

Antes de que hubiera finalizado la frase, el sonido de un cuerno volvió a escucharse por segunda vez en esa noche.

—¡Maldita sea! ¡Vámonos, rápido! —gritó Erik.

Espoleados por sus jinetes, los caballos emprendieron la fuga al galope, desvaneciéndose en la oscuridad.

Cabalgaron sin descanso varios minutos, sin atreverse a mirar atrás por miedo a lo que pudieran encontrarse. En el silencio de la noche, el martilleo incesante de las herraduras sonaba como los latidos de un corazón desbocado, mientras los muchachos se aferraban a sus caballos con desesperación.

Al llegar a lo alto de una colina, Erik tiró de las riendas de Darko, que se detuvo con un resoplido.

—¿Ves algo? —inquirió Kodran cuando estuvieron todos parados.

Hubo unos instantes de silencio mientras escrutaban la noche.

—¡Allí! —indicó Darren, señalando un punto en la lejanía.

—¿Cuánto tiempo les llevamos de ventaja? —inquirió Gunnar.

—No más de diez minutos —respondió Erik.

—¿Y si nos escondemos en el bosque? —propuso Kodran—. Aún faltan un par de horas para que amanezca, seguramente pasarán de largo.

—Y después, ¿qué? —objetó Erik—. Saben adónde nos dirigimos, pueden esconderse y asaltarnos en cualquier momento. Nuestra única opción es llegar a la frontera antes de que nos alcancen. ¿Alteza? —preguntó el muchacho, cediéndole la decisión.

—No tenemos tiempo que perder —repuso el príncipe—. ¡Adelante!

Reemprendieron la marcha confiando en la velocidad y resistencia de sus caballos. Los animales parecían comprender la gravedad de la situación, y galopaban veloces, conduciendo a sus jinetes por los caminos oscuros.

Darko era el más rápido con diferencia, y Erik tuvo que frenarlo en varias ocasiones para no despegarse del grupo. El gran caballo negro no parecía sentir el cansancio y volaba impetuoso, confundiéndose con la noche; mientras que el del príncipe comenzaba a quedarse ligeramente rezagado.

Al llegar a una bifurcación, volvieron a detenerse para dar un pequeño descanso a sus monturas. Erik retrocedió unos metros y comprobó la marcha de sus perseguidores. Aunque no era fácil calcular la distancia en un terreno tan desigual, tuvo la impresión de que los mercenarios habían conseguido recortar la diferencia que los separaba. El muchacho se giró levemente cuando escuchó a sus compañeros acercándose.

—¿Cuánto falta para la frontera? —preguntó Darren consciente de la situación.

—No estoy seguro, pero por lo menos dos horas —contestó el muchacho claramente preocupado.

—No lo conseguiremos —dijo Kodran antes de darse cuenta.

—Tenemos que ganar tiempo, aunque solo sean unos minutos —dijo Erik mientras tomaba su arco y comenzaba a desmontar.

—¿Qué estás haciendo? —inquirió Gunnar alarmado.

—Alteza, vuestro caballo es el más lento —contestó el muchacho decidido, acercándose el príncipe con Darko de las riendas.

—No —se opuso, al comprender las intenciones del muchacho.

—Es el único modo. Yo los entretendré e intentaré desviarlos del camino. Darko es un caballo rápido y fuerte, os llevará hasta la frontera.

—No voy a llevarme tu caballo y dejar que te sacrifiques por mí.

—Si no los detenemos de algún modo, nos sacrificaremos todos —razonó el muchacho con urgencia—. No vamos a dejar que os cojan, y si nos alcanzan tendremos que luchar a la desesperada. De este modo hay alguna opción de que...

—Tienes razón —dijo Darren—, yo me quedaré contigo.

—No, Darren.

—Tú solo no los entretendrás mucho tiempo, y yo soy el mejor arquero de los tres —declaró mirando a Gunnar y Kodran que no pudieron negarlo.

Erik miró al muchacho y asintió en silencio, agradecido.

—¡Vamos! —indicó—. Ya hemos perdido demasiado tiempo.

El príncipe desmontó de su caballo en silencio. Cuando se acercó a Darren y a Erik para despedirse de ellos, los muchachos vieron que sus ojos estaban anegados en lágrimas.

—Gracias —fue lo único que consiguió decir con voz quebradiza.

—¡Tenéis que llegar con vida! —le urgió Erik entregándole las riendas de Darko.

Gunnar y Kodran observaban todo, incapaces de hablar. El dolor les arañaba las entrañas, nublándoles la vista y desgarrando su corazón. Pero no podían hacer nada. Su amigo estaba en lo cierto y ellos lo sabían.

—Nos vemos en la frontera —se despidió Erik.

—Por favor... —comenzó a decir Gunnar.

—¡Vamos, Darko! —le impelió su amo, palmeándole el costado.

El gran caballo negro obedeció de inmediato, obligando al príncipe a agarrarse con fuerza. Gunnar y Kodran miraron a los muchachos una última vez y se pusieron en marcha.

Capítulo XXV

—¿Has cogido tu espada? —preguntó Darren.

Erik sonrió.

—Sí.

—Me alegro porque esta vez no pensaba prestártela —repuso el muchacho con un guiño—. Bueno, ¿cuál es el plan?

—Nos ponemos a un lado del camino, escondidos tras unos árboles y, cuando se acerquen, empezamos a disparar con el arco hasta que nos descubran.

—¿Y entonces?

—Montamos en nuestros caballos y huimos por allí —indicó, señalando una ruta distinta a la que habían seguido el príncipe, Gunnar y Kodran.

—Parece sencillo.

—Lo malo va a ser escapar sin que nos cojan —añadió Erik.

—Bueno, ya nos preocuparemos por eso cuando llegue el momento.

—Darren...

—Me alegro de haberte conocido, Erik —le interrumpió el muchacho.

—Eso dímelo cuando esto acabe —contestó el aludido esbozando una sonrisa.

Mientras Darren observaba el avance de sus perseguidores, Erik arrancó una rama y la usó para limpiar las huellas de los primeros metros del camino que habían tomado sus amigos.

—Espero que no sean muy buenos rastreadores —dijo al llegar junto a Darren.

—¿Crees que dará resultado?

—No podemos hacer nada más.

Los muchachos se apostaron a un lado del camino, ocultos en las sombras tras unos árboles. Sus caballos esperaban unos metros atrás, entre la espesura.

Erik se sentía extrañamente tranquilo, y lo mismo parecía ocurrirle a Darren, agazapado unos pasos a su izquierda. Al tensar su arco y apuntar hacia el camino, el muchacho no pudo evitar el recuerdo de una situación similar acaecida el año anterior, cuando esperaron a las hordas bárbaras subidos a unos árboles, a la entrada de la aldea.

«Espero que salga igual de bien» pensó el muchacho justo antes de que aparecieran los primeros jinetes.

Desde su escondite, dominaban el tramo del camino comprendido entre una curva y la bifurcación; más de sesenta metros para intentar sembrar el caos y mermar a sus enemigos. La táctica era inequívoca, disparar en cuanto aparecieran, y salir corriendo antes de verse rodeados. Lo que no estaba tan claro era si conseguirían cumplir la segunda parte. No sabían cuántos soldados iban tras ellos, ni a cuantos podrían abatir antes de ser descubiertos.

La tensión, inexistente hasta entonces, hizo acto de presencia a la vez que los mercenarios. Erik sintió que le faltaba el aire, y que sus músculos amenazaban con agarrotarse. Se esforzó por mantener la calma inspirando con profundidad, y clavó la vista en el jinete de vanguardia antes de soltar la flecha.

Dos hombres cayeron simultáneamente, perdiéndose entre las patas de los caballos que marchaban detrás. Los jinetes que les seguían se detuvieron instintivamente, al mismo tiempo que otra andanada causaba dos nuevas víctimas. Superada la sorpresa inicial, los perseguidores espolearon a sus caballos para huir cuanto antes de aquella trampa mortal. Erik y Darren los vieron acercarse y dispararon otra vez. Ya habían alcanzado a seis mercenarios, pero aún quedaban otros quince con vida y dispuestos a acabar con ellos.

Solo tuvieron tiempo de realizar un nuevo disparo, antes de verse obligados a retroceder para no quedar expuestos.

—¡Allí! —gritó uno de los mercenarios.

—¡Nos han visto! —susurró Darren que corría junto a Erik.

—Rápido, monta en tu caballo y vete, yo te cubriré —le índico Erik, deteniéndose al llegar junto a los animales.

—Ni lo sueñes —repuso el muchacho tirando del brazo de su amigo para que continuara corriendo—. Sé tan bien como tú que no nos seguirán por ese camino. En cuanto descubran que el príncipe no está aquí, irán hacia la frontera. Tenemos que acabar con ellos o, al menos, retrasarlos un poco más.

Erik le miró sorprendido. Los mercenarios habían desmontado, pero aún no les seguían.

—Empiezo a comprender a mi padre —protestó el muchacho en voz baja—. De acuerdo, tenemos que separarnos. Intentaremos atraerlos hacia el interior del bosque.

Partieron en direcciones distintas, caminando agachados entre los arbustos. Erik llegó a un árbol de tronco grueso desde el que, a través de ramas y matojos, se adivinaba el lugar en el que se habían detenido sus perseguidores.

—¡Vamos! —susurró el muchacho al ver que los mercenarios no se decidían a entrar en el bosque para perseguirles.

Existía la posibilidad de que sus perseguidores decidieran continuar la marcha y esperarles más adelante. En ese caso, era muy probable que descubrieran las huellas y...

Erik interrumpió sus cavilaciones al distinguir un par de sombras avanzando con precaución hacia el lugar en el que permanecían atados los caballos. Si se quedaba quieto, era posible que no lo encontraran, pero entonces continuarían su camino; así que esa no era una opción válida. Había que pasar al ataque pero, para poder disparar el arco, tendría que incorporarse, descubriendo su posición.

—Vamos allá —se dijo, agarrando el arma con manos firmes.

En un solo movimiento, el muchacho se irguió sobre sus rodillas, tensó el hilo y disparó, derribando al hombre que marchaba en retaguardia. Aunque se tiró al suelo nada más soltar la flecha, no pudo evitar que le descubrieran, y, segundos después, escuchó un murmullo de voces acercándose.

Erik, sentado en el suelo y con la espalda contra el grueso tronco, colocó una nueva flecha en su arco, y se dispuso a comenzar la fuga. Antes de levantarse, escuchó un silbido al que siguieron un grito de dolor y varios de alarma.

—¡Allí hay otro!

Aprovechando la oportunidad que le brindaba Darren, se puso en pie de un salto, y volvió a disparar antes de salir corriendo.

Sin necesidad de mirar atrás, supo que había varios hombres persiguiéndole, y escuchó el impacto de una flecha al clavarse en algún árbol cercano. No había más alternativa que seguir corriendo y, mientras le siguieran, estaría consiguiendo su propósito.

La oscuridad de la noche cubría su fuga, pero también le dificultaba escapar a mayor velocidad. Erik corría casi a ciegas, descubriendo los obstáculos momentos antes de chocar contra ellos, sin dejar de sentir la presencia amenazadora de sus perseguidores.

La ligera pendiente por la que estaba descendiendo comenzó a hacerse más pronunciada, provocando que el muchacho aumentara la velocidad hasta casi perder el equilibrio. Consiguió esquivar un tronco, hacia el que se dirigía descontrolado, y lo siguiente que vio fueron unos pocos árboles y un enorme vacío. Sin tiempo para pensar, se lanzó al suelo, esperando que la caída le detuviera antes de llegar al precipicio hacia el que se dirigía. Rodó sobre sí mismo, mientras trataba de aferrarse a algo firme, presintiendo ya un terrible desenlace. A pocos metros del barranco, sus piernas golpearon contra un árbol y, con un rápido movimiento, se agarró al tronco deteniendo su caída, sin poder ahogar un gemido de dolor. Incapaz de hacer nada para evitarlo, el muchacho vio su arco deslizándose hacia el precipicio hasta desaparecer en el vacío.

—¡Genial! —mascullό dolorido y malhumorado, sin soltarse del árbol. —Alarmado por un terrible presentimiento, se llevó la mano al cinto en busca de su espada, temeroso de haberla perdido—. Menos mal —suspiró al tocar la empuñadura.

Con cuidado, comenzó a incorporarse, buscando una superficie estable entre las hojas secas y el musgo humedecido por el relente. Al ponerse en pie, comprobó que el golpe, aunque doloroso, solo le había magullado los muslos, sin llegar a causarle ninguna lesión de importancia.

Presintiendo la cercanía de sus perseguidores, se apresuró a ascender por la empinada ladera para no resultar tan vulnerable. Avanzaba casi a rastras, intentando no hacer ruido para no llamar la atención de los mercenarios a los que ya podía escuchar.

—¿Dónde está? —dijo uno de ellos en un susurro.

Erik había conseguido refugiarse tras unos arbustos de grandes dimensiones. Desde su posición, podía ver a los tres hombres que se acercaban, sin que ellos se percataran de su presencia.

—No puede andar muy lejos —replicó una voz áspera.

Los soldados avanzaban por la pendiente con la vista fija en los pocos árboles que les separaban del barranco. Ya estaban a menos de veinte pasos del escondite del muchacho, y no tardarían en descubrirle. Sin atreverse a respirar, Erik observaba a sus enemigos intentando tomar una decisión. Solo uno de ellos iba armado con una ballesta, los otros dos golpeaban los matojos con sus espadas y no parecía que llevasen más armas consigo. Si salía corriendo, se arriesgaba a recibir el impacto de una flecha; pero si se quedaba allí quieto... Su mirada nerviosa reparó en un pedrusco a pocos centímetros de sus rodillas. Sigilosamente, lo agarró y aguardó a que los mercenarios se acercaran un poco más.

El soldado de la ballesta marchaba en primera posición, mirando de un lado a otro, sin dejar de apuntar a las sombras. Cuando estuvo a menos de diez pasos del gran arbusto, Erik se levantó y lanzó la piedra con todas sus fuerzas, golpeándole en el estómago. Antes de que pudieran reaccionar, el muchacho se abalanzó sobre ellos amenazante, blandiendo su espada desnuda con la que arrebató la ballesta de las manos del soldado que, encogido por el impacto, se encontró rodando pendiente abajo sin llegar a entender lo que había ocurrido. Aprovechando el desconcierto de los otros dos mercenarios, Erik se abrió camino entre ellos, lanzando golpes furiosos, que no llegaron a alcanzarles, pero que bastaron para hacerles retroceder unos pasos.

Emprendió una nueva carrera, intentando ignorar el dolor de sus piernas magulladas. La escasa ventaja sobre sus perseguidores no le bastaría para escapar, pero el tiempo seguía pasando y, a cada segundo, el príncipe y sus amigos estaban más cerca de la frontera.

Podría detenerse y luchar —quizá los derrotara—, pero estaban acercándose al camino y eso significaba que los mercenarios podrían llamar a sus compañeros. No, el combate cuerpo a cuerpo tendría que ser la última salida; antes había que entretenerlos todo lo posible y, para eso, lo mejor era seguir huyendo.

Tras varios giros y quiebros, Erik se desorientó sin saber exactamente en qué dirección corría. Desde un principio había querido mantenerse alejado de Darren para obligar a sus enemigos a dividirse, pero ahora ya no sabía hacia dónde le conducía su fuga. Detrás de él, los dos soldados se esforzaban por no perderle de vista, aunque les estaba costando mantener el ritmo. De vez en cuando, alguno de ellos lanzaba un grito de advertencia a sus compañeros, pidiendo refuerzos; pero, afortunadamente para el muchacho, hasta el momento no habían obtenido respuesta.

Sintiendo cada vez más lejos a sus perseguidores, Erik comenzó a creer en sus posibilidades de escapar con vida. Si conseguía aguantar un poco más, los perdería de vista y podría ocultarse, y, después, tratar de alejarse de allí antes de que amaneciera. Con el tiempo que habían perdido, los mercenarios ya no podrían atrapar al príncipe en el camino.

Una presencia cercana le sacó de sus pensamientos. Alguien corría hacia él a escasa distancia, aunque los árboles le impedían verlo con claridad. No sabía si le habían visto, pero no podía esperar a comprobarlo. Cambió el rumbo de sus pasos para alejarse de esta nueva amenaza, sin embargo tuvo que detenerse pocos metros después; ante él se alzaba una infranqueable pared de roca.

Sintiéndose acorralado, miró a su alrededor en busca de una salida, pero no había más camino que el que había seguido para llegar allí. Antes de ponerse de nuevo en marcha, escuchó los pasos cercanos de su perseguidor, y supo que había llegado el momento de luchar por su vida.

—¡Erik! —exclamó Darren sorprendido, apareciendo de entre la oscuridad.

—¡Darren! —respondió el muchacho, sin salir de su asombro—. Por aquí no hay salida, ¡rápido! —indicó, sin tiempo que perder.

Corrieron juntos sin saber hacia dónde se dirigían, adivinando la presencia de perseguidores en diferentes puntos del bosque. Siguieron el rumbo que les pareció más seguro y, momentos después, se encontraron de nuevo en el camino principal, donde esperaban los caballos de sus perseguidores.

—¿Pero qué...? —bramó uno de los mercenarios que aguardaba allí al ver aparecer a los muchachos.

—¡Alto ahí! —ordenó su compañero desenvainando la espada.

Se giraron dispuestos a regresar al bosque, pero enseguida comprendieron que ese camino ya estaba cerrado. Podían escuchar a sus perseguidores acercándose a gran velocidad.

Erik miró a Darren, que comprendió las intenciones de su amigo. Sin mediar palabra, se abalanzaron a por los mercenarios, lanzando potentes mandobles. Los dos guardias consiguieron detener la embestida, y pasaron al ataque.

Los golpes de los mercenarios eran más fuertes que diestros, y Erik conseguía desviarlos sin dificultad. Mientras tanto, Darren estaba teniendo algunos problemas para defenderse, pero de momento seguía ileso.

Tras varias estocadas fallidas, el soldado alzó su espada antes de descargarla con todas sus fuerzas. Erik vio su oportunidad y, con una rápida finta esquivó el golpe y hundió el arma en el costado de su agresor. Inmediatamente corrió al auxilio de su amigo, pero en ese momento tres mercenarios salieron del bosque y se unieron a la lucha. Erik palmeó a los caballos, que empezaron a moverse inquietos, dificultando el avance de sus enemigos. El muchacho llegó junto a Darren pero, antes de poder asistirle, tuvo que darse la vuelta y enfrentarse a un nuevo ataque.

Espalda contra espalda, los chicos intentaban mantener alejados a sus enemigos lanzando cortos ataques. Podían aguantar así un tiempo, pero Erik sabía que, en cualquier momento, aparecerían los demás mercenarios y ya no habría opción de escapar con vida. El muchacho intentó acabar con alguno de sus contrincantes, sin embargo estos rehuían el combate directo, sabedores de su ventaja.

No tuvieron que esperar mucho. Tras uno de sus ataques fallidos, Erik vio a cinco hombres saliendo del bosque a menos de treinta metros de distancia. Darren también los vio y comenzó a luchar con más fiereza, pero no había nada que hacer. Aun así, los muchachos continuaron sus embates, decididos a vender cara su sangre.

Los recién llegados aceleraron el paso al ver a sus compañeros luchando contra los chicos; uno de ellos llevaba una ballesta cargada, y avanzaba con paso seguro dispuesto a finalizar el combate. Sin dejar de luchar, Erik recordó unas palabras de Markus, dichas meses atrás, cuando fueron a rescatar a Árkhelan: «Lo importante no es ganar o perder, sino ser capaz de mirar a los ojos a tu adversario hasta el último momento. Se muere como se ha vivido».

Desde entonces, el muchacho las había evocado con frecuencia, preguntándose si él sería capaz de afrontar así sus últimos instantes.

«Mirar a los ojos al adversario hasta el último momento». Repitió para sí, alzando la vista hacia sus enemigos.

Al clavar su mirada en los mercenarios que tenía delante, Erik vio algo que le sorprendió. El hombre de la ballesta y sus compañeros se habían detenido y escuchaban atentamente. Durante unos instantes parecieron dudar y, antes de que hubieran tomado una decisión, un grupo de jinetes apareció en el camino.

El trepidar de los caballos galopando sembró el desconcierto entre los mercenarios, que no supieron cómo reaccionar. Antes de que pudieran organizarse, una lluvia de flechas abatió a dos guerreros, y puso en fuga al resto. Erik y Darren vieron asombrados cómo los cuatro hombres que les rodeaban instantes atrás se apresuraban a montar en sus caballos para huir, pero ninguno de ellos consiguió su propósito: los jinetes embistieron espada en mano y, en pocos segundos, todos los mercenarios habían sido abatidos.

Capítulo XXVI

—¿¡Dónde está el príncipe!?

Uno de los jinetes se había acercado a los muchachos, mientras el resto comprobaban que no quedaba ningún enemigo por los alrededores.

—¡Erik! ¿Dónde está el príncipe? —insistió mientras desmontaba.

—¿Konrad? —preguntó el muchacho volviendo en sí.

Todo había ocurrido tan deprisa que la mente de los chicos vagaba confusa, sin acabar de comprender lo que estaba pasando. Hacía solo unos instantes, se habían encontrado frente a una muerte segura y, ahora...

—Sí, soy yo —contestó el escudero agarrando al chico por los hombros—. ¿Estáis bien?

—Sí —dijo Erik mirando a Darren—, pero ¿cómo...?

—Nuestros atacantes se dividieron cuando se escuchó el sonido del cuerno —explicó Konrad—. Un grupo fue en vuestra búsqueda y otro continuó atacándonos. Seguían siendo más que nosotros, pero combatían de un modo muy indisciplinado y conseguimos derrotarlos... Aunque hemos tenido muchas bajas —añadió con evidente dolor.

Erik miró a los soldados que le rodeaban y, adivinando la respuesta, preguntó:

—¿Galvián? —El escudero se limitó a asentir—. Lo siento muchísimo —dijo aturdido—, sé que erais muy amigos...

—Sí —reconoció Konrad—. Pero ahora tenemos que seguir con nuestra misión —repuso sobreponiéndose a su sufrimiento—, ya habrá tiempo para llorarle cuando todo esto acabe. ¿Dónde está el príncipe?

Brevemente, Erik le contó lo ocurrido desde que habían escapado de la posada hasta el momento de su separación.

—Nos llevan mucha ventaja —concluyó el muchacho—. Espero que no les haya ocurrido nada malo.

—Tenemos que ponernos en marcha y llegar a la frontera cuanto antes —anunció Konrad al ver que todos los guardias estaban listos para continuar el viaje.

—¿Cree que habrá más mercenarios esperando en el camino? —le preguntó Darren al escudero, cuando él y Erik hubieron montado en sus caballos.

—Prefiero no planteármelo.

Además de Konrad, solo trece soldados de la guardia real habían sobrevivido al ataque de los mercenarios. Más de la mitad de la escolta del príncipe había perdido la vida, y aún no era seguro que la misión fuera a tener éxito.

Erik cabalgaba en silencio junto a Darren sin parar de darle vueltas a lo ocurrido, preguntándose una y otra vez por el paradero de sus amigos, y con una preocupación creciente por su padre, por Markus y por los demás componentes del ejército Dursmanni.

El amanecer los encontró a pocas millas de la frontera. No habían hallado ningún obstáculo en el camino, pero eso no quería decir que no lo hubiera habido con anterioridad. Erik se había adelantado a la comitiva para inspeccionar el suelo en busca de huellas que pudieran darle alguna información, pero esa parte del camino solía ser muy transitada y el muchacho no había sacado nada en claro.

En cuanto divisaron el puesto fronterizo, todos los jinetes espolearon a sus caballos y recorrieron al galope los últimos metros, ansiosos por descubrir cuanto antes si el príncipe había conseguido llegar. Erik, acostumbrado a la velocidad de Darko, comprobó con frustración cómo se iba quedando rezagado mientras los demás volaban hacia la frontera.

Cuando llegó a las proximidades del paso fronterizo, no siguió al resto de jinetes sino que, sin desmontar de su caballo, fue recorriendo la ribera del río, salpicada de pequeñas construcciones de uso militar, hasta encontrar lo que buscaba.

—¡Darko! —gritó, desmontando de un salto. Se acercó apresuradamente hacia el lugar en el que estaban amarrados su caballo y los de sus amigos, y los palmeó con cariño sin dejar de mirar a su alrededor—. No sabéis cuánto me alegro de veros aquí, especialmente a ti —dijo abrazándose a la cabeza de Darko.

—¿Tan mal estás que ahora hablas con los caballos? —dijo una voz familiar tras él.

—¡Kodran! —gritó girándose—. ¿Lo habéis conseguido? ¿Habéis...?

—Estamos todos bien, pero tú estás loco —repuso acercándose a su amigo y abrazándolo con fuerza—. ¿Y Darren?

—Está bien.

—Estás loco —repitió Kodran al separarse—. Pensaba que no volvería a verte, creí que...

—¿Que iban a matarnos? Pues lo cierto es que esta vez ha faltado muy poco —confesó el muchacho con una sonrisa.

Mientras acompañaba a Kodran a la tienda en la que esperaban Gunnar y el príncipe, Erik le puso al corriente de lo ocurrido en las últimas horas.

—Espero que sir William pague por todas y cada una de las muertes que está provocando —comentó el muchacho con rabia.

—Solo quedan unas horas para poner fin a su tiranía —repuso Erik.

Los cuatro guardias que vigilaban la tienda hicieron ademán de impedir el paso a Erik pero, tras la explicación de Kodran, se apartaron para dejarle entrar.

—Mirad lo que me he encontrado junto al río —dijo Kodran en tono festivo.

—¡Erik! —gritaron Gunnar y el príncipe a la vez.

El muchacho, feliz de volver a estar entre sus amigos, se sintió halagado por la alegría manifiesta del futuro monarca, aunque notó una punzada de dolor al comprender que debería informarle inmediatamente de la muerte de Galvián y de tantos soldados.

Konrad y Darren aparecieron instantes después de que Erik hubiera terminado su relato. Al verlos, el príncipe se acercó al escudero y le dijo algo que los muchachos no llegaron a escuchar, pero que conmovió visiblemente al veterano soldado.

—¿Se sabe algo de nuestro ejército? —preguntó Erik, rompiendo el incómodo silencio que se había creado involuntariamente.

—He podido hablar con Mirighan, uno de los oficiales —contestó Konrad—, y me ha dicho que hace algo más de una semana llegaron noticias de que un gran ejército recorría las aldeas del norte, anunciando el regreso de la familia real y acusando a sir William del asesinato del rey.

—¿Y...? —inquirió el muchacho ante el repentino silencio de Konrad.

—Obviamente, al Duque de Nordland no le hizo demasiada gracia... Se sabe que hace seis días un ejército de más de mil soldados salió de la ciudad con la misión de acabar con los rebeldes, pero no han llegado más noticias, al menos eso es lo que me ha dicho Mirighan —concluyó el escudero de un tirón.

—¡Más de mil soldados! —repitió Darren en voz baja.

—¿Cree que los habrán encontrado? —inquirió Erik.

—No lo sé —admitió Konrad.

—Pero todos decíais que sir William no se atrevería a enviar al ejército por miedo a que le traicionaran —recordó Gunnar.

—Eso es lo que creían mi padre y Markus, pero ya se ve que estaban equivocados.

—Entonces, ¿es posible que haya habido una batalla entre los dos ejércitos? —intervino Kodran.

—Es posible, pero espero que no haya sido así porque en ese caso tenemos las de perder —contestó Erik.

—No quiero ser pesimista, pero, aunque casi me da miedo imaginármelo: ¿qué haremos si no llega ningún ejército al otro lado de la frontera? —insistió Kodran, formulando la pregunta que estaba en la mente de casi todos.

—Seguiremos adelante —respondió el príncipe con firmeza—, o, mejor dicho, seguiré adelante; vosotros ya os habéis arriesgado más de lo que puedo consentir. Entraré en Altenbruk y marcharé a la ciudad para exigir que se cumpla la ley y que ese maldito asesino traidor sea castigado por sus crímenes.

Los muchachos se miraron entre sí. Se les ocurrían cientos de inconvenientes a la idea del príncipe, pero no era el momento de discutir sobre algo que no tenía por qué pasar.

—Esperaremos aquí —informó Konrad—. Ya tomaremos decisiones más adelante.

—Esperaré hasta el mediodía —puntualizó el príncipe—, y después me pondré en marcha.

—Alteza eso sería un suicidio, es muy posible que haya espías aguardando al otro lado de la frontera —replicó el escudero, que no parecía tan dispuesto como los muchachos a dejar el tema para más adelante.

—Tendré que intentarlo.

—Muerto no seréis de ayuda para vuestro pueblo.

—Tampoco lo seré vivo, si no soy coronado rey —repuso el príncipe con serenidad—. Esta es mi misión en la vida, es el legado que me dejó mi padre, y no pienso detenerme. No puedo quedarme de brazos cruzados, despreciando el sacrificio de todos aquellos que han caído defendiéndome. Haré todo lo que esté en mis manos para conseguir que esas muertes no hayan sido en balde.

—Yo os acompañaré, alteza —intervino Erik.

—Y yo —se unieron los demás muchachos.

—Gracias, pero no puedo aceptar vuestra ayuda.

—Pues lo siento mucho, alteza, pero no le va a quedar otro remedio. Si no hay ejército de apoyo, será porque nuestros padres han muerto en la batalla —explicó Erik— y, como comprenderá, nosotros tampoco queremos que, si eso ha ocurrido, su sacrificio sea estéril.

—Ni yo —se unió Konrad.

—Estoy de acuerdo con todos vosotros —intervino Kodran—, pero creo que no deberíamos adelantar acontecimientos, ¿no? Es cierto que todos estamos dispuestos a dar nuestra vida si es necesario... pero solo si es realmente necesario.

—Tienes razón —admitió el príncipe sonriendo—. Aún es temprano. Esperaremos y ya veremos qué ocurre.

Incapaces de permanecer sentados hasta que llegara el momento de tomar una decisión, los muchachos dejaron al príncipe en la tienda para que intentara descansar, y pasearon por los alrededores tratando de dominar su impaciencia.

—Ya tendrían que haber llegado —comentó Erik con evidente preocupación—. El plan era encontrarnos al amanecer, y solo falta una hora para el mediodía.

—¿Crees que el ejército habrá obedecido a sir William? —preguntó Gunnar.

—Ya no sé qué creer —confesó el muchacho—. Han estado todo este tiempo sin hacer nada, por qué iban a arriesgarse ahora. A lo mejor tenían miedo de rebelarse y que luego el príncipe no consiguiera llegar a la frontera.

—Nuestro ejército también es muy numeroso —comentó Kodran sin mucha convicción—, quinientos Dursmanni más los que hayan conseguido reclutar los que se quedaron aquí... a mi padre y al de Gunnar entre otros.

—Si ha habido una batalla —opinó Darren pensativo—, habrá sido una carnicería.

—Eso es lo que predijo la reina —recordó Erik—, y lo que le dijimos que no iba a pasar.

—Y no tiene por qué haber pasado —dijo Kodran intentando animar a sus amigos.

—Menos de una hora —concluyó Erik con la mirada fija en la otra orilla.

El plazo marcado por el príncipe expiró sin que hubiera llegado noticia alguna del tan esperado ejército.

—¿Y si esperamos un poco más? —le propuso Kodran.

—Aún nos queda un largo camino hasta la ciudad. No hace falta que me acompañéis...

—Eso ya está decidido, alteza —le interrumpió el muchacho—. Partiremos cuando estéis preparado.

—Pues, entonces, cuanto antes —contestó el príncipe.

Solo Konrad y los muchachos formaban la escolta del joven monarca. Los guardias que habían sobrevivido al ataque de la posada se acercaron para despedirse de la comitiva.

—Suerte —dijo uno de los oficiales—, desearía poder acompañaros.

—Ahora nos toca a nosotros —repuso Konrad—. Muchas gracias por vuestra ayuda. No hubiéramos llegado hasta aquí de no ser por vosotros. Siento la muerte de tantos... —la emoción impidió al escudero concluir la frase.

—¿Vamos? —le preguntó Erik, acercándose con Darko de las riendas.

—Vamos —contestó Konrad con voz firme.

Montados sobre sus caballos, se acercaron al puente que debía conducirlos de vuelta a su país.

Los soldados que vigilaban la salida de Ingerland los saludaron respetuosos. Todos estaban informados de lo ocurrido la noche anterior, y admiraban el coraje del príncipe y de sus acompañantes.

—¡Larga vida al príncipe Harald! —gritó uno de ellos.

—¡Larga vida al príncipe Harald! —repitieron sus compañeros.

—Al menos empezamos bien —comentó Erik a Darren, que cabalgaba a su lado—. Ya veremos cómo acabamos —añadió para sí.

Capítulo XXVII

Dejaron atrás el puesto fronterizo de Ingerland y avanzaron lentamente hacia Altenbruk. Se cruzaron con algunas personas que, desconocedores de quiénes eran esos seis jinetes, no les prestaron demasiada atención.

—¿Y qué haremos al llegar al otro lado? —preguntó Erik a Konrad—. Seguramente alguno de los guardias reconocerá al príncipe.

—Hablaré con el oficial al mando y le pediré que designe a algunos soldados para que nos acompañen hasta la ciudad.

—¿Se fía de ellos?

—¿Me queda otro remedio?

—Alto —indicó uno de los vigilantes del puesto fronterizo.

Konrad desmontó y se acercó al guardia que les había ordenado detenerse.

—Necesito hablar con el oficial al mando.

El soldado pareció sorprendido por la petición, pero tras unos momentos de duda asintió levemente.

—Esperen aquí —les dijo antes de irse.

Los muchachos desmontaron y permanecieron silenciosos junto a sus caballos.

—Soy el capitán Wolterk —informó el hombre que acababa de llegar—, me han dicho que habéis preguntado por el oficial al mando.

—Así es. Mi nombre es Konrad Donher, acompaño al príncipe Harald en su regreso a Altenbruk para ser coronado —informó el escudero—. Anoche sufrimos un ataque en el que murieron muchos de los soldados que escoltaban a su alteza real hasta la frontera. Afortunadamente, conseguimos escapar, aunque el general Galvián fue uno de los que cayeron en el combate.

—¿El general Galvián ha muerto? —preguntó el oficial sorprendido.

—Sí —contestó Konrad tratando de ocultar su dolor—. Es posible que los mismos que ordenaron el ataque de ayer hagan un nuevo intento mientras nos dirigimos a la ciudad, así que necesitamos poder disponer de una escolta que nos acompañe en nuestro viaje.

—Comprendo —contestó el oficial—. Alteza —añadió, saludando con una reverencia al príncipe, que se había acercado a Konrad—. Nos alegramos de su regreso.

—Gracias, yo también me alegro de volver.

—Tiene un carruaje y una escolta esperándole desde ayer por la mañana —continuó informando el capitán.

—¿Desde ayer por la mañana? —preguntó el príncipe sorprendido.

—Sí, los ha enviado el Duque de Nordland para que le acompañen en su regreso a palacio.

Los muchachos se miraron alarmados y Konrad pareció quedarse sin palabras durante unos segundos.

—¿Hay algún problema? —inquirió el capitán al ver la reacción que habían producido sus palabras.

—Sí —se adelantó a decir Erik ante la falta de respuesta de los demás—, tenemos motivos más que justificados para pensar que el ataque de anoche fue ordenado por el Duque de Nordland. Y si queríamos una escolta era precisamente para defendernos de los mercenarios de sir William.

El oficial no disimuló su asombro ante las palabras del muchacho.

—Esa es una acusación muy grave —dijo al fin—. Alteza, supongo que no creeréis que vuestro tío...

—Me temo que sí lo creo —contestó el príncipe.

—Yo... —titubeó el capitán Wolterk—. Mis órdenes eran avisar a la guardia enviada por el Duque de Nordland cuando...

—¿Les habéis avisado? —preguntó Konrad.

—En realidad no ha hecho falta. Desde que llegaron, siempre ha habido alguno de estos soldados haciendo guardia en el puente —contestó, dirigiendo su mirada a dos militares apostados unos metros más atrás.

Justo en ese momento, se escuchó el ruido de un carruaje acercándose, y los recién llegados pudieron ver la escolta que el Duque de Nordland había enviado para recibir a su sobrino.

—Y, ahora, ¿qué hacemos? —preguntó Erik.

—No voy a volver a Ingerland —sentenció el príncipe.

—Y nosotros no vamos a dejaros solo en manos de esos mercenarios —añadió Kodran.

Mientras deliberaban sobre sus posibilidades, uno de los guardias de la escolta se acercó a ellos.

—Alteza —saludó con una profunda inclinación—, vuestro tío os envía sus más cariñosos saludos, y os ha cedido su carruaje personal para que podáis realizar el viaje de regreso a palacio lo más cómodamente posible.

—Gracias —contestó el príncipe conteniendo su ira.

—Si me acompañáis... —le invitó el guardia.

—No... —suplicó Konrad en voz baja.

—¿Se os ocurre una idea mejor?

El escudero se mordió los labios mientras buscaba alguna respuesta que pudiera hacer desistir al príncipe de su propósito.

—Pues, vamos allá —dijo Erik.

—Nuestras órdenes son escoltar al príncipe —dijo el guardia desconcertado—, no...

—Las nuestras también —repuso el muchacho.

Tras echar un rápido vistazo a los acompañantes del príncipe, el guardia sonrió educadamente y asintió.

—Entonces no hay nada más que decir. ¿Vamos?

El príncipe subió al carruaje, mientras que los demás prefirieron continuar usando sus monturas. Veinte guardias completamente armados ocuparon sus posiciones para escoltar al joven monarca.

—¿Algún plan? —inquirió Kodran al montar en su caballo.

—Ya se nos ocurrirá algo —contestó Erik, mirando a su alrededor.

—Eso espero.

El despliegue de soldados había llamado la atención de la gente de la aldea, y el número de curiosos había ido creciendo hasta convertirse en multitud. Las diversas indagaciones de los circundantes habían dado su fruto y, al ponerse en marcha la comitiva, el príncipe partió entre aclamaciones y gritos de bienvenida de los aldeanos.

La primera hora transcurrió sin incidentes. Los muchachos cabalgaban alrededor del carruaje, atentos a todo lo que ocurría a su alrededor; aunque, en el fondo, eran conscientes de que no tenían ninguna posibilidad de hacer frente a sus compañeros de viaje. Al principio, habían circulado por un camino muy transitado, que bordeaba numerosas aldeas. Sin embargo, al llegar a una de las muchas bifurcaciones, tomaron un desvío que les introdujo en una senda casi desierta.

Este detalle no pasó inadvertido a los muchachos ni a Konrad. Sin necesidad de ponerse de acuerdo, todos aumentaron la vigilancia y se prepararon para responder a un ataque.

Continuaron avanzando unos minutos, hasta que, sin ningún motivo aparente, el oficial que encabezaba la expedición dio la orden de «alto».

—Llegó el momento de la verdad —susurró Erik para sí, empuñando disimuladamente su espada.

Los demás chicos le imitaron, mientras el oficial estiraba a su caballo de las riendas, haciéndole dar la vuelta para acercarse al carruaje.

—¿Por qué nos hemos detenido? —preguntó Erik, intentando que su voz sonara despreocupada.

—Son las órdenes.

—¿Las órdenes de quién? —insistió el muchacho.

—Ordenes de sir William —contestó el oficial lanzando una mirada significativa a sus soldados.

Erik se dispuso a hablar, pero, en ese mismo instante se escuchó un aullido cercano. Los soldados, aunque algo sorprendidos, no le dieron mayor importancia; sin embargo, una oleada de esperanza invadió el ánimo de los muchachos, que se esforzaron por no reflejar sus sentimientos.

—¿Puedo saber cuáles son esas órdenes? —inquirió Erik, intentando ganar tiempo.

—Bueno, creo que tenéis derecho a saberlo —replicó el oficial que parecía estar disfrutando de la situación—. El Duque de Nordland desea que el príncipe corra la misma suerte que su padre. De vosotros no dijo nada pero, como habéis insistido en acompañarnos...

—¿Y los mercenarios de anoche?

—Ya le dije que no se fiara de esos pordioseros. Son unos indisciplinados que no sirven más que para el pillaje. Aunque es cierto que tampoco se perdía gran cosa por intentarlo.

—¿Y vosotros? —continuó preguntado el muchacho.

—Nosotros somos la futura guardia real —contestó otro de los soldados—. Los elegidos para las misiones más delicadas.

—Como asesinar al rey —intervino Kodran sin ocultar su rabia.

—¿No os honra que ahora vayamos a hacer lo mismo con vosotros? —repuso el oficial.

—Pues la verdad es que sí que os estamos agradecidos —dijo Erik para asombro de los soldados—. Acabáis de hacer una confesión completa que nos vendrá muy bien para poder acusar al Duque de Nordland de traición —continuó diciendo el muchacho.

Los guardias sonrieron con desdén.

—Lástima que vuestro viaje termine aquí —declaró uno de ellos.

—Yo no estaría tan seguro —le corrigió Erik con la vista en el bosque.

Antes de que pudieran reaccionar, los soldados de sir William se encontraron en medio de una lluvia de flechas. Aprovechando el desconcierto de sus agresores, Konrad y los muchachos atacaron a los guardias que tenían más cerca. Al principio los soldados opusieron resistencia pero, al verse rodeados por un numeroso ejército, los que habían sobrevivido al primer ataque arrojaron sus armas en señal de rendición.

Erik miró a su alrededor disfrutando de la sensación de alegría que comenzaba a embargarle; allí estaban su padre, Markus, Mánkel, los padres de Gunnar y Kodran... y otras caras que no había esperado encontrar, como las de sus amigos Peter, Jacob y Manfred.

Viendo que los soldados Dursmanni ya se habían hecho con el control de la situación, los muchachos corrieron al encuentro de los recién llegados, deseosos de saludarlos a todos cuanto antes.

Erik se acercó a su padre, que venía a su encuentro, y le abrazó con todas sus fuerzas, hundiendo su rostro en los hombros fuertes del ex general. De repente, el muchacho se sintió desfallecer: la tensión de sus músculos se desvaneció, mientras que el cansancio y los malos momentos acumulados cayeron sobre él como un lastre insoportable. Erik comprendió que estaba a punto de derrumbarse e hizo un último esfuerzo por mantener el control y no permitir que los nervios le jugaran una mala pasada. Árkhelan, comprendiendo el estado de su hijo, le susurró palabras tranquilizadoras, sin dejar de apretarle entre sus brazos.

—Ya ha terminado —dijo a media voz—. Ahora solo falta acompañar al príncipe a la ciudad, pero se acabaron los peligros.
—El muchacho consiguió serenarse, aunque la alegría del reencuentro se vio empañada por los tristes recuerdos de la noche anterior. Una infinidad de preguntas se agolparon en su mente: ¿les había encontrado el ejército enviado por sir William? ¿Habían sufrido alguna baja? ¿Por qué no habían llegado a la frontera a la hora prevista?

—Hablaremos de camino a la ciudad —dijo Árkhelan adivinando sus pensamientos—. Es hora de ponerse en marcha.

—Galvián ha muerto —dijo Erik casi sin darse cuenta.

—Lo sé. Nos lo dijo el oficial del puesto fronterizo —le explicó su padre sin ocultar su dolor.

—Ah, claro —comprendió el muchacho—. No hubiéramos logrado llegar aquí de no ser por él y por Konrad. Era un hombre muy valiente.

—Sí, ha sido una gran pérdida.

—¿Os dijo también el oficial de la frontera que los que nos escoltaban eran soldados de sir William? —preguntó Erik cambiando de tema.

—Sí.

—¿Y cómo nos habéis encontrado? Porque hemos tomado un desvío y...

—Agradéceselo a Luna y Sombra —repuso Árkhelan, señalando a los dos lobos que, ahora que Markus les había liberado de sus cadenas, corrían alegres hacia su amo—. Son ellos los que han seguido vuestro rastro.

—Se lo diré a Kodran —contestó el muchacho con una sonrisa pícara, antes de agacharse para recibir el saludo cariñoso de Luna y Sombra.

Arropados por el poderoso ejército Dursmanni, los muchachos cabalgaron despreocupados, aprovechando para enterarse de lo acontecido durante los últimos días.

—Sir William envió a algunos de sus lacayos como oficiales del ejército que debía atacarnos —les contó Markus—. La noticia de nuestro desembarco debió pillarle desprevenido y tomó esa medida desesperada, pensando quizá que así no habría riesgo de que su ejército se amotinara.

—Pero no funcionó —dedujo Kodran.

—Lo cierto es que ha faltado poco para que lo hiciera —repuso el cetrero—. Ante la presencia de los hombres de sir William, los otros oficiales tardaron más tiempo en rebelarse, y nos persiguieron por las montañas, retrasando nuestra marcha.

—¿Y qué ocurrió? —inquirió Gunnar.

—Cuando comprendimos que ya no nos quedaba más tiempo y que, si seguíamos rehuyendo el combate, al final nuestra presencia en Altenbruk no serviría para nada, dejamos de escondernos y les plantamos cara.

—¿¡Luchasteis contra ellos!? —preguntó de nuevo el muchacho sorprendido.

—Afortunadamente no hizo falta, si no, no estaríamos aquí —reconoció Markus—. Cuando los dos ejércitos estuvimos alineados frente a frente, Árkhelan se adelantó y les arengó, diciéndoles que el príncipe estaba a punto de regresar y que era a él a quien debían servir, y no a un traidor sanguinario como el Duque de Nordland.

—¿Los hombres de sir William dejaron que mi padre hablara a sus tropas? —inquirió Erik extrañado.

—Ordenaron a los arqueros que le dispararan, pero ninguno les obedeció. Antes de que tu padre hubiera terminado su discurso, los oficiales ya habían detenido a los lacayos del Duque de Nordland.

—¿Y dónde está ese ejército? —quiso saber Darren.

—Ha ido a la ciudad para detener a sir William y preparar el regreso del príncipe —les informó Jacob, que, junto con Peter y Manfred, cabalgaba cerca de sus amigos.

—Eso está muy bien —comentó Erik satisfecho—, pero ¿qué hubiera ocurrido si los mercenarios de Nordland hubieran matado al príncipe? —planteó el muchacho.

—Aunque no queríamos ni pensarlo —contestó Markus—, sabíamos que existía esa posibilidad. Por eso exigimos a los oficiales que se comprometieran a derrocar a sir William, pasara lo que pasase. Ya habría tiempo para buscar al siguiente heredero.

—Bueno, afortunadamente eso no va a ser necesario —dijo Kodran—; y la verdad es que me alegro, porque creo que el príncipe Harald va a ser un buen rey.

Erik, Gunnar y Darren no tardaron en unirse a esa opinión.

Llegaron a la ciudad antes de darse cuenta; tenían tantas cosas de que hablar que casi se lamentaron cuando divisaron las primeras construcciones.

Árkhelan había enviado una avanzadilla para informar de la inminente llegada del gran cortejo, y la noticia se divulgó a tal velocidad que, cuando llegó el carruaje del príncipe y su impresionante escolta, las calles de la ciudad se encontraban abarrotadas por una muchedumbre, que no paró de saludar y aclamar al legítimo heredero y a sus acompañantes.

Los muchachos cabalgaban despacio, al ritmo de la comitiva, contemplando sonrientes el caluroso recibimiento. La multitud se apretujaba a ambos lados del camino, mientras los soldados se esforzaban por mantener el orden. Al llegar a la entrada del palacio real, los guardias que la custodiaban presentaron armas en señal de respeto al futuro rey.

Una escolta, formada entre otros por Árkhelan, Markus y Konrad, acompañó al príncipe al gran salón en el que tendría lugar la ceremonia privada. Los muchachos se alegraron de poder quedarse fuera, disfrutando de la tranquilidad de los jardines reales mientras conversaban entre sí.

—Al fin todo está en orden —declaró Kodran, recordando la noticia que acababan de saber—: el príncipe va a ser coronado rey, y el Duque de Nordland espera en el calabozo hasta que se le juzgue por traición.

—Ya no podrá hacer más daño —intervino Gunnar.

—Se acabó —dijo Erik, saboreando las palabras que tanto tiempo llevaba deseando pronunciar.

Capítulo XXVIII

Los muchachos, por petición expresa del nuevo monarca, se hospedaron en el palacio real. Árkhelan, Markus y Konrad recibieron la misma invitación, pero se excusaron alegando que preferían alojarse junto a los demás miembros del ejército. Los tres habían formado parte de la guardia real, y dormir en un barracón militar era algo que incluso añoraban.

Una de las primeras cosas que hizo el rey Harald II, como pasó a llamarse tras recibir los poderes reales, fue convocar una audiencia para agradecer su ayuda a todos aquellos que habían participado, de un modo u otro, en la misión que acababan de culminar. Todos los presentes —a excepción de los muchachos y de Konrad, que ya habían tenido la oportunidad de comprobar la valía del joven monarca— se admiraron de la sabiduría y prudencia que desprendían las palabras del rey que, aunque ya era la máxima autoridad del país, seguía siendo un chico de dieciséis años recién cumplidos.

—Por cierto —le dijo Erik cuando tuvo la oportunidad de saludarle al terminar la audiencia—, se me había olvidado felicitaros por vuestro cumpleaños.

—Creo que todos hemos tenido otras cosas en la cabeza en el día de hoy —le disculpó el rey.

Los chicos se fueron a dormir nada más cenar, sintiendo que sus ojos iban a cerrarse en cualquier momento. La tensión que les había mantenido activos hasta entonces había desaparecido, y el sueño atrasado se hizo presente impidiéndoles razonar con normalidad.

Tras un merecido descanso, que se hubiera prolongado varias horas más de no haber sido por la intervención de Markus, los muchachos fueron a uno de los comedores donde, además de un excelente desayuno, les esperaban Árkhelan, Mánkel y sus tres amigos: Manfred, Jacob y Peter.

—¿Habéis dormido bien? —les preguntó este último al verles aparecer con cara de sueño.

—Bien sí, pero no lo suficiente —reconoció Gunnar, reprimiendo un bostezo.

—¿Y vosotros qué tal? —se interesó Erik.

—Muy bien —contestó Jacob en nombre de todos—, aunque en mi barracón había seis o siete personas que roncaban como jabalíes rabiosos.

—¿Qué planes tenemos para hoy? —quiso saber Kodran, mientras mordisqueaba un trozo de pan.

—El príncipe..., perdón, el rey Harald —contestó Árkhelan, sonriendo mientras rectificaba— va a enviar un destacamento a Ingerland para que escolte a su madre y a sus hermanas de vuelta a palacio. Le he pedido permiso para ir con ellos y así acompañar a Nela, Robert y Bera de regreso a Altenbruk.

—Supongo que habrás contado conmigo para ese viaje —dijo Erik, deteniendo la cuchara a mitad de camino entre la taza y su boca.

—Pues la verdad es que pensaba que estarías demasiado cansado...

—Estoy agotado —reconoció Erik—, pero tendría que estar mucho peor para quedarme aquí y perderme la cara que van a poner cuando te vean.

—Y los demás, ¿qué vamos a hacer? —inquirió Kodran, consciente de que, en esta ocasión, no iban a acompañar a su amigo.

—Nos quedaremos aquí hasta la ceremonia del domingo —les informó Markus—. Y, después, regresaremos a casa.

—¿Nosotros también? —le preguntó Darren a su padre.

—Sí —contestó Mánkel—, el rey Harald ha insistido en que

los Dursmanni asistamos a su coronación.

—Pues creo que vamos a estar un poco apretados durante la ceremonia —comentó Jacob.

Árkhelan le había dicho a Erik que partirían poco después del mediodía, y el muchacho aprovechó el tiempo que faltaba para pasear con sus amigos por el castillo.

—¡Quién nos iba a decir que íbamos a pasear por aquí como héroes! —dijo Kodran mientras recorrían el patio de armas, explicando a los otros chicos cómo habían conseguido rescatar a Árkhelan y a los demás prisioneros.

Finalmente llegó la hora en la que Erik debía marcharse, y los muchachos le acompañaron para despedirse de él.

—¿Cuándo volveréis? —quiso saber Manfred.

—Salvo imprevistos, el sábado a mediodía.

—Mejor no hablar de imprevistos —opinó Kodran—, creo que ya hemos tenido suficientes imprevistos para varias vidas.

Cuando cruzaron la frontera, Erik sonrió al darse cuenta de que era la primera vez que entraba en Ingerland sin miedo a que le detuvieran.

—La verdad es que así no tiene emoción —le dijo a su padre al comentárselo.

—¿Aún tienes ganas de hacer cosas emocionantes?

—Ahora mismo no —reconoció el chico sonriendo—, pero supongo que dentro de unas semanas...

El buen humor del muchacho se nubló al pasar por sitios que habían recorrido días antes, al acompañar al príncipe Harald en su regreso a Altenbruk. Aunque la persecución de los mercenarios había tenido lugar por la noche, Erik reconoció con facilidad el lugar en el que Darren y él habían estado a punto de morir. También pasaron por el lugar en el que había estado la posada y ahora solo quedaban las ruinas ennegrecidas del incendio.

—Espero que a los dueños no les ocurriera nada —comentó el chico con la mirada fija en los escombros.

—Sé que el rey Harald tiene pensado recompensarles por la pérdida que su estancia aquí les causó —le informó su padre.

—¿Y todos los que murieron durante los combates? —inquirió el muchacho.

—Sus cuerpos han sido enterrados, y después de la ceremonia de coronación tendrán lugar los funerales.

Llegaron a la capital de Ingerland el jueves por la tarde, y la comitiva se dirigió directamente al palacio. Nada más ser coronado, el rey Harald había enviado un mensajero con una carta para la reina, en la que le informaba brevemente de los incidentes ocurridos durante el viaje, y del éxito de la misión. También había partido una expedición al día siguiente, para anunciar la llegada del séquito que acompañaría a la familia real de regreso a Altenbruk.

El encuentro de Árkhelan con sus hijos fue tal y como Erik había esperado. El ex general no pudo reprimir unas lágrimas emocionadas que se mezclaron con las de Nela y la pequeña Bera. Robert fue el único que se mantuvo sereno, aunque no por eso su alegría fue menor.

Erik no podía parar de sonreír. Atrás quedaban siete meses de angustias y sufrimiento. Siete meses que habían parecido años. Qué lejana parecía aquella noche en la que Galvián y Konrad irrumpieron en sus vidas para involucrarles en una misión tan peligrosa como necesaria. Durante ese tiempo —poco más de medio año—, se habían convertido en fugitivos, habían arriesgado su vida, habían conocido a la familia real —convirtiéndose en unos invitados de honor—; el rescate de Árkhelan, las semanas de espera en los bosques del norte, el viaje a la tierra de los Dursmanni y todo lo acontecido allí, Krieger... El chico sonrió al pensar en aquel anciano que había estado a punto de arruinarlo todo por su avaricia. Ahora incluso sentía lástima por él y por su hijo... Y lo habían descubierto gracias a la daga que encontró Kodran. La travesía por mar hasta Ingerland y el accidentado viaje escoltando al príncipe. ¿Solo habían pasado siete meses?

—¿En qué piensas, Erik? —preguntó Nela al ver el gesto ausente de su hermano.

—En lo guapa que estás y lo mucho que se va a alegrar Kodran de volver a verte —contestó provocando un ligero rubor en las mejillas de la muchacha.

Capítulo XXIX

La catedral, aún siendo de enormes dimensiones, resultó insuficiente para dar cabida a todos aquellos que querían presenciar ese momento único en el que, a través de una elaborada ceremonia, el candidato pasaría de ser un simple muchacho a gobernar todo un reino. Era cierto que el príncipe Harald ya se había convertido en rey unos días antes, pero para los allí presentes, y para muchos más que tuvieron que esperar en el exterior, esa ceremonia era el auténtico inicio de su reinado.

Erik, acompañado de su familia, ocupaba uno de los primeros bancos. El rey había insistido en que así fuera, pese a las reticencias de los muchachos que hubieran preferido un papel más discreto. Las chicas, por su parte, estaban encantadas con esta deferencia porque no tendrían que estar de pie durante la extensa ceremonia, y porque desde ese lugar de privilegio podían apreciar los muchos detalles del ritual.

La coronación tenía lugar dentro de la Misa Mayor, celebrada por el arzobispo. El anciano prelado, que había conocido al rey Sigurd cuando este no era más que un joven príncipe, dedicó unas emocionadas palabras en recuerdo del malogrado monarca, y de todos aquellos que habían perdido la vida a causa de la violencia. Desde lo más profundo de su alma, Erik alzó una fervorosa plegaria rogando a Dios por el eterno descanso de esas víctimas, y suplicándole protección para su familia, amigos y compatriotas.

—Que la ambición y el ansia desordenada de riquezas y poder no nublen nuestro entendimiento, y que sepamos dedicar nuestra vida al servicio de los que nos rodean, especialmente de aquellos que más lo necesitan —rezaba el arzobispo y con él todos los presentes.

—Que sepamos olvidar aquello que nos separa de nuestros hermanos y busquemos siempre la paz, la justicia...

«Y el honor» añadió Erik para sus adentros. «Justicia y honor» continuó pensando; «este mundo iría mucho mejor si hubiera más justicia y todos nos comportáramos como hombres de honor».

—Erik, levanta —susurró una voz melodiosa en su oído.

—¿Cómo? Ah, sí, gracias —absorto en sus pensamientos, no se había dado cuenta de que todo el mundo estaba en pie hasta que Karen lo había devuelto a la realidad.

La muchacha le dedicó una gran sonrisa cuando volvió a mirarla. Erik quería empaparse del hecho de que ella estaba ahí, junto a él, y de que, más importante aún, ya no tendrían que volver a separarse ¡nunca más!

Al otro lado del pasillo central, se encontraban los demás muchachos. Erik los miró unos instantes y dio gracias a Dios por contar con unos amigos como ellos.

Según había sabido la tarde anterior, el mismo día que Árkhelan y él partieron hacia Ingerland, Markus y los demás chicos, Darren incluido, cabalgaron hacia la aldea de Hartland con un único propósito: acompañar a Karen a la ciudad, para que estuviera allí cuando Erik regresara el sábado a mediodía. Teniendo en cuenta la distancia a recorrer para lograr ese propósito —Hartland distaba más de la ciudad que la capital de Ingerland—, y el poco tiempo empleado, Erik pudo imaginar lo exigente que debía de haber sido para sus amigos lograr su objetivo... para darle una alegría; ¡y vaya alegría!

El muchacho se había quedado sin palabras al entrar en el castillo a su regreso de Ingerland y ver a Karen esperándole. Tuvo que ser la muchacha la que se acercara a saludarle, viéndole incapaz de reaccionar, aunque eso había durado solo un instante, o al menos eso fue lo que Erik alegó cuando sus amigos se burlaron de su «parálisis absoluta».

Superada la sorpresa y el atolondramiento inicial, el muchacho se volcó en atenciones con ella, sin ocultar la alegría que le daba su inesperada visita.

Esa misma tarde, recordando su estancia en la ciudad, meses atrás, Erik comprendió que se le presentaba una ocasión única de cumplir el deseo de alguien muy apreciado. Antes de que anocheciera, salió del castillo acompañado por Karen. Caminaron por las calles, engalanadas para celebrar el evento del día siguiente, hasta llegar a su destino. Mientras recorrían la ciudad, Erik le contó a la muchacha adónde se dirigían y por qué iban allí.

La taberna rebosaba gente y bullicio, no había una sola mesa libre y las jarras de cerveza se bamboleaban como farolillos movidos por el viento. Erik y Karen tuvieron que abrirse camino a empujones para llegar hasta la barra, donde un gigantón de rojos cabellos departía amigablemente con sus clientes, mientras su hija, una muchacha rubia y llamativamente atractiva, se afanaba para dar abasto con las peticiones de la abundante clientela.

—Hola, Martha.

La chica alzó la mirada, fija hasta entonces en un pequeño charco de cerveza que trataba de secar. Al ver al muchacho, sus ojos se abrieron al máximo y una hermosa sonrisa iluminó su rostro de delicadas facciones.

—Hola, Erik —saludó en tono afectuoso. Inmediatamente desvió la mirada hacia la izquierda y un destello de comprensión brilló en sus ojos—. Hola, Karen, no te imaginas las ganas que tenía de conocerte —dijo, ampliando aún más su sonrisa.

La ceremonia estaba a punto de finalizar. La guardia de honor ya estaba preparada para acompañar a la familia real de vuelta al palacio. Erik sonrió satisfecho al ver los rostros alegres de todos los asistentes, y durante unos instantes le vino a la cabeza el pensamiento de que la gran mayoría de ellos ni sabían —ni sabrían nunca— el precio tan alto que unos cuantos habían tenido que pagar para que aquello fuera posible.

—No me refiero solo a nosotros —aclaró el muchacho cuando le comentó esta consideración a su padre durante el viaje de regreso a Hartland—. Es más, me alegro de que hayamos conseguido pasar bastante inadvertidos; estoy deseando volver a tener una vida normal. Pero, quizá, sí que sería conveniente que el pueblo se enterara de todo lo que ha hecho el Duque de Nordland, y de todas las muertes que esto ha ocasionado. Así valorarían más a la familia real y, especialmente, al rey Harald II, que ha arriesgado su vida sin dudarlo.

La gran caravana avanzaba con paso seguro por los anchos caminos del bosque. Aunque en un principio habían planeado comenzar el viaje de vuelta el domingo por la tarde —tantas ganas tenían de regresar a sus hogares—, finalmente tuvieron que posponer la partida hasta el día siguiente, ante la insistencia de la familia real para que participaran en los festejos que habían seguido a la coronación.

El rey Harald expresó repetidamente su agradecimiento a todos aquellos que le habían ayudado, pero de un modo especial a los que le habían acompañado desde el palacio de Ingerland; incluso llegó a ofrecer a los chicos la posibilidad de nombrarlos oficiales de la guardia real, si ellos lo deseaban. Tras un rápido cruce de miradas con sus amigos, Erik había declinado educadamente la propuesta, expresando el deseo de todos ellos de regresar a sus ocupaciones habituales, lejos de los campos de batalla y de las complicaciones de la corte.

Los miembros del ejército Dursmanni pasarían por Hartland de camino a las playas del norte, donde les esperaban las naves en las que habían viajado unos días antes. Esto provocó una reacción de alegría entre los muchachos al darles la posibilidad de enseñar a Darren su aldea, y este, a su vez, recibió la solemne promesa de todos ellos de ir a visitarle tan pronto como las circunstancias lo permitieran.

—Quizá sea mejor así —contestó Árkhelan cuando Erik ya no esperaba recibir respuesta alguna a su comentario—. Si la gente sencilla llegara a conocer hasta qué punto puede llegar la mezquindad de algunos poderosos, vivirían dominados por el miedo y la inseguridad.

—¿Y crees que es mejor que vivan en la ignorancia? —replicó el muchacho.

—No estoy hablando de vivir en la ignorancia —aclaró Árkhelan—, sino de no imponer a nadie una carga que no podría soportar. Todos tenemos nuestra misión en la vida —continuó explicando—, y es esa que, aunque con esfuerzo, somos capaces de llevar.

—¿Y si alguien, que podría hacerlo, se niega a asumir esa responsabilidad?

—Puede que otro lo haga, llevando más peso del que le correspondería, o también puede ocurrir que nadie ocupe su puesto, y que las alimañas se aprovechen de su indolencia. Pero, en cualquier caso —concluyó el ex general—, no envidio a los que quitan el hombro para no llevar el peso que les toca en esta vida.

Erik miró a su alrededor, y vio los rostros cansados y satisfechos de los que le acompañaban. Robert había insistido en hacer el viaje a caballo y cabalgaba sonriente, ante la mirada atenta de Nela, que, sentada junto a Karen en la carreta, jugueteaba con los rubios cabellos de su hermanita, mientras esta dormía plácidamente en su regazo.

El muchacho volvió la vista hacia el frente, donde el sol empezaba a ocultarse tras las montañas lejanas, y cabalgó silencioso, hundiendo sus dedos en la negra crin de Darko. Luna y Sombra avanzaban juntos, olfateando el camino entre juegos y carreras, sin llegar a alejarse más que unos pasos del gran caballo negro, que aún los miraba con desconfianza.

—Yo tampoco los envidio —dijo Erik al fin.

El muchacho espoleó a su caballo y se acercó a sus amigos sonriente, presintiendo el comienzo de una nueva etapa de su vida.

FIN

Agradecimientos

Del mismo modo que en los volúmenes anteriores de esta trilogía, quiero comenzar dándole las gracias a mi familia y a mis amigos por su apoyo y ánimo constante. También quiero agradecer el trabajo de todos los que componen el equipo de Ediciones Ámbar. Gracias a vuestra confianza, Erik ya no es solo una idea sino un personaje que vive en la imaginación de miles de lectores.

Han pasado ya dos años desde que *El Amanecer del Guerrero* vio la luz, inaugurando la saga «Erik, Hijo de Árkhelan». En este tiempo he tenido la suerte de reunirme con miles de jóvenes en los muchos encuentros que he tenido en colegios de toda España. Este libro va dedicado de un modo especial a los chicos y chicas con los que he tenido la oportunidad de hablar sobre el maravilloso mundo de los libros y, en concreto, sobre las aventuras de Erik y su familia y amigos. Muchas gracias a todos, me lo he pasado muy bien y he aprendido mucho.

No quiero olvidarme de todos aquellos que se han puesto en contacto conmigo a través del blog, las redes sociales o escribiéndome un correo electrónico. Muchas gracias por vuestros ánimos, no os imagináis cuánto se agradecen vuestros mensajes.

Gracias también a todos los que han ido publicando diversas reseñas de mis primeros libros. Agradezco vuestra profesionalidad y vuestras opiniones de expertos.

Muchas gracias a todos los que, algún día, decidieron empezar a leer una de mis novelas. Como se suele decir, cada libro es una puerta a la imaginación, a la del lector y a la del autor. La puerta está abierta, ahora solo tienes que entrar.